부산 세탁소

꿈을 찾은 온일덕

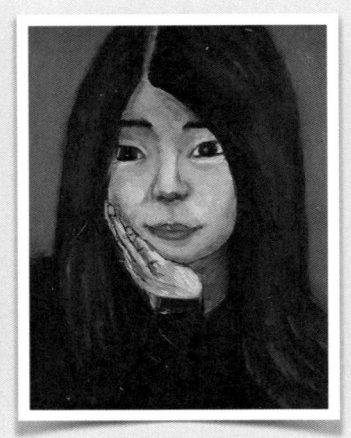

부산 세탁소

에디터 추천사

'부산 세탁소'를 읽으며 마치 옛 친구와 긴 여행을 떠난 듯한 느낌을 받았다. 주인공들 각자의 이야기가 어우러지며 펼쳐내는 인생의 여정은 때론 깊은 공감과 위로를, 때론 배꼽 잡고 웃을 수 있는 유쾌함을 선사했다. 페이지마다 숨겨진 삶의 교훈들과 예상치 못한 반전들이 내 마음을 사로잡았다. 김정순 작가는 인물들의 속 깊은 감정선을 섬세하게 다루면서도, 삶의 소소한 재미와 유머를 잃지 않는다. 이 책을 통해 우리는 어쩌면 삶이란 무겁기만 한 여정이 아니라, 가끔은 발걸음을 멈추고 주변을 둘러볼 기회라는 것을 깨닫게 된다.

에디터 도윤

'부산 세탁소'는 주인공들의 삶을 통해 인간 내면의 깊은 감정과 삶의 복잡한 면모를 섬세하게 탐구한다. 작가는 각 인물의 이야기를 통해 사랑, 상실, 그리고 용서와 같은 보편적인 주제를 다루며, 그 과정에서 독자들에게 깊은 공감을 선사한다. 인물들 사이의 섬세한 묘사와 그들이 마주하는 다양한 상황은 인생의 아름다움과 동시에 그 속에 내재된 아픔을 섬세하게 그려낸다. 이것은 김정순 작가만이 가능한 글의 마법이다.

마지막 페이지를 덮고서는 어린 시절의 추억이 서려 있는 오래된 서랍을 여는 듯한 느낌을 받았다. 작가는 마치 시간의 흐름을 느리게 하는 마법사처럼 과거와 현재, 그리고 미래를 잇는 섬세한 선을 그어가며, 우리 각자가 안고 있는 그리움과 회한을 짙은 안개처럼 펼쳐놓는다.

에디터 하늘

책장을 넘길 때마다 마치 해변에서 뛰어노는 듯한 청량감과 함께, 삶의 깊이를 한껏 느낄 수 있는 이야기다. 주인공들의 삶은 마치 롤러코스터 같다. 웃음 가득한 순간에서부터 눈물 쏟을 듯한 굴곡까지. 작가는 인생의 진지함 속에 숨겨진 장난기를 캐내듯, 감성적이면서도 코믹한 터치로 이야기를 빚어내며 독자들에게 감동과 함께 유쾌한 웃음을 선사한다. 한 편의 드라마를 보는 듯한 이 책은, 인생의 소중한 순간들을 더욱 값지게 만들어줄 것이다.

에디터 안석

'부산세탁소: 꿈을 찾은 온일덕'은 한 여성의 깊이 있는 인생 여정과 그 속에서 꽃피우는 꿈과 행복에 관한 감동적인' 서사이다. 온일덕, 이 이름 하나에 평범한 일상을 넘어서는 드라마틱한 삶과 꿈을 향한 끝없는 여정이 담겨 있다. 전북 김제의 작은 마을에서 시작된 그녀의 이야기는 사랑과 배신, 그리고 끊임없는 도전을 거치며 부산세탁소의 주인공으로 성장한다. 이 책은 주인공의 단순한 성장 기록을 넘어, 자신의 길을 찾아가는 모든 이들에게 깊은 울림과 용기를 전달한다.

에디터 김현주

읽는 내내 생각했다. '나는 왜 이런 소설을 못 쓸까.'

페스트북 편집장

차 례

1화. 온일덕 I	8
2화. 온시진 I	72
3화. 윤민자 I	79
4화. 온일덕 II	87
5화. 온칠성 I	143
6화. 온인호 I	155
7화. 온일덕 III	177
8화. 윤민자 II	217
9화. 온인호 II	221
10화. 온일덕 IV	224
에필로그	284

1화

1954년이다.

내 나이 열다섯이다.

나는 고향이 전북 김제군 금구면이다. 금구면에는 온씨 집성촌이 있어, 우리는 한 집 건너 한 집이 다 친척이어서 온이라는 성씨가 전혀 이상한 줄 모르고 자랐다.

그런데 부산 사람인 남편 김일구와 결혼했을 때는 '온'이라는 성씨로 나는 주변 사람의 놀림을 조금 받았다.

나의 아버지는 1917년생으로 온인수이며, 어머니는 1915년생으로 이분희이다. 어머니는 아버지보다 두 살 많다.

나는 사실 어머니, 아버지보다 할아버지를 더 많이 사랑한다.

할아버지는 이미 돌아가셨지만, 지금도 아버지는 안채에 할아버지가 즐겨 그리시던 호랑이 그림과 유품을 그대로 보관하고 있다.

할아버지 호랑이그림은 족히 100점이 넘게 남아 있다.

나는 어릴 때 할아버지 방에 몰래 들어가 그림을 보았다.

내가 몰래 들어가는 이유는 아버지가 할아버지 방에는 절대 들어가지 말라고 엄명을 내렸기 때문이다.

아마 우리가 할아버지 그림을 혹시라도 훼손할까 싶어 그러는 모양이다.

나는 어릴 때부터 아버지 말을 잘 듣지 않는 고집이 센 소녀다.

100개의 그림 속에 있는 호랑이는 느낌이 다 다르다.

금방이라도 살아서 나에게 달려들 것만 같은 호랑이 그림은 자세히 보면 속눈썹과 이빨, 발톱이 너무 정교하다.

'숲 속에 가만히 앉아 있는 호랑이'
'사냥감을 향해 달려드는 호랑이'
'이빨을 벌리고 포효하는 호랑이'
'꾸벅꾸벅 졸고 있는 아기 호랑이'
그런데 그 호랑이들의 공통점이 딱 하나 있다.
한결같이 눈동자가 너무 무섭다.
나는 어릴 적 항상 호랑이 눈동자와 마주치면 어김없이 너무 무서워 할아버지 유품이 있는 그 방을 사정없이 뛰쳐나왔다.
하지만 며칠이 지나면 어김없이 나는 또 그 방에 들어간다.
이상하게 무서웠던 호랑이들이 자꾸 눈에 어른거리기 때문이다.
용기 내어 다시 할아버지 방에 가서 호랑이 그림을 한참 보고 있노라면 새끼 호랑이의 귀여운 표정에 웃음이 나온다.
나는 열 한살 부터는 이제 완전히 겁을 상실하고 할아버지 방에서 낮잠을 자기도 했다.

우리 집은 부자다.
그래서 본채가 세 채, 아래채가 여섯 채나 있지만, 나에게 할아버지 방만큼 호기심을 자극하는 방은 없다.
가끔 어머니가 새로 지은 한복을 구경하러 안채에 가는 일 말고는 나는 할아버지 방에 머무는 걸 좋아했다.
중학교 삼년동안은 내내 할아버지 방에서 혼자 숙제를 하거나 공부를 했다.
나는 혼자 있는 시간이 행복했다.
그 다음은 이웃에 살고 있는 작은 아버지 댁에 가는 게 두 번째로 행복하다.
작은 아버지 서재에는 없는 것이 없다.
특히 서양 그림책을 나는 좋아했다.
그림책에는 남자의 나체와 여자의 나체 그림도 있어 여동생 이덕이와 삼덕이는 흉측하다며 눈을 감기도 하고 또 까르르 자지러졌으나, 나는 전혀 흉측하지 않고 오히려 인체가 신비롭고 아름답다는 사실을 처음 깨달았다.
"일덕아 이덕아 삼덕아 작은 아버지가 너희들에게 부탁이 있단다. 작은 아버지 책 중에 그림책은 조금 조심해서 봐주렴, 그 책들은 구하기가 몹시 힘들단다. 작은 아버지 친구 중에 서울에서 서점을 하는 친구가 있어 나도 겨우 구입한 귀한 책들이란다. 알겠지?"
"네. 작은 아버지 조심해서 볼께요."
우리에게 항상 부드러운 작은 아버지가 저렇게 간곡하게 부탁할 정도면 진짜 귀한 책이란 걸 우리는 다 안다.
작은 아버지는 언제 어디서나 관대한 분이기 때문이다.
나는 작은 아버지 서재에서 피카소의 '게르니카'도 알게 되었고, 고흐의 '별이 빛나는 밤'도 알게 되었다.
서재에는 소설책도 엄청 많았지만, 나는 글자가 많은 소설책보다 그림책이 훨씬 더 매력이 있었다.
컬러가 아니라 흑백이어서 다소 실망은 했지만...

할아버지는 이덕이 삼덕이보다 나를 더 이뻐하여 항상 무릎에 앉히고, 떡을 조청에 찍어 먹여 주셨던 기억이 있다.
할아버지는 기골이 장대하여 어릴 때는 할아버지 그림자만 봐도 나는 무서워 자주 울었지만, 조청에 찍은 떡이 너무 맛있어 나는 어릴 때부터 무서움을 이겨내고 그 맛있는 떡을 얻어 먹을려고 자주 할아버지 방에 갔다.
나는 음식에 항상 진심이다.
할머니도 키가 큰 편이다.
나처럼 체격이 있는 편이다.
할아버지는 눈 코 입이 또렷하고 옥색 저고리와 쪽빛 바지, 그리고 쪽빛 마고자가 상투를 튼 머리와 아주 잘 어울린 반면, 할머니는 옥색 저고리와 연한 포도색 한복치마가 조금 어색해 보이는 면이 없지 않다.

'아마 할머니도 나처럼 어깨가 커서 그런가 보다...'
나도 유난히 어깨가 커서 한복이 잘 어울리지 않는다.
하지만 나는 자매들 중에서 한복 욕심은 제일 많다.
한복의 다양한 색깔은 항상 나를 유혹한다.
심지어 엄마 한복을 몰래 꺼내 입고 동네를 돌아다니다 혼난 적도 부지기수다.
그래서 어머니는 나에게만 한복을 엄청 많이 지어 주었다.
"일덕아 너는 다른 물건에는 욕심이 없는 아이인데, 한복은 그렇게 죽자고 좋아하니?"
"어머니 저는 한복의 이 고운 색감이 너무 이쁘고 황홀해요."
"너도 참 황홀하다는 말은 또 어디에서 배웠니?"
항상 나이에 비해 의젓하고 침착한 나의 모습만 보다 겨우 열한살인 어린 아이가 그런 말을 쓰는 모습을 보고 어머니는 조금 놀란 눈치다.
할아버지는 할머니를 엄청 사랑하셨다고 한다.
그래서 그 시대 양반이라면 누구나 다 한다는 소실도 한명 들인 적 없이 할머니와 결혼하여 돌아가실 때까지 원앙처럼 살았다고 어머니는 늘 할머니가 부러워 나와 여동생들에게 푸념처럼 할아버지 이야기를 하곤 했다.
열여섯에 두 살 많은 열여덟의 할머니와 결혼한 할아버지는 로맨티스트 그 자체다.
항상 들꽃을 꺾어 할머니에게 선물했다고 한다.
할머니는 늦둥이 작은 아버지를 낳고 난 후 시름시름 앓았지만, 할아버지가 유명한 한약방을 수소문해 마름 정씨 아저씨의 아버지와 전국으로 돌아다니며 한약을 구했다고 한다.
그래서 그랬는지, 할머니는 한약을 꼬박꼬박 챙겨 드시고, 그 후 골골하지만 십칠 년을 더 살다 작은 아버지가 열일곱, 내가 일곱 살 때 돌아가셨다.
작은 아버지는 1930년생으로 우리 아버지보다 열세살이나 어리다.
할아버지는 할머니가 돌아가신 후 마치 호랑이처럼 큰 소리로 곡을 하여 동네사람들도 같이 슬퍼하였다는 일화도 있다.
열흘 동안 곡기를 끊어 어머니가 죽을 직접 쑤어 매일매일 할아버지 방에 갖다 두어도 할아버지는 한 순갈도 드시지 않았다고 한다.
두문불출하던 할아버지는 열하루가 지나고서야 문 밖으로 나와 어머니가 끓여놓은 죽을 드시곤 휘청휘청 곧 쓰러질 몸으로 들꽃을 꺾어 할머니 산소에 갔다고 한다.
그리고 그 때부터 매일 호랑이 그림에 빠져 아마 20여 점의 작품은 그 때 다 그린 것 같다고 어머니는 말씀하신다.
할아버지는 할머니가 돌아가신 후 일 년을 겨우 버티다 결국 돌아가셨다.
비가 오나 눈이 오나 할아버지는 매일 하루에 한번 씩 할머니 산소에 올라 가셨다.
매일매일 정성스럽게 준비한 들꽃과 함께...
'나도 할아버지처럼 멋진 로맨티스트 남편을 만날 수 있을까?'
나는 어머니에게 할아버지 이야기를 자주 들어 할아버지처럼 멋진 로맨티스트를 만나 결혼하게 해 달라고 어릴 적부터 기도했다.

아버지는 할아버지를 닮아 엄청 큰 키에 눈, 코, 입이 또렷하여 '영화배우' 같다는 소리를 많이 듣지만, 성질이 급하고 엄격해서 나는 아버지를 별로 좋아하지 않는다.
아버지를 내가 싫어하게 된 계기는 우리집 논을 빌어 농사를 짓는 동네 소작농 아저씨들을 무시하고 함부로 대하는 것을 자주 보게 되고, 그리고 나주댁 아주머니와 목포댁 아주머니를 도와 허드렛일을 하러 우리 집에 온 말순이 언니를 가끔 범한다는 사실을 눈으로 목격하고 난 이후부터이다.
아버지는 2남 2녀중 장남이다.
둘째고모는 안양으로 시집가고, 셋째고모는 이웃 금산면으로 시집을 갔다. 금산면은 어머니 고향이기도 하다.

다들 부잣집에 시집을 가 잘 산다.
막내인 작은 아버지는 우리 집 근처에 산다.
작은 아버지는 무얼 입어도 멋지다.
할머니가 늦게 임신을 하여 남사스럽다고 동네 사람들에게는 작은 아버지 임신사실을 한동안 숨기고 다녔다고 한다.
작은 아버지는 늦둥이로 태어났지만 재능이 많다.
작은 아버지는 안견의 몽유도원도 같은 산수화를 주로 그린다.
작은 아버지의 산수화는 너무너무 치밀해서 그림을 보고 있노라면 마치 내가 산 속에 들어와 있는 듯 착각이 들 정도이다.
평소 꼼꼼한 성격의 작은 아버지는 세밀한 묘사를 해야 하는 산수화와 잘 어울린다.
작은 아버지는 '전주화백' 모임에도 이름을 올리고, 전국 화가모임에도 초청을 받는 유명한 동양화 화가이다.
늘 그림을 그리던 할아버지를 그대로 빼 닮았다.
작은 아버지는 항상 영화배우처럼 멋지게 옷을 차려입고 그린색 시발 지프를 타는 멋쟁이다.
작은 아버지는 큰 오빠보다 겨우 여덟 살 많다.
어머니는 고향이 김제군 금산면이다.
자그마한 키에 오목조목하게 이쁜 이목구비의 소유자이다.
연한 분홍빛 한복을 좋아한다.
항상 단아한 모습으로 조용조용하게 말씀한다.
성품이 곱다.
어머니는 형제라곤 여동생 한명밖에 없다.
어머니는 외할머니가 아들이 없어 늘 기가 죽어 있었다고 한다.
외할아버지도 우리 할아버지 못지않게 외할머니를 사랑하여 항상 새 한복과 노리개로 아들을 낳지 못해 시어머니에게 매일 구박을 받는 외할머니 맘을 달래 주었다고 한다.

이모는 조용한 어머니와 달리 쾌활하고 자기주장이 강해 그 시절에 지역감정이 좋지 않은 경상도 청년과 펜팔을 하더니, 급기야 그 청년과 연애결혼을 하여 저 먼 부산에 살고 있다.
외할아버지와 외할머니와 어머니는 항상 멀리 부산에 떨어져 사는 이모를 그리워 한다.
어머니 집도 땅부자여서, 우리 집은 가진 논과 밭이 어마어마했다.

나는 2남 3녀 중 장녀이고, 오빠가 한명, 남동생이 한명, 여동생이 둘이다.
오빠는 '온필성'으로 아버지의 큰 키를 닮고, 미남이다. 호리호리한 몸매에 짙은 눈썹과 다정함을 듬뿍 담은 눈동자는 내가 봐도 멋지다.
나보다 두 살 많다.
나는 둘째이다.
우리 형제는 신기하게도 다 두 살 터울이다.
셋째는 남동생 '온칠성'으로 역시 키가 크고 미남이다.
필성이 오빠는 항상 밝은 얼굴의 미남이라면 동생 칠성이는 어딘지 모르게 쓸쓸하고 외로워 보이는 미남이다.
나는 개인적으로 칠성이 얼굴이 조금 더 맘에 든다.
넷째는 '온이덕' 단아하고 착하다.
막내 여동생은 '온삼덕' 인형같이 예쁜데, 성질이 사납다.
다들 아버지를 닮아 눈이 크다.
나도 아버지를 닮아 키가 165cm로 훌쩍 큰 편이고 체격도 있어 튼튼하다.
얼굴도 다들 한번 씩 돌아볼 만큼 예쁘다.
두 여동생은 나와 다르게 몸이 홀쭉하고 야위다.
아버지가 열여덟, 어머니가 스무 살에 결혼해 이년 만에 겨우 가진 '온길성' 오빠는 태어난 지 이주일 만에 갑자기 천국으로 가버렸다고 한다.
어머니는 엄청 슬펐지만, 이듬해 바로 필성이 오빠를 가져 마음이 많이 안정이 되었다고 한다.

오빠는 신학대학을 나와 아버지 소원을 풀어 주었다.
아버지가 그토록 원하던 목사님이 된 것이다.
남동생은 전북대학교 미대를 나왔다.
작은 아버지처럼 그림을 좋아한다.
서양화 전공이다.
아버지는 이상하게 필성이 오빠는 멀리서 보기만 해도 입꼬리가 올라갈 만큼 좋아하는데, 칠성이에게는 언제나 싸늘하다.
아마 칠성이가 열두 살 쯤 되었을까?
일요일 교회에서 아버지가 그토록 원하는 목사님이 본인이 되기 싫다고 동네사람들 앞에서 아버지에게 심하게 대든 이후부터인 것 같다.

그래서 나는 시간만 나면 칠성이 방에 가서 이것저것 물어가며 동생의 외로움을 채워주느라 나름 노력한다.
"칠성아, 이 감자 좀 먹어봐. 토실토실 맛있다."
"일덕이 누나 고마워요."
"너는 나랑 겨우 두 살 작으면서 매번 경어를 쓰더라."
"작은 아버지가 그렇게 하래요. 그리고 삼강오륜 책에도 나와 있어요."
"뭐 삼강오륜? 너 그런 책도 읽니? 너 누나보다 훨씬 똑똑하겠다. 칠성아, 너는 솔직하게 말하면 우리 아버지보다 작은 아버지가 더 좋지?"
"이건 비밀인데요. 사실대로 말하면 저는 작은 아버지가 훨씬 편해요. 저를 잘 챙겨주시고, 늘 따뜻하게 품어 주시잖아요. 그리고 작은 아버지가 숙모 없이 혼자 적적하게 사는 것도 마음이 아파요. 그래서 가끔은 제가 이 집이 아니라 작은 집에 태어났다면 어땠을까? 하는 생각도 해요."
"쓸데없는 소리 하지 마. 그럼 이 누나는 우리 칠성이 없이 어쩌라고? 오늘 우리 칠성이가 고맙게도 누나보다 말을 더 많이 하네. 다른 때는 한마디 듣기도 힘든데..."
"사실 오늘 낮에 학교에서 상을 받았어요."

"진짜? 그럼, 당장 누나한테 보여줘야지."
글짓기 최우수상이다.
"너는 얼마 전에는 그림에서도 상 받지 않았니?"
"네. 받았어요."
"아버지 어머니께는 보여 드렸니?"
"아뇨. 아버지는 이만 상은 다 필요 없고, 필성이 형처럼 공부를 잘해야 한 대요. 이제 중학교 입학했으니, 그림은 다 집어치우고 공부만 하래요. 그리고 아버지는 늘 길성이 형 대신 제가 죽었어야 한다고 해요. 누나 그래도 오늘 작은 아버지께는 상장 보여드리고 칭찬도 많이 받고, 용돈까지 받았어요."
나는 남동생이 가엾어 꼬옥 안아 주었다.
"칠성아, 아버지가 화가 나면 나보고도 집 나가라고 자주 말씀하셔. 우리 아버지 성격이 화가 나면 마음대로 내뱉어 버리는 분 아니니? 괜스레 가슴에 담아 두지 말고 훌훌 털어 버려라."
남동생은 언제나 시간이 나면 작은 아버지 작업실에서 그림을 그리거나 책을 본다.
아마 모르긴 몰라도 우리 집에서 독서량은 단연 1등이다.
작은 아버지 서재에 있는 그 많은 책을 다 본 눈치다. 사실 작은 아버지 서재에는 할아버지가 보시던 어려운 한자가 빼곡히 담긴 고서도 많이 있다.
나는 그림책만 쏙쏙 꺼내 보지만 칠성이는 가리지 않고 다 좋아한다.
칠성이는 그 어려운 한자 책도 본다고 한다.
기특한 녀석이다.
나는 한번 꺼내보고 골치가 아파 도로 집어 넣었다.
학교 도서관에 있는 책도 꽤 많이 본 눈치다.

우리 세 자매는 다들 중학교만 나왔다.
아버지는 말로만 남녀평등을 외치면서, 집에서 잔치가 있을 때면 술이 얼큰하게 취한 목소리로 딸들은 중학교만 나와도 충분하다고 동네 사람들에게 공공연하게 이야기 하는 것을 나는 자주 들었다.
오빠와 남동생은 둘 다 대학을 나왔다.
엄밀하게 말하면 나는 전주여고 1학년 중퇴이다.
나는 학교를 다닐 때 남학생에게 엄청 인기가 많았다. 남학생들은 나에게 관심도 많고, 연애편지도 자주 주었다.
그럴 때마다 막내 삼덕이는 항상 볼멘 목소리를 내었다.
"언니보다 내가 훨씬 예쁜데, 왜 저 오빠들은 언니만 따라다니고 좋아하지?"
"사실 일덕이 언니가 너보다 더 이쁘지." 이덕이가 한마디 거든다.

아버지는 신문물을 빨리 받아들이고 똑똑한 분이다. 그래서 그런지 우리 동네에 기독교를 제일 먼저 받아들이고, 사재를 털어 교회도 지었다.
'금구교회'
동네 사람들은 아버지가 지주여서 거의 다 교회를 다닌다.
아버지는 미국 코쟁이 선교사들도 마을에 초대했다.
우리 오형제도 아버지의 엄명을 받들어 모두 다 같이 교회에 다닌다.
아버지는 아들들은 목사를 만들고 싶어 하고 딸들은 국민학교 교사로 키우고 싶어 한다.
열 다섯살, 가을이다.
나는 열 세살 때부터 일주일에 한번, 일요일마다 교회에서 만나는 '온시진' 오빠를 좋아한다.
시진이 오빠는 필성이 오빠의 단짝이다.
그리고 오빠는 나의 생명의 은인이다.
시진이 오빠는 과묵하고, 덩치가 곰같이 크고, 착하다.
오빠는 성격과 외모가 시진이 오빠 아버지 '온영식'을 빼박았다.
집도 우리 집에서 삼분만 걸어가면 오빠 집이 있다.
시진이 오빠는 남동생만 한명 있다.

온영진이다.

영진이는 이덕이와 같은 나이다.

하지만 영진이는 심장이 약해 학교도 다니지 못하고 늘 누워있다.

조금만 걸어도 숨이 차기 때문이다.

영진이 때문에 나주댁 아주머니와 시진이 오빠, 시진이 오빠 아버지는 걱정이 마를 날이 없다.

오빠네 어머니는 '나주댁' 아주머니다.

목포댁 아주머니와 우리집 부엌살림을 도맡아 하신다.

그리고 마름 정씨 아저씨의 집사람인 금촌댁 아주머니와 말순이 언니는 주로 청소와 빨래를 맡아 한다.

나주댁 아주머니는 목포댁 아주머니보다 훨씬 반찬 솜씨가 좋아 동네 사람들은 우리 집에서 밥 먹는 것을 엄청 기다린다.

설이나 추석 같은 명절에 아버지는 마당에 천막을 치고 동네 사람들에게 돼지고기랑 떡이랑 갖가지 종류의 전을 준비해서 잔치를 벌이는 것을 좋아한다.

동네 사람들은 나주댁 아주머니의 반찬을 서로 많이 먹으려고 한바탕 전쟁을 치른다.

사람들이 전쟁을 치를 만큼 반찬이 정갈하고 맛이 있다.

나주댁 아주머니가 가장 잘하는 요리는 팥 양갱과 계란 양갱이다. 특히 계란 흰자로 만든 양갱과 노른자로 만든 양갱은 색깔도 이쁘고 맛도 좋다.

이 양갱 특식은 우리 마을에 어쩌다 있는 결혼식이나 아버지 생신에만 맛을 볼 수 있는 귀한 음식이다.

목포댁 아주머니가 나주댁 아주머니보다 유일하게 잘하는 요리는 김장김치다.

목포댁 아주머니의 김장김치는 우리 동네에서 최고다.

나주댁 아주머니는 엄마와 나이가 같고, 목포댁 아주머니는 다섯 살 아래다.

나주댁 아주머니는 몸이 약하고 얼굴이 고운 편이지만, 목포댁 아주머니는 덩치가 크고 얼굴이 조금 남자같이 큼직큼직하게 생겼다.
특히 입이 메기같이 크고 두꺼워서 별명이 '메기댁'이다.
아주머니는 이 별명이 불리는 걸 엄청 싫어한다.

그리고 나는 가끔 나주댁 아주머니에게 음식 만드는 것을 배운다.
나는 나주댁 아주머니의 칭찬을 많이 듣는 편이다.
"일덕이 아가씨는 나보다 더 반찬이 맛깔스럽네. 참 재주가 좋아요. 우리 주인 마님은 얼마나 좋으실까? 복도 많으시지."
나주댁 아주머니와 목포댁 아주머니는 한복 바느질과 재봉틀 솜씨도 뛰어나 어머니가 아주 흡족해 하신다.
하지만 말순이 언니는 반찬도 바느질도 영 솜씨가 시원찮아 어머니가 별로 좋아하지 않는다.
우리 세 자매는 나주댁 아주머니와 목포댁 아주머니에게 소일거리로 한복 바느질과 재봉틀을 배웠으나 나만 잘 따라 하고, 이덕이와 삼덕이는 젬병이라 목포댁 아주머니가 자주 놀린다.
"일덕이 아가씨는 저렇게 잘 하는데, 이덕이, 삼덕이 아가씨는 시집가서 시어머님이 한복 지어 달라면 어찌 할려고 그러세요? 아이고 걱정이 태산이네."
"일하는 아주머니가 다 해주시겠지 뭐, 아니면 목포댁 아주머니가 나 시집갈 때 같이 따라가든지..."
뽀로퉁하게 토라진 삼덕이가 쏘아 부친다.
나주댁 아주머니는 나와 눈을 맞추고 눈웃음을 짓는다.
목포댁 아주머니는 초저녁에 잠이 많아 항상 먼저 방으로 간다.
목포댁 아주머니 방은 아래채에 있다.
아래채에 같이 사는 마름 정씨 아저씨는 나이가 많아 가족도 있다. 부인인 금촌댁 아주머니와 정용수, 정용환, 정용필, 정용기, 정용철 아들만 다섯이다.

다들 학교도 다니지 않고 우리집 허드렛일을 돕는다. 또 마름 김씨 아저씨는 올해 스물 네 살로 노총각이다.
목포댁 아주머니와 말순이 언니, 정씨 아저씨 가족과 김씨 아저씨는 다 같이 아래채에 산다.
나는 바느질 실력도 출중해 오빠 교복바지와 이덕이 교복 스커트도 혼자 척척 잘라 재봉틀로 깨끗이 마무리 할 정도이다.
"일덕이 아가씨는 어쩜 이렇게 얼굴도 이쁘고, 손때도 매운지 몇 년 지나면 서로 며느리 삼으려고 마당에 줄을 서겠어요."
"다 나주댁 덕분이야. 이제 일덕이가 나보다 바느질 솜씨가 훨씬 더 좋아."
어머니도 칭찬하신다.
기분이 좋다.
시진이 오빠네 아버지는 우리 아버지가 가장 좋아하는 소작농이다.
항상 부지런하고 매년 수확기에 소작농중 가장 많은 쌀가마니를 가지고 오기 때문이다.
그리고 사실 시진이 오빠 아버지는 우리 아버지가 그렇게 따지는 양반 출신이다.
시진이 오빠네 할아버지는 과거에 급제하여 온 동네에 존경을 한 몸에 받았는데, 그러면 뭣하랴?
전답이 없어 매일 식구를 먹여 살리기 힘들어 식구들만 쫄딱 고생만 시키다가 돌아가셨다고 한다.
하지만 시진이 오빠 아버지 '온영식'은 일찌감치 자존심을 버리고 아버지에게 논을 빌려 소작농으로 전락했지만, 성격도 올곧고, 또 학문의 깊이가 엄청나 동네 대소사에 어려운 한자 쓸 일이 있으면 동네사람들 모두 시진이 오빠 아버지에게 부탁한다.
그래서 그런지 아버지는 은근 시진이 오빠 아버지를 질투하는 모습을 가끔 보인다.
우리 세 자매는 매주 토요일에 전주 하숙집에서 고향집으로 내려오는 필성이 오빠에게 공부를 배운다.
필성이 오빠는 공부를 곧 잘하여 전주고등학교에서도 유명하다.
오빠는 전주에서 시진이 오빠랑 같은 집에서 하숙을 한다.
시진이 오빠도 공부를 잘해 둘은 금구에서 천재 소리를 듣고 자랐다.
금구 사람들은 우리 집과 시진이 오빠 집을 모두 부러워한다.
오빠와 시진이 오빠는 일주일에 한번 토요일 오후에 내려와, 일요일 교회 예배를 보고, 점심을 먹은 후 다시 전주로 간다.
우리 세 자매 중에는 그래도 내가 가장 똑똑하다.
"우리 일덕이는 내가 가르칠 맛이 난다, 이덕아! 너는 이제 조금 있으면 중학교 들어가야 하니까, 산수공부 많이 하자. 삼덕이 너는 공부도 못하면서 숙제도 안하면 이 오빠가 무슨 재미로 가르치고 싶겠니?"
열 한살 이덕이는 수업시간마다 졸고, 아홉살 삼덕이는 수업시간마다 배가 아프다고 화장실에 처박혀 있다.
그래서 오빠는 나를 가장 이뻐한다.
나도 오빠가 좋다.
오빠의 가정학습이 끝나면 우리 세 자매는 항상 수다를 떠느라 정신이 없다.
아버지는 오빠와 남동생은 각각 방 한 칸씩을 주고, 우리 자매는 셋인데도 겨우 방 한 칸만 주었다.
아버지는 자신은 매번 진보적이라고 자랑을 하시지만, 아직 아버지 머릿속엔 봉건적인 생각과 남존여비 사상이 많이 남아 있다.
아버지는 아버지 생일과 작은 아버지 생일, 필성이 오빠 생일과 칠성이 생일은 동네가 떠나갈 듯 크게 잔치를 벌이지만, 엄마와 우리 세 자매 생일은 국물도 없다.
하지만 생일 때마다 어머니는 아들 딸 가리지 않고 곱고 이쁜 한복을 꼭 지어 주었다.
나는 생일잔치보다 어머니가 지어주는 한복이 훨씬 좋았다.
여동생 둘은 한복보다 용돈을 더 기대했다.

그나마 나주댁 아주머니가 꼭꼭 우리 생일 때마다 미역국은 챙겨주었다.

칠성이는 여전히 말이 없고, 학교를 다녀오면 작은 집에서 거의 살다시피 한다.
아버지는 그런 칠성이를 더 싫어한다.
"필성이 형처럼 공부를 해라, 우리 가문에 환쟁이는 한 명이면 족하다. 두 명은 안 된다. 필성이나 너나, 애비 소원은 둘 다 목사란다."
아버지가 말하는 환쟁이 한명은 작은 아버지이다.
작은 아버지는 전북 그림대전에서 늘 수상도 하는 유명한 화가지만 아버지는 싫어한다.
작은 아버지는 가을 수확철 이면 동네 사람들에게 논을 빌려준 댓가로 쌀가마니를 받는 장부를 정리하는 일도 하는데, 인심이 후해 동네 사람들이 모두 좋아한다.
아버지는 우리 가족 중 유일하게 교회를 나오지 않는 작은 아버지를 싫어하는 면은 있지만, 하나밖에 없는 남동생이라 사실 엄청 아낀다.
나는 아버지보다 작은 아버지가 더 좋다.
인정이 많아 항상 호주머니에서 사탕이나 젤리를 꺼내 우리 남매에게 슬며시 건네준다.
작은 아버지는 자식이 없다.
1950년 1월에 작은 아버지는 스무 한살의 나이로 열여덟 꽃다운 신부를 맞았다.
작은 어머니는 전주에서 시집을 왔다.
너무 예뻐 동네 사람들이 거의 매일 신부를 구경하러 오곤 했다.
어머니처럼 하늘하늘한 연분홍빛 한복을 곱게 차려 입은 작은 어머니는 하늘에서 방금 내려온 천사 같다.
작은 아버지와 작은 어머니는 마치 한 폭의 그림처럼 잘 어울렸다.
하지만 작은 어머니는 결혼 1년 6개월 만에 폐병으로 일찍 세상을 하직

해 버렸다.
아버지는 숙모 집에서 병이 있는 것을 속였다며, 한 동안 전주 사돈집에 찾아가서 행패를 부리곤 했다.
작은 댁에는 지금 작은 아버지 혼자 산다.
늘 혼자 그림을 그리거나 곡식 장부 정리를 한다.
쓸쓸해 보인다.
항상 입에는 파이프 담배를 물고 있다.
작은 아버지 댁에는 신기 한 것들이 많다.
최신식 전축도 있어 서양음악을 들을 수 있고, 특히 좋은 건 작은 아버지가 직접 끓여주는 커피도 마실 수 있다는 사실이다.
커피는 처음엔 씁쓸해서 반사적으로 뱉어버리고 했는데, 요게 이상하게 요물이다.
자꾸자꾸 생각이 난다.
나는 이제 커피를 뱉어버리지 않고 음미한다.
고소하고 맛있다.
"우리 일덕이, 이제 커피 맛을 아는구나."
"네. 작은 아버지 고소해요. 작은 아버지는 그림 그리는 일이 행복하세요?"
"그럼. 나는 세상에서 가장 재미있고 행복한 일이 이 산수화 그리는 거란다. 우리나라 산은 산세가 다 다르고 강은 계절마다 물빛이 달라서 매번 그릴 때마다 나는 경이로움을 느낀단다."
작은 아버지 표정이 너무 행복해 보여 나는 혼자 결심했다.
'나도 나중에 어른이 되면 내가 좋아하는 직업을 찾아 작은 아버지처럼 저렇게 행복하게 살아야지.'
작은 아버지는 우리 세자매가 놀러 가는 것을 좋아한다.
우리가 가면 환한 미소로 우리를 반겨주고 잠시 산수화를 접고 우리를 그린다.
세 시간이나 네 시간을 꼬박 작업실에 꼼짝 않고 앉아 작은 아버지 그림

뎃생 모델이 되는 것은 끔찍하게 싫지만 나머지는 다 좋다.

작은 아버지 댁에는 이제'목포댁'아주머니가 작은 아버지가 장가를 가고 난 후부터 작은 집 집안 일을 도와준다.

아버지는 상투를 틀고 갓을 쓰고 한복을 입는 반면 작은 아버지는 서양식 양복을 즐겨 입고 머리도 짧게 자르고 포마드를 발라 앞머리를 뒤로 넘겨 잘 생긴 얼굴이 더 도드라진다.

"일덕이 언니는 공부가 재밌어?" 막내 삼덕이가 눈을 동그랗게 뜨고 묻는다.

"삼덕아, 일덕이언니라고 공부가 재밌겠니? 아버지가 하라고 하시니까, 어쩔 수 없이 하는 거지. 아버지가 무섭잖아. 언니도 사실 공부하기 싫지? 그런데, 아버지가 무서워 억지로 하는 거지?"

차분한 이덕이가 묻는다.

"아니, 나는 새로운 거 배우는 게 재밌더라. 그리고 필성이 오빠가 실력이 좋은 것 같애. 특히 어려운 산수 문제를 쉽게 설명해줘서 너무 좋아. 나는 학교 선생님보다 오빠가 설명해주면 이해가 더 잘 되더라. 너네는 어때?"

"흥, 공부 이야기는 집어 치우고 우리 시진이 오빠 얘기하자. 큰언니는 그 오빠 보면 막 가슴이 두근두근 거려? 시진이 오빠는 너무 곰같이 생겨서 나는 싫은데."

이제 겨우 아홉 살인 삼덕이는 공부에는 관심이 하나도 없으면서 연애 이야기는 기가 막히게 좋아한다.

"아직 어린 게 남자 이야기는 엄청 좋아하지. 니가 두근두근 거리는 게 어떤 마음인지 알고나 하는 소리야?"

나는 이제 겨우 국민학교 2학년인 삼덕이가 연애 이야기에 끼어 드는 것이 못마땅해 말을 자른다.

"큰언니가 시진이 오빠 좋아하는 거 나 다 알아. 큰언니는 시진이 오빠만 보면 교회에서 얼굴이 빨개지잖아. 작은 언니, 내 말이 맞지?"삼덕이는 이제 이덕이에게 찰싹 달라붙어 동의를 재촉한다.

항상 입이 무거운 이덕이는"나는 아무것도 몰라, 삼덕이 너는 빨리 잠이

나 자. 그래야 키가 크지."
"작은 언니 우리 조청 갖고 와서 떡 찍어먹고 잘까? 근데 칠성이 오빠는 신기해! 맨날 코쟁이 미국 선생님들에게 미국말을 열심히 배워서 어디에다 써 먹을려고 그렇게 열심히 할까? 다른 공부는 잘 하지도 않으면서."
"미국말도 열심히 배우면 나중에 어딘가 꼭 써먹을 데가 있겠지. 삼덕아, 너도 공부 좀 열심히 하거라. 그건 그렇고 이덕아, 너도 배고프니?"
"아니, 나는 배 하나도 안 고파, 삼덕이 얘는 맨날 이 시간만 되면 배 고프다고 하더라. 우리 귀찮게."
이덕이와 나는 귀찮지만 막내 삼덕이를 위해 방문을 열고 부엌으로 갔다. 부엌에는 아직 나주댁 아주머니가 쌀을 씻고 계신다.
"아이고, 아가씨들이 부엌에는 웬일로? 뭐 줄까나?"
"아주머니, 떡이랑 조청 어딨어요?"
"내가 챙겨서 방으로 갖다줄까?"
"아니에요. 우리가 챙기면 되죠. 피곤하실텐데, 빨리 집으로 가세요. 금촌댁 아주머니와 말순이 언니는 벌써 자나 봐요."
나는 시진오빠 어머니가 우리 집 부엌에서 늦게까지 일하는 게 싫다.
"아 금촌댁이랑 말순이는 아까 피곤하다고 먼저 들어갔어. 말순이는 빨래 담당이라 지 일만 끝나면 맨날 피곤하다고 방에 쏙 들어가. 아직 어리니까 내가 봐줘야지, 나는 내일 아침밥 지을 쌀만 씻어놓고 이제 집에 갈 거야. 내가 몸이 많이 약한대도 주인 나리가 이렇게 일을 하게 배려해줘서 얼마나 고마운지 몰라 내가 일을 해야 우리 영진이 약도 사 먹이고, 우리 장남 시진이 대학도 보내지, 대학 등록금이 좀 비싸야지."
"아주머니 우리는 아주머니 반찬이 너무 맛있어요. 이덕아 너도 그렇지?"
나는 대화거리가 궁해 갑자기 반찬타령을 했다.
"응, 나도 나주댁 아주머니 반찬이 늘 맛있어."
"아주머니 피곤 하실텐데, 이제 좀 집에 가 쉬세요."
나는 모르게 짜증 섞인 목소리다.

나주댁 아주머니는 집으로 갔다.
나는 나주댁 아주머니가 몸이 약한 것도 싫고, 우리 집 부엌에서 늦게까지 힘든 일을 하는 것도 싫다.
'내가 시진이 오빠를 좋아해서 그런가?'
"언니는 왜 나주댁 아주머니에게 짜증을 내고 그래?"
"이덕아 나는 나주댁 아주머니가 우리 집에서 일하는 게 싫어. 아마도 아주머니가 시진이 오빠 어머니라서 그런가봐."
"언니가 시진이 오빠를 많이 좋아해서 그런 거네, 그러면 언니가 아주머니께 더 잘해야지, 왜 자꾸 짜증을 내고 그래? 말순이 언니는 얌체야, 맨날 나주댁 아주머니만 힘들게 일하고."
보나마나 말순이 언니는 아버지가 또 불렀을 것이다.
조청과 떡을 들고 왔더니, 삼덕이는 벌써 곯아 떨어졌다.
이덕이와 나는 떡을 조청에 찍어 먹었다.
배가 부른데도 맛이 있다.
"언니는 시진이 오빠 어디가 좋아?"
"응, 나는 오빠가 할아버지처럼 덩치가 크고 듬직해서 좋아. 그리고 오빠가 착한 것 같애. 그리고 수학을 잘해서 너무 멋있어. 수학성적은 우리 필성이 오빠보다 시진이 오빠가 더 좋대."
"응. 내가 봐도 시진이 오빠네 가족은 다 착한 것 같애. 그래도 언니 시진이 오빠랑 연애는 하지 마라. 그냥 혼자 짝사랑만 해라. 아버지가 아시면 우리 모두 집에서 쫓겨날걸. 언니 알겠지?"
마음 약하고 겁도 많은 이덕이는 나에게 신신당부한다.
"알았어. 시진이 오빠도 우리 오빠도 고등학생들이라 공부하기 바쁜데, 연애는 무슨, 이덕아 그리고 고등학생이 나 같은 중학생한테 관심이나 있겠니?"
"언니 그건 아니다. 나 일요일마다 교회에서 몰래몰래 언니를 훔쳐보는 시진이 오빠를 몇 번이나 봤거든. 저번에 시진이 오빠랑 나랑 딱 눈이 마주쳤는데, 오빠가 얼굴이 빨개져서 재빨리 내 눈을 피하더라. 오빠 덩치에 어울리지 않게 얼마나 재빨리 피하던지, 호호 그 때 웃음이 나오는데 참느라 혼났어. 예배 중에 낄낄거리면 아버지에게 혼나잖아."
"그러니? 나는 한 번도 못 느꼈는데."

사실 이덕이에겐 시치미를 뗐지만 시진오빠와 나는 몇 달 전부터 연애편지를 주고 받는 사이다.
오빠도 나도 진심으로 서로를 좋아한다.
그리고 우리는 나중에 커서 미래를 같이 하자고 새끼손가락까지 걸고 언약한 사이다.
오빠는 만나면 항상 내 단발머리를 쓰다듬어 준다.
"오빠는 나만 보면 왜 항상 머리를 쓰다듬어? 나 오빠에게 착한 일 한 것도 없는데..."
"그러게, 나는 일덕이 너만 보면 이상하게 머리를 쓰다듬어 주고 싶더라."
내가 시진이 오빠를 본격적으로 좋아하게 된 계기는 사실 국민학교 6학년 때 일어난 사건 때문이다.
어머니 아버지는 모른다.

사건은 초등학교 6학년 여름에 일어났다.
오빠들은 중학교 1학년이다.
필성이 오빠와 시진이 오빠와 동네 오빠들 여럿이서 방학이라고 몰려와 다들 저수지에 멱을 감으러 갔다.
오빠들 수영하는 모습이 멋있어 나도 그만 저수지에 뛰어 들었다.
그 당시 나는 수영을 배우지 못했다.
하지만 나는 사람은 태어나면 다들 수영을 잘하는 줄 알았다.
'사람은 태어나면 다 수영을 할 수 있겠지. 태아 때도 어머니 배속에서 양수에서 헤엄치고 놀았다고 책에 나와 있잖아.'

나는 아무 망설임 없이 오빠들처럼 저수지에 뛰어든 그 순간부터 허우적
거리다 꼬르륵 꼬르륵 물 속으로 가라앉았다.
사방이 뿌옇다.
무섭다.
'이렇게 죽는 건 너무 억울해. 어머니.. 아버지.. 필성이 오빠.. 칠성아.. 이
덕아.. 삼덕아..'
정신이 혼미하다.
누군가 물속에서 나의 머리카락을 끌어당긴다.
시진이 오빠다!
'휴우 드디어 나는 이제 살았다. 하느님 감사합니다.'

시진이 오빠는 그 큰 덩치로 깊은 물속까지 내려와 나를 구했다.
나중에 들었지만 오빠들 중 시진이 오빠가 가장 수영을 못한다고 한다.
나는 한참 후에 정신을 차렸고, 오빠들은 수영을 잘해서 그런지 별로 심
각하게 생각하지 않고 또 다이빙을 한다고 떠들썩하다.
필성이 오빠마저 다른 오빠들과 계속 깔깔거리며 나는 안중에도 없다.
'나는 죽을뻔 했는데, 필성이 오빠는 아무것도 모르고 나에게 관심도 없
구나...'
서러움이 폭발했다.
"일덕아, 괜찮니? 너무 놀랐지? 조금 있으면 괜찮아질거다. 나중에 오빠가
꼭 수영 가르쳐줄게. 오빠가 일덕이 너 죽는 줄 알고 얼마나 놀랐던지..."
근심으로 가득한 시진이 오빠다.
고맙다.
시진이 오빠는 덜덜 떠는 나를 걱정해 나를 바로 등에 업고 집에까지 달
려왔다.
오빠의 크고 널따란 등은 따뜻하다.
'시진이 오빠. 나는 나중에 크면 오빠와 결혼할래, 오빠가 나의 생명의 은

인이니까. 소설책에도 그렇게 나와 있더라.'
집으로 오면서 나는 혼자 결심했다.

그 후 나는 시진이 오빠도 나를 예뻐 한다는 것을 눈치챘다.
오빠도 저수지 수영 사건 이후 수줍은 얼굴로 감꽃 목걸이를 만들어 몰래 나에게 전해주기도 하고, 먹음직스러운 홍시를 가져와 전해 주기도 했다.
음력 1월 24일, 나의 생일이다.
나는 어머니가 새로 지어준 노랑 저고리에 초록빛 치마를 입고 오빠를 만나러 갔다.
시진이 오빠는 수줍게 호주머니에서 꽃이 옹기종기 달린 노란 머리핀을 꺼내 준다.
"오빠 이거 생일선물이야? 오빠 내 생일은 어떻게 알았어?"
"응 우리 어머니께 여쭈어 봤어."
"이 머리핀은 어디서 샀어?"
"금구 장에서 저번에 샀어."
"이쁘다. 오빠 고마워."
"다른 건 몰라도 나는 이제부터 일덕이 니 생일은 꼭 기억할게. 그리고 너는 머릿결이 찰랑거리고 이뻐서 이 머리핀이 잘 어울릴 거야. 그리고 너는 이 노란색 한복 입었을 때가 제일 이쁘다."
"오빠 이 한복은 어머니가 생일이라고 지어주어서 오늘 처음 입은 건데?"
시진이 오빠는 당황하여 귀까지 빨갛다.
"그 그러니? 하여튼 너는 한복이 참 잘 어울린다."
나는 까르르 웃었다.
오빠는 머리핀을 직접 머리에 꽂아 주었다.
오빠는 그 후에도 나의 생일을 잊지 않고 선물을 챙겨 주었다.
돈이 없을 때는 알밤 다섯 톨을 소중하게 호주머니에서 꺼내 준 적도 있다.
나는 늘 자상한 시진이 오빠가 참 좋다.

1955년이다.
내 나이 열여섯이다.
중학교 3학년이다.
빡세게 공부를 해 전주여고로 진학을 꼭 해야겠기에 나는 3월부터 마음을 다 잡고 공부에 박차를 가했다.
전주여고에 들어갈 실력은 충분했으나, 나는 순전히 시진이 오빠에게 잘 보이고 싶어 공부를 더 열심히 했다.
일요일에도 공부만 하고 싶었으나 아버지의 불호령으로 오전 예배는 꼭 참석했다.
시진이 오빠는 예배에 참석하지만 나주댁 아주머니와 아저씨는 예배에 참석하지 않아 아버지의 미움을 샀다.
"나주댁과 영식이는 왜 예배에 참석 안한답니까?"
"나주댁은 몸도 약하고 그 집에 막내 영진이가 몸이 늘 아파 돌봐야 하잖아요."
"쯧쯧.. 우리 논으로 먹고 살면서 주인 말은 듣지도 않고, 하지만 안팎으로 일을 잘하니 쫓아내기도 그렇고."
부모님 두 분은 서로 경어를 쓴다. 보기 좋다.
나주댁 아주머니가 없는 일요일은 목포댁 아주머니와 나보다 두 살 많은 말순이 언니가 부엌일을 한다.
말순이 언니는 고아여서 열 살 때부터 우리 집 아래채 목포댁 아주머니 옆방에 기거하며 우리 집 빨래와 잔 심부름을 한다.

중학교 3학년 어느 겨울 새벽, 오줌이 마려워 뒷간에 갔다.
그 순간 아버지가 말순언니 방에서 헛기침을 하며 나오는 것을 목격했다.
그 다음 날도 나는 거의 같은 시간에 말순언니 방에서 나오는 아버지를 봤다.
그리고 나처럼 뒷간에 가던 칠성이도 발견했다.
나는 너무 놀랐다.
"어머나 칠성아 너 왜 안 자고..."
"뒷간 가느라 깼어요."
"너 아무것도..."
"누나 저 아무것도 못 봤어요. 추워서 먼저 들어갈께요."
칠성이는 저벅저벅 제 방으로 갔다.
"저 녀석은 봤다는 건지, 안 봤다는 건지 참..."
나는 아버지가 너무 이상해서 어머니에게 고자질을 했다.
"어머니, 오늘 새벽에도 어제 새벽에도 아버지가 말순이 언니 방에서 나오는 걸 제가 이 두 눈으로 똑똑히 봤어요."
어머니 눈빛이 흔들린다.
어머니가 눈물을 뚝뚝 흘린다.
"일덕아 너는 아직 어려 어른들 일을 다 이해할 수 없겠지만 본시 남자들이 다 그렇단다."
나도 안다. 소설책에서 읽었다. 하지만 아버지가 하는 저 행동은 너무 옳지 않다.
말순이 언니는 나보다 겨우 두 살 많다.
이제 열여덟이다.
어머니를 슬프게 하는 아버지가 미웠다.
어머니는 알면서도 모르는 척 눈을 감아 주는 눈치다.
'어떻게 딸 같은 말순이 언니를 품을 수가 있단 말인가? 그걸 아는 어머니 마음은 얼마나 아플까? 그러면서 매일 우리에게 예의니, 도덕성이니,

성경책대로 살아야 한다고 우리에게 항상 설교를 하는 것은 진짜 앞뒤가 맞지 않는 거 아닌가?'
말순이 언니도 어머니도 가엾다.
1956년이다.
나는 이제 열일곱이다.
어머니는 시집 갈 나이가 되었다며 나에게 김장김치와 된장과 고추장 담그는 법을 배우라고 하였다.
나는 시간이 나는 대로 목포댁 아주머니와 나주댁 아주머니에게 꼼꼼하게 배웠다.

전주여고에 합격한 나는 필성이 오빠 하숙집에 같이 살았다.
전주여고 입학식 때 먼저 나에게 친절하게 말을 건네준 김현자와 박남순이 자주 하숙집에 놀러왔다.
그 이유는 하숙집에 잘 생긴 오빠들이 많기 때문이다.
주인집 아주머니는 현자와 남순이에게도 간식을 듬뿍 주어 우리는 한 달에 두어 번은 하숙집에서 같이 놀았다.
나의 룸메이트는 금산면이 고향인 전주여고 2학년 윤민자 언니이다.
어머니와 고향이 같아 민자언니는 가끔 친정나들이를 하는 우리 어머니를 기억하고 있다.
"일덕아 너도 어머니랑은 하나도 안 닮았네. 어머니는 오목조목 하신데, 필성이 오빠도 이목구비가 큼직큼직하니 다들 아버지를 닮은 모양이다 그치?"
나는 하숙집에 입주하고 난 이후부터 필성이 오빠와 시진이 오빠에게 경어를 썼다.
하숙집에는 다들 1년 선배라도 경어를 쓰기 때문이다.
민자언니도 나처럼 큰 키에 이목구비가 뚜렷해 사람들은 둘이 자매라고 착각한다.

하지만 나는 민자언니보다 골격이 크고, 체중도 더 많이 나간다.
그리고 민자언니는 목이 유난히 길다.
성격도 나는 부끄럼을 타고 내성적인 반면 민자언니는 성격이 시원시원하고 활달하고 목소리가 유난히 크다.
그리고 전주여고에서 전교 5등 안에 들 만큼 공부도 잘한다.
그리고 연애소설책을 책상 가득 비치하고 있고, 서양 소설책도 많아 하숙집 여학생들에게 인기가 탑이다.
이쁘고 자유분방한 성격으로 남학생들에게도 인기가 탑이다.
매일 저녁마다 남학생들과 데이트를 하러 나가고, 주말에도 고향집에 가지 않고 남학생을 만나는 눈치다.
그런 와중에 민자언니는 우리 필성이 오빠를 좋아하는 눈치다.
"일덕아 나는 절대 중매결혼은 하지 않을 거란다. 꼭 연애결혼해서 멋진 가정도 가지고 또 결혼 후에도 나는 꼭 직장생활을 할거야. 가정주부로만 늙는다는 건 죄악이다. 난 꼭 멋진 커리어 우먼이 될거야. 그리고 꼭 내가 먼저 프로포즈 할거야."
"민자언니 커리어 우먼이 뭐예요?"
"음 그건 우리말로 해석하면 전문직 여성이라고 하면 될거야."
멋지다!

나는 민자언니와 생활하며 고향집에서 한 번도 생각하지 못했던 여성의 권리나 여성의 주체적인 삶을 처음으로 접하게 되었다.
"언니는 공부도 잘하고 얼굴도 이뻐서 하숙집 오빠들이 줄을 섰어요. 다들 부럽대요. 언니는 나중에 어떤 직업을 갖고 싶어요?"
"나는 무조건 선생님이 될 거야. 무지한 아이들에게 지식을 알려주는 일만큼 근사한 일이 어디 있겠니?"
"저도 교대 나와서 국민학교 선생님이 되고 싶어요. 아니에요. 사실은 이 희망은 우리 아버지 희망이예요. 나는 아직 내가 좋아하는 일을 아직 찾지 못했어요."
"그러니? 빨리 찾아야지. 나는 국민학교는 시시하고 고등학교 교사가 되고 싶어. 고등학생쯤 되어야 그래도 대화가 통하지 않겠니?"
"그러네요. 언니는 공부를 잘하니까 원하는 대로 할 수 있어서 좋겠어요."
"참 일덕아 필성이 오빠는 여자 친구 있니?"
"민자언니 나는 오빠가 여학생하고 얘기하는 모습을 아직 한 번도 못 봤어요."
"어머 그러니? 귀여워라 그럼 내가 필성이 오빠 꼬셔봐야겠다. 나는 남자가 프로포즈하는 연애소설보다 여자가 남자에게 먼저 프로포즈 하는 게 멋진데 아직 우리나라 작가는 다 고지식해서 그런 소설이 없더라. 그래서 우리나라 소설은 다 시시해. 가끔 서양소설을 보면 그런 멋진 여자가 주인공으로 나오기도 해."
언니는 늘 자유연애를 갈구한다.
"일덕이 너도 이 소설은 꼭 읽어라. 그래야 여자가 삶의 주체가 되는 멋진 인생을 앞으로 살 수 있는 거란다. 우리나라 소설과 영화는 하나같이 여자는 남자에게 무조건 복종하고 순응하는 것이 미덕이라고 그려져 있지만 서양소설은 그렇지 않아. 여자도 하나의 인격체야. 그리고 여자도 남자와 동등한 자격을 갖고 있다고 표현하고 있어. 정말 멋지지 않니?"
민자언니는 '바람과 함께 사라지다' '오만과 편견' '폭풍의 언덕'그리고 '제인 에어'를 건네 주었다.
나는 민자언니가 준 책들을 꼼꼼하게 마음에 새기며 읽었다.
민자언니 말처럼 이 서양소설 속에 나오는 여자주인공들은 대부분 남자에 얽매이지 않고 자신이 주체가 되는 삶을 살아간다.
멋지다!
그 중에서도 나는'바람과 함께 사라지다'의 여주인공 스칼렛과 '제인 에어'의 여주인공 제인이 되게 맘에 든다.
'나도 조금 더 나이가 들어 어른이 되면 이 두 사람처럼 남자에게 휘둘리지

않고 내 주장을 펼칠 수 있는 주체적이고 매력적인 여자로 성장해야지.'
나는 민자언니 덕분에 세상을 보는 눈이 달라졌고, 여자도 남자와 동등하다는 가치관을 처음으로 인지했다.
민자언니는 눈치도 빨라 나와 시진이 오빠가 서로 좋아하는 사실도 알고 있다.
하숙집 아주머니는 과부다.
택호가 '안성댁'이다. 안성댁 아주머니는 키가 작고 살집이 있는 체구였으나 늘 동백기름을 발라 쪽진 머리에 앞치마를 두른 정갈한 옷차림에 바지런하고 음식솜씨가 좋아 학생들에게 인기가 많다.
그리고 노처녀인 아주머니 여동생이 하숙집 살림을 도와주어 간식도 풍성하다.
여동생과 아주머니는 쌍둥이처럼 얼굴도 체구도 거의 똑같다.
두 분 다 인정이 많아 밥도 반찬도 항상 넉넉하게 챙겨주어 하숙생들은 불만이 없다.
하숙생은 모두 스무 명이다.
남학생이 열 네명, 여학생이 여섯 명이다.
그리고 이 하숙집에서 서울대로 진학한 학생들이 많아 인근 금구면과 금산면, 봉산면에서 부모님들은 서로 이 하숙집으로 보내려고 성화다.
나는 필성이 오빠 덕에 바로 입주 할 수 있었다.
나는 공부를 열심히 했으나 1학년 600명 중 200등 언저리에서 왔다 갔다 한다.
속이 상했다.
필성오빠랑 시진오빠랑 민자언니는 다 전교 10등 안에 드는 우수한 성적인데, 나만 미운 오리새끼다.
"필성이 오빠, 왜 나만 공부를 못할까요?"
"아니야. 우리 일덕이가 전주여고 합격한 게 어디야? 남들보다 열심히 하면 금방 따라 잡을거다."

"진짜 그럴까요?"
"그럼, 일덕이는 무슨 과목이 제일 힘드니?"
시진오빠도 거든다.
"나는 수학이 제일 힘들어요."
"그럼, 내일부터 시간 날 때 오빠 방에서 수학공부 같이 하자."
"내가 일덕이 오빤데, 니가 가르쳐준다고? 하기야 시진이가 나보다 수학 성적이 좋으니까 그게 좋겠다. 니 성적이 올라야 아버지 어머니도 좋아하시지 않겠니?"
필성이 오빠는 그야말로 바른 생활 그 자체다.
목사님에 딱 어울리는 성품을 타고 났다.
시진오빠와 나는 틈틈이 오빠 방에서 수학과외도 하고 또 연애도 했다.
나는 매일 매일이 행복하다.

열일곱 살이다. 9월이다.
갑자기 하숙집으로 어머니가 오셨다.
어머니는 오늘도 연보라빛 저고리에 연한 노랑 빛 치마를 입고 오셨다.
아름답다.
"엄마 웬일이세요?"
나는 반가와 맨발로 뛰어 내려 갔으나, 어머니 표정이 좋지 않다.
하숙집 아주머니는 감잎차를 내오셨다.
"감사합니다. 우리 아이를 둘씩이나 맡기고 자주 찾아 뵙지도 못하고."
"아니에요. 둘 다 얼마나 착한지 몰라요. 마나님이 시진이 학생 하숙비까지 날짜 한번 거르지 않고 꼭꼭 챙겨주셔서 저는 얼마나 고마운지 몰라요. 그럼 말씀 나누세요."
나는 어머니가 시진이 오빠 하숙비를 낸다는 사실은 처음 알았다.
필성이 오빠도 하숙집 아주머니가 기별을 했는지, 내 방으로 왔다.
민자 언니는 또 데이트 나갔는지 집에 없다.

평일에도 밤에 항상 데이트 하러 나가고, 주말에도 고향집에 가지않고 데이트를 즐기면서 공부를 곧잘 하는 민자언니가 부럽다.
"일덕아, 놀라지 말고 들어라. 너네 아버지가 무슨 변덕이 났는지 글쎄 너를 이웃동네 김씨댁 장남에게 올해 안에 시집을 보내려고 한단다. 아버지는 글쎄 딸들을 모두 국민학교 선생님 만들고 싶다더니.. 내가 기가 차서 이렇게 달려왔단다."
"어머니 그러면 그 집 장남도 지금 학생이예요?"
오빠가 차분하게 물어본다.
"아니, 중학교만 졸업하고 그 집안 농사일 관리한 지 한참 되었다고 하더라. 나이가 세상에 스물 한살이라고 하더라. 내가 봤는데, 아이고 얼굴이 산적이다. 산적, 머리가 수북하고 얼굴이 시커멓고, 게다가 키도 작아 진짜 볼품도 없더라. 나는 반대다. 여자도 공부를 하고 싶으면 해야지."
마른 하늘에 날벼락이다.
"일덕아 나는 항상 니 아버지에게 꼼짝 못하는 아낙네지만 이번 결혼만큼은 나도 가만있지 않을 거다. 필사적으로 반대할 거란다. 그러니까 일덕이 너는 공부만 열심히 하거라."
어머니는 공부에 전념하라지만 나는 좌불안석이다.
아버지의 강하디 강한 고집을 익히 알고 있기 때문이다.
아버지는 한번 마음 먹으면 절대 물러서는 법이 없다.
어머니는 이 소식만 전해주곤 급하게 택시를 타고 집으로 떠났다.
오빠도 진심으로 걱정을 한다.
며칠 후 나는 시진이 오빠에게 이 사실을 전했다.
오빠도 엄청 놀라며 안절부절이다.
나는 이번에는 절대 아버지 명령을 그대로 받아들일 수 없다.
'제인 에어'에 나오는 제인이나 '바람과 함께 사라지다'에 나오는 스칼렛처럼 나도 이제 아버지에게 휘둘리지 않고 주체적인 삶이 살고 싶었다.
그래서 혼자 내린 결론은 시진오빠에게 순결을 바치면 아버지도 별 수 없이 오빠에게 나를 시집보낼 수 밖에 없을 거라는 결론에 도달했다.
나는 드디어 아무도 몰래 날을 잡았다.
모의고사를 핑계로 토요일에 필성이 오빠만 고향집에 내려가고 나는 시진오빠에게 수학 과외수업을 받느라고 아버지에게 허락을 받고 하숙집에 남았다.
하숙집에는 하숙생 모두 고향에 내려가고 주인 아주머니와 우리만 남아있다.
과외수업을 해주는 오빠의 숨결이 가까이에서 느껴진다.
오빠도 얼굴이 발그레하다.
"일덕아, 나 요즘 잠을 못 잤단다. 아저씨가 당장 너 학교 그만두고 집으로 내려와 시집가라고 할까봐..."
"오빠, 나도 매일매일 불안해서 잠을 못 자요. 하지만 난 이번만큼은 아버지 말씀을 따를 수 없어요. 다른 사람을 마음에 품고 결혼한다는 건 그 사람에게도 예의가 아니니까요."
"그럼, 우리 어떻게 해야 하니? 우리 집 형편에 너랑 도망을 가는 것도 어렵고, 너에게 미안하지만, 나는 아버지 어머니 그리고 영진이가 눈에 밟혀 절대 도망은 못 간단다.. 일덕이 너한테 나는 그저 짐일 뿐이구나."
"오빠 마음 다 알아요. 제게 묘안이 있어요."
오빠에게 나는 자초지종을 설명했다.
오빠는 화들짝 놀라 있을 수 없는 일이라며 방을 나가버린다.
나는 시진오빠가 야속하기도 했지만 오빠 마음이 충분히 이해가 된다.
나도 사실 엄청 무섭다.
'이대로 집에 끌려가 생전 처음 보는 남자에게 시집을 가야 하나? 나는 절대 그런 삶은 살지 않을거야.'
잠이 오지 않는다.
나는 다시 일어나 수학공부를 했지만, 머릿속에 아무 공식도 들어오지 않는다.

밤 열두시쯤 누군가 방문을 두드린다.
"누구세요?"
"나야, 시진이."
방문을 열었다.
"오빠, 웬일이세요?"
"나도 이대로 다른 남자에게 너를 시집 보내긴 싫어."
오빠가 방으로 들어왔다.
그리고 예전처럼 머리를 쓰다듬어 주었다.
나의 계획대로 오빠와 나는 밤을 같이 보냈다.
"일덕아, 나는 너랑 꼭 결혼할거다."
"당연하죠. 오빠! 우리 아버지가 지금 이 일을 아시면 아마 제 다리를 부러뜨려 집에 들어앉힐 거예요. 하지만 아버지가 김씨댁 장남과 결혼하라고 고집을 피우면 제가 바로 오늘 일을 다 이야기 할 거예요."
"일덕이 너에게만 너무 큰 짐을 지게 하는 것 같아 오빠가 미안하다."
"아니에요. 나는 오늘 일로 오빠의 마음도 알게 되었고, 이제 두려울 게 없어요. 오빠는 이제 공부만 열심히 하세요. 나머지는 제가 다 알아서 할께요."
시진오빠는 눈물을 흘렸다.
나는 그런 오빠를 살포시 안아 주었다.

12월 방학이 될 때까지 나는 월경이 없다.
김씨와 아버지가 무슨 일인지 몰라도 하여튼 대판 싸워 혼사는 없는 일이 되었다는 필성이 오빠의 전갈에 시진오빠와 나는 뛸 듯이 기뻤다.
'설마 임신한 건 아니겠지?'
가정시간에 남자와 잠자리를 하고 월경이 없으면 임신이라는 것을 배웠다.
불안감이 엄습한다.
머릿속에 부모님 얼굴이 떠오른다.

일요일마다 예배를 드리면서 나는 어머니 얼굴을 볼 용기가 없다.
'엄마가 눈치 채신 거는 아닐까?'
나는 무서운 아버지보다 항상 우리 때문에 종종거리는 어머니가 더 걱정이 되었다.
그래서 항상 공부를 핑계로 오전예배만 끝나면 하숙집으로 도망치듯 올라온다.
나는 민자언니에게 고민을 털어놓았다.
"사실 나는 맨날 자유연애 강조했지만 나도 아직 남자랑 외박은 하지 않았단다. 이 일을 어쩌면 좋니?"
민자언니는 두 손으로 머리를 감싸고 안절부절이다.
"일덕아 너 시진이 오빠 맞지?"
나는 눈물만 흘리며 고개를 끄덕였다.
"일덕이 니가 시진이 오빠를 진정 좋아하는 거라면 이 언니도 꼭 힘이 되어줄게. 우리만큼이라도 진정으로 좋아하는 남자와 결혼할 수 있는 주체적인 삶을 살아야지. 그나저나 온일덕 멋지다!"
토요일 오후, 민자언니와 나는 전주 사거리에 있는 보람산부인과에 갔다.
보람산부인과는 민자언니 고모부가 운영한다.
나는 걸어가는 내내 몸이 떨려왔다.
"일덕아, 너무 걱정하지 마. 그럴 리 없겠지만 만약 임신이라고 해도 우리 고모부가 알아서 해결해 주실거야."
민자언니는 역시 여리 여리한 몸매에 비해 강단이 있다.
"민자야 니 후배 임신이 맞네. 어떻게 해야 하지? 일단 부모님은 아셔야 할텐데."
청천벽력이다.
엄하디 엄한 아버지 얼굴이 먼저 머릿속을 한바퀴 돈다.
다음엔 조용조용한 어머니 얼굴이 또 한바퀴..
마지막엔 시진이 오빠 얼굴이 떠오른다.

눈물만 하염없이 흐른다.
"고모부 감사합니다. 이번 주말에 제가 같이 가서 일덕이 부모님께 얘기 할께요."
충격이 커서 어떻게 하숙집으로 돌아왔는지 아무 기억이 없다.
"일덕아, 니 이야기 들어보니까, 아버지는 엄하시니까 비밀에 부치고, 일단 어머니께 먼저 말씀드리자. 내가 이번 돌아오는 토요일에 너네 고향집에 따라가 줄께. 그리고 필성이 오빠랑 시진이 오빠에게도 우선 비밀로 하자. 그리고 나 사실 필성이 오빠를 좋아해서 니 일이 남일 같지 않단다."
민자언니가 필성이 오빠를 좋아하는 사실은 하숙집 식구들은 다 아는 일이다.
언니는 항상 직선적이다.
나는 민자언니 덕분에 든든한 부분도 있었지만, 한편으론 너무너무 겁이 나 밤새 눈물이 그치질 않는다.
아침에 눈이 통통 부어 필성이 오빠가 걱정을 한다.
시진이 오빠도 걱정하는 눈빛이다.

1956년 12월,
민자언니는 약속대로 고향집에 같이 가주었다.
나는 민자언니와 필성오빠, 시진오빠랑 다 같이 버스를 타고 고향집에 갔다.
부모님은 민자언니를 엄청 반겼다.
부모님은 가끔 나에게서 같은 방 룸메이트 민자언니가 싹싹하고 공부를 꽤 잘한다는 소문을 들어서 그런지, 특히 아버지가 민자언니를 되게 반긴다.
이덕이도 삼덕이도 덩달아 민자언니를 좋아한다.
밥상에 귀한 반찬도 그득하다.
나는 임신 사실도 잠깐 까먹고 오랜만에 나주댁 아주머니의 맛깔스런 반찬에 밥을 고봉으로 먹었다.
식혜와 수정과까지 마시고, 언니와 나는 부모님 안채로 갔다.

부모님 방에는 다행히 엄마만 있다.

"학생 어서 들어와요. 집이 금산면이라고 했나?"

"네. 아버지께서는 일덕이 아버님을 잘 아시던데요."

"그래? 아버지 성함이?"

"네. 윤 칠자 수자입니다."

"나도 들어본 거 같네요. 민자학생은 공부를 잘해서 우리 바깥양반이 아주 좋아해요."

"감사합니다. 어머니, 그런데 오늘 제가 온 이유는 조금 심각한 얘기를 하러 왔습니다. 일덕이와 관계된 얘기예요."

"그래요? 우리 일덕이에게 공부말고 심각한 일이 뭐가 있을까?"

"어머님, 너무 놀라지 마세요. 일덕이가 임신을 했습니다."

"뭐 뭐라고? 임신을 했다고? 일덕아 이게 무슨 말이니? 니가 직접 얘기해 봐라."

"엄마, 죄송해요. 제가 철없이 딱 한번 실수를 했는데, 월경이 없어요."

"어머님. 제가 지난 주에 일덕이 데리고 산부인과에 가서 임신 진단도 받았답니다."

"아이고 이게 무슨 일이냐? 아버지가 아시면 우리 일덕이 다리 몽둥이를 부러뜨릴건데, 아이고 갑자기 심장이 아프네. 일덕아 임신이 확실하니?"

나는 눈물을 뚝뚝 흘리며 고개를 끄덕였다.

"하숙집 사람이니?"

"엄마... 그게 시진이 오빠예요. 사실 그 때 아버지가 김씨집에 시집 보낸다고 해서 제가 순결을 잃으면 시집을 보내지 않을 거 같아 제가 먼저 시진오빠를 설득했어요."

"아이고 내가 너무 경솔했구나. 이렇게 너네 아버지 변덕으로 혼사는 없던 일이 되어 버렸는데 내가 괜히 떠벌려서, 괜히 하숙집까지 찾아가서 일덕이 너한테 말하는 게 아닌데.. 이 일을 어쩌면 좋니? 다 내 잘못이구나."

어머니는 했던 말을 계속 반복했다.

"이 일을 어쩌면 좋니? 이 일을 어쩌면 좋니? 민자학생 이 일을 어떡하면 좋을까요?"
어머니는 정신이 없어 민자언니에게 반말과 경어를 번갈아 썼다.
"어머니. 두 사람이 좋아하면 저는 아기는 낳아야 한다고 생각해요. 그리고 두 사람 결혼도 하면 되죠."
"민자학생 우리 바깥양반이 알면 일덕이도 시진이도 죽을 수 있어요. 그건 그렇고 시진이가 우리 일덕이한테 이럴 줄은 정말 몰랐네. 이제 우리 일덕이 겨우 열일곱인데."
"엄마, 시진이 오빠는 아무 잘못도 없어요. 산적같은 남자에게 시집가기는 죽어도 싫어 내가 오빠를…"
"그래도 제 생각엔 아버님이 아셔야 대책이 세워질 것 같은데요."
나는 아버지를 볼 생각에 다시 온 몸이 사시나무 떨 듯 떨려왔다.
"일단 일덕아 작은 아버지네로 피신해 있거라. 참 일덕아 니가 임신한 사실을 시진이는 알고 있니?"
"엄마. 오빠에게는 아직 말하지 못했어요."
"잘했다. 아 아무리 이해하려고 해도 엄마는 화가 나서 못 살겠다. 어떻게 그 착한 시진이가 감히 너에게 이런 짓을, 나는 시진이가 너무 착하고 성실해서 정말 좋게 봤는데, 어떻게 아직 어리디 어린 너에게. 그리고 어차피 너희 둘은 동성동본이라 결혼은 절대 안된다. 아이고 이 일을 어쩌면 좋니?"
"엄마 시진이 오빠는 잘못 한 거 없어요. 엄마 제가 나쁜 애예요. 제가 오빠를 꼬신거예요. 엄마 제발 아버지께 시진이 오빠 이름은 말하지 않으면 안될까요?"
"일덕이 너는 지금 이 순간에도 시진이 챙길 정신이 드니? 민자야 오늘 너무 고맙다. 우리 일덕이 혼자서 힘들었을텐데. 우선 둘이 작은 아버지네로 가 있거라 얼른."
나는 민자언니를 데리고 힘없이 작은 아버지네로 갔다.

"작은 아버지, 저 일덕이예요."
작은 아버지는 작은 어머니를 떠나보낸 뒤로 항상 작업실에서 그림만 그리고 있다.
"아 일덕이구나, 오랜만이다. 전주 생활은 힘들지 않니? 전주 아이들 공부 따라가려면 우리 일덕이 많이 힘들텐데."
작은 아버지의 따뜻한 말에 나는 참았던 눈물이 다시 터졌다.
"작은 아버지, 엉엉..."
"일덕아 왜 우니?"
"안녕하세요? 저는 일덕이 일년 선배 윤민자라고 합니다. 필성이 오빠랑 같은 하숙집에 살아요. 일덕이랑 룸메이트고요. 지금 일덕이가 처한 상황이 울 수밖에 없어요. 아직 말씀 드리기가 곤란해요."
"그래요? 자 선배님과 일덕이는 일단 작업실에서 우리 커피 한잔 합시다. 커피가 또 마음을 가라앉혀 주기도 하거든요."
작은 아버지는 하얀 셔츠에 베이지색 바지에 검정색 앞치마를 두르고 있어 마치 영화 주인공 같다.
작은 아버지를 바라보는 민자언니의 눈빛이 흔들린다.
민자언니와 나에게 작은 아버지는 예쁜 커피잔에 커피를 주시고, 베토벤의 피아노 소나타도 음반으로 들려준다.
나는 겁에 질려 커피 잔을 든 손이 덜덜 떨린다.
작은 아버지는 완전히 우리와 다른 세상에 산다.
"저는 오늘 커피라는 거 처음 마셔봐요."
"어때요? 민자학생 괜찮죠?"
"네. 아 아주 좋은데요."
나는 예전에도 작은 아버지에게 커피를 자주 얻어 마셨다.
"민자학생 우리 일덕이에게 무슨 일이 생겼는지 말해줄 수 없나요? 나는 우리 일덕이가 우는 건 생전 처음 보는 것 같아 지금 영 마음이 안 좋네요."
민자언니는 나의 임신 사실을 작은 아버지에게 털어 놓는다.

나는 얼굴이 빨개졌다.
작은 아버지는 생각보다 침착하다.
작은 아버지는 아무 말 없이 나를 따뜻하게 안아주었다.
찰나지만 그 순간 나는 마음이 평온했다.
아버지가 달려오는 발자국 소리가 들린다.
다시 등에서 식은 땀이 줄줄 흐른다.
'하느님! 제발 저와 애기와 시진이 오빠에게 아무 일이 생기지 않게 도와주세요.'
나는 하느님에게 매달렸다.
의외로 아버지는 차분한 목소리로 나를 부른다.
아버지는 검정색 보자기를 들고 왔다.
"일덕아 우리 작은 아버지 방에 가서 단 둘이 얘기 좀 하자. 인호야 오늘 신세 좀 지자. 민자학생 오늘 우리 집에 와서 일덕이 일 많이 도와주었다고 안사람에게 들었어요. 민자학생 고마워요."
"아닙니다. 아버님 말씀 낮추세요."
"아버님 성함이 윤칠수씨 라던데, 내가 이전에 땅 문제로 한 두번 만난 적이 있어요. 민자학생 오늘 이 일은 꼭 비밀로 해주세요."
"네."

나는 작은 아버지 방에 무릎을 꿇고 아버지 처분만 기다렸다.
작은 아버지 방은 온통 하얀색으로 매우 정갈하다.
아버지는 화가 많이 난 얼굴로 보자기에 싸고 온 간장병을 꺼냈다.
"일덕아 너 이거 마시고 아기를 유산시켜라. 동네 창피해서 나는 도저히 그냥 있을 수가 없다. 이 간장을 다 마시면 백발백중 아기는 유산된다고 하더라. 얼른 아기는 없애버리고, 너는 다시 학교로 조용히 복귀하면 된다."
나는 귀를 의심했다.
'우리 아버지가 이렇게 잔인한 분인가? 나는 절대 아버지 명령을 따를 수

없다. 나는 이제 무조건 이 아기를 낳아야겠다.'

누군가 문을 벌컥 열었다.

어머니다.

달려왔는지 숨을 헐떡인다.

"영감 이건 아닙니다."

어머니는 날쌔게 간장병을 문밖으로 던졌다.

간장병이 깨져 마당에 간장 냄새가 진동했다.

어머니 눈에 살기마저 느껴진다.

"일덕아 일어나거라. 지금 당장 부산 이모네로 가자. 거기서 일단 아기를 낳자."

처음 보는 어머니의 사나운 모습에 아버지도 흠칫 놀란 눈치다.

나도 갑자기 스칼렛이나 제인이 된 것일까?

"아버지 저는 꼭 이 아기를 낳을 거예요. 대신 아버지가 싫다고 하시면 저는 다시는 고향땅을 밟지 않겠습니다."

나는 어머니와 함께 작은 아버지 차에 실려 부산 이모 댁으로 출발했다.

시진이 오빠가 보고 싶었으나 감히 입 밖에 내지 못했다.

'시진이 오빠 잘 지내요. 보고 싶을 거예요...'

1957년이다.
내 나이 열여덟이다.
이모 집은 부산 서면에서도 꽤 부잣집 이다.
고래 등 같은 기와집에 또 이층집이다.
정원에는 꽃도 많다.
처음에는 학교 친구, 현자와 남순이도 생각나고, 시진이 오빠도 생각나고, 민자언니도 생각나고, 필성이 오빠, 칠성이, 이덕이와 삼덕이가 보고 싶어 매일 밤 울었다.
그래서 필성이 오빠에게 하숙집으로 편지를 부쳤다.
시진이 오빠에게도 편지를 부치고 싶었으나 어머니가 맘에 걸려 편지를 하지 않았다.

오라버니 전상서
필성오빠 잘 있나요?
저는 이모댁에서 잘 지내고 있답니다.
오빠와 시진이 오빠는 이제 대학이 결정되었겠네요.
시진이 오빠에게도 꼭 안부 전해주고 민자언니에게도 안부 전해 주세요.
주말에 집에 가면 이덕이와 삼덕이 그리고 칠성이에게도 안부 전해주세요.
아버지와 어머니도 많이 보고 싶어요.
(아픈 사람이 글을 길게 쓰는 것도 영리한 필성이 오빠가 의심할 것 같아 아주 간략하게 편지를 끝냈다.)

필성이 오빠에게서 답장이 왔다.

사랑하는 내 동생 일덕이에게
일덕아 잘 지내지?
몸이 많이 안 좋다고 아버지와 어머니가 늘 걱정하시던데..
어디가 아픈 거니?
니 친구 현자와 남순이가 니 안부가 궁금해 하숙집으로 몇 번 찾아 왔더라.
시진이는 니 걱정으로 엄청 핼쑥하다.
참 시진이네는 아버지에게 무슨 미움을 샀는지 6개월 전에 모두 전주로 이사를 했단다.
다행히 나주댁 아주머니가 전주역 근처에서 반찬가게를 열었는데. 찾는 사람이 많아 먹고 사는 데는 큰 어려움이 없다고 하더라.
나주댁 아주머니 반찬솜씨가 워낙에 좋으시쟎아.
아저씨도 전주역에서 지게꾼을 하시고...
참! 영진이 약값도 내야 하고 또 여러 가지 문제로 시진이가 많이 힘들어 휴학계를 낸다고 하더라.
그래서 오빠 맘도 편하지 않단다.
참! 민자는 잘 있단다.
니가 없는데도 민자는 자주 고향집에 내려와서 작은 아버지와 시간을 같이 보내는 눈치다.
칠성이, 이덕이, 삼덕이도 니 걱정으로 매일 한숨이란다.
빨리 나아서 집으로 오렴.
참 나는 전북대 신학대에 입학했고, 시진이는 전북대 공대에 입학했단다.
여름방학에는 시진이와 함께 부산 이모네로 한번 내려갈게
일덕이가 얼른 나으라고 이 오빠가 매일매일 기도하고 있단다.
우리 조만간 꼭 만나자.
일덕아! 보고 싶다. 사랑하는 오빠가

필성이 오빠 편지를 읽고 또 읽으면서 시진이 오빠가 생각나 눈물을 너무 많이 흘러 편지에 잉크자국이 번졌다.

나는 아버지가 더 미웠다.

'아버지는 도대체 나주댁 아주머니와 아저씨는 무슨 죄가 있다고 마을에서 쫓아내신 걸까? 시진이 오빠는 지금 나를 얼마나 원망할까?'

나주댁 아주머니와 아저씨, 영진이 얼굴도 떠오른다.

나는 시진이 오빠가 보고 싶어 전주로 달려가고 싶었지만, 배가 불러와 갈 수도 없어 매일매일 시진이 오빠에게 편지 쓰는 걸로 마음을 달랬다. 물론 부치지는 못하고 내방 책상 서랍 속에 쌓이기만 했다.

나는 필성이 오빠와 시진이 오빠가 부산으로 내려오는 것을 막기 위해 급하게 거짓답장을 쓸 수밖에 없다.

오라버니 전상서
오빠
저는 폐가 많이 안 좋아서 지금 병원에 입원해 있어요.
아마 오빠가 부산에 와도 면회는 허가가 나지 않는다고 하네요.
제가 빨리 나아서 집으로 갈께요.
그러니, 괜히 오빠가 부산으로 오면 헛수고만 할 것 같아요.
오빠도 나를 위해 많이 기도해 주세요.
오빠를 많이 사랑하는 일덕 올림.

시진이 오빠와 필성이 오빠가 너무너무 보고 싶었지만 임신만큼은 둘에게 들키고 싶지 않다.

이모부는 키는 작지만 엄청난 미남에 목소리가 크고 부지런하다.
성냥공장 사장님이다.
이모부는 과묵해서 그런지 나의 임신에는 한마디 질문을 하지 않고 늘 상냥하게 웃으며 잘해준다.

"일덕이 조카, 불편한 거 있으면 언제든지 이모에게나 나한테 말하소"
"여보는 조카에게 경어는 무슨, 반말로 하세요."
"이모부, 말씀 낮추세요."
"아 그럴까? 이모도 예쁘지만 우리 조카도 참 이쁘네."
이모도 엄마처럼 가느다란 체구와 오목조목 고운 얼굴에 온화한 성품이다.
이모는 엄마처럼 한복을 입지 않고 서양식 원피스를 자주 입는다.
이모는 항상 자신을 아름답게 가꾸는 걸 좋아한다.
이모는 엉덩이에 큰 점이 있어 이름이 이점희이다.
한 가지 안타까운 점은 두 분에게는 자식이 없다.
이모가 몸이 너무 약해서 그런지 애기가 생기질 않는다고 한다.
두 분은 아무것도 묻지 않고 나에게 너무 잘해준다.
이모집에도 '영도댁'아주머니가 있어 부엌일과 집안일을 다 도와준다.
이모방은 영화에 나오는 공주방처럼 온통 핑크색으로 예쁘게 장식이 되어있다.

이모는 펜팔로 이모부랑 오랫동안 연락하다 이모부가 보낸 증명사진을 보고 첫눈에 반해 용감하게 홀홀단신 부산으로 가서 이모부를 만났다고 한다.
이모부를 처음 본 순간, 이모는 사랑에 빠져 버렸다.
그 날부터 이모는 시도 때도 없이 외할아버지에게 결혼허락을 졸랐고, 경상도와 지역감정이 무척 많았던 외할아버지도 막내딸의 애교에 사르르 녹아 그 많던 논을 엄청 팔아 이모부 성냥공장과 고래등같은 기와집도 사주었다고 한다.
본채에는 이모가족이 살고, 아래채에는 '영도댁' 아주머니가 기거한다.
영도댁 아주머니는 건장한 체구에 목소리도 걸걸하여 남자 같지만, 반찬을 엄청 맛있게 해 주신다.
아주머니는 50대 초반의 나이로, 뻐드렁 니에 광대뼈가 튀어나와 첫인상은 험악해도 인정이 많다.

이모는 본채에 내 방을 한 칸 이쁘게 꾸며 주었다.

배는 점점 불러왔다.

"일덕아! 입덧은 하지 않니?"

"네. 이모, 저는 영도댁 아주머니가 해주시는 음식은 다 맛있어요."

"그래, 여기가 우리 집이다 생각하고 편하게 지내면 된단다. 엄마가 너 챙겨주라고 극구 사양하는데도 이모에게 엄청 큰 돈을 주고 가셨단다."

"이모, 감사해요."

엄마 얘기에 나는 울음이 터져 버렸다.

"일덕아, 왜 우니?"

"이모, 엄마가 많이 보고 싶어요."

이모는 기어코 엄마에게 전화를 걸어 부산으로 내려오게 했다.

나는 임신 8개월이다.

작은 아버지 지프차에서 엄마가 내렸다.

곱디고운 연분홍빛 한복이다.

엄마는 나를 보자마자 끌어안고 많이 우셨다.

나도 엄마를 안고 펑펑 울었다.

"엄마 많이 보고 싶었어요."

"나도 우리 일덕이 보고싶어 눈이 짓물렀단다. 필성이도 철성이도 이덕이, 삼덕이도 얼마나 너를 그리워 하는 지 모른다. 아버지도 말씀은 안 하시지만 너를 챙기라고 이번에 아기 낳을 때까지 엄마에게 두 달 정도 이모집에 머물러도 된다고 허락했단다."

"엄마 진짜예요?"

나는 너무 좋아 오랜만에 펄떡펄떡 뛰었다.

"일덕아! 그렇게 뛰지 마. 애기에게 무리 오면 어쩌려고."

어머니가 새파랗게 질렸다.

작은 아버지는 가지런한 치아를 드러내고 웃고만 계신다.

"작은 아버지. 인사가 늦어 죄송해요. 엄마가 오래 계신다니, 너무 좋아서 그만."
"우리 일덕이 조카 몸은 건강하지?"
"네. 저는 아주 좋아요. 이모도 이모부도 너무 잘 해 주셔서"
작은 아버지는 하룻밤만 주무시고 전주로 돌아갔다.
엄마와 같이 자고 같이 식사하고 같이 일어나는 것이 꿈만 같다.
엄마와 이모와 같이 나가 아기용품도 사고 외식도 했다.
2개월은 너무 빨리 지나가 버리고, 산고가 시작되었다.
영도댁 아주머니가 산파를 집으로 모셔왔다.
진통은 길게 계속되었다.

1957년 6월 15일 밤 9시다.
드디어 아기가 태어났다.
"아이고, 건강한 아들입니더."
나는 산파할머니의 목소리를 끝으로 곯아 떨어졌다.
'아기가 시진이 오빠를 닮았을까?'
아침에 잠이 깬 나는 아기 얼굴이 궁금해서 엄마에게 아기를 보고싶다고 했다.
엄마 표정이 굳어있다.
"엄마 아기는 어디 있어요?"
"일덕아 놀라지 말고 잘 들어라. 오늘 새벽에 갑자기 아기가 그만 숨을 거두었단다."
"네? 그게 무슨 말씀이세요? 분명히 어제 산파할머니가 건강한 아들이라고 하셨는데."
"엄마도 너무 놀라 한숨도 못 갔단다."
"지금 아기는 어디 있어요? 제 눈으로 확인해야겠어요."
"벌써 이모부가 이모랑 산에 묻으러 갔단다."

"네? 그런 게 어딨어요? 저는 우리 아기 얼굴도 한번 제대로 못보고, 한번 안아보지도 못했는데요."
"차라리 안 보는 게 낫단다. 이미 저 세상으로 갔는데... 일덕아 아이 얼굴을 보면 니가 미쳐 버린단다. 엄마가 길성이 오빠 보내고 몇 달을 밥도 못 먹고 얼마나 힘들었는데... 일덕아 차라리 잘됐다. 너는 이제 열여덟 살이다. 그리고 시진이와 너는 동성동본이라 절대 안된다. 그리고 아버지가 가만히 있겠니?"
나는 어머니에게 처음으로 큰 소리로 대들었다.
"엄마 너무하세요. 저에게 아기 얼굴은 한번 보여 주셔야죠."
나는 광분하여 어머니 한복 치마를 잡고 놓지를 않았다.
결국 어머니는 한복치마를 벗고 화장실에 가야만 했다.
아기를 천국으로 보냈는데도 나의 몸에서 젖이 감돌아 나는 가슴을 손으로 마구 쥐어 뜯었다.
'하느님 나는 지금부터 식음을 전폐하고 우리 아기 곁으로 가겠습니다."
어머니와 이모가 나를 감시하고 억지로 입을 벌려 수시로 미역국을 흘러 넣는 바람에 나는 죽지도 못했다.

1958년이다.
내 나이 열아홉이다.
아기를 낳은 후 1년이 지나도 나는 고향집에 가지 않고 홧김에 이모부 성냥공장에 취직했다.
'분명 아기는 죽지 않았을 거야.'
나는 엄마까지 나를 속이는 것 같아 이제 엄마도 미웠다.
그렇게 엄명을 내렸을 아버지도 미웠고, 세상이 다 싫다.
그냥 이제 고향집에 발길도 하기 싫다.
작은 아버지와 엄마가 나를 고향집으로 데리고 가려고 부산으로 내려왔지만 나는 끝내 고집을 피우고 가지 않았다.
엄마가 나를 붙잡고 서럽게 우셨지만 나는 눈길도 주지 않았다.
"그럼 엄마가 제 아기 일을 사실대로 말씀해주세요. 그러면 저도 바로 고향집으로 갈께요."
"일덕아 아기는 천국으로 갔다고 엄마가 몇 번이나 말해주지 않았니?"
"아니에요. 요즘도 제 꿈에 아기가 나타나요. 엄마 저는 지금도 분명 아기가 살아있는 것 같아요. 엄마 제발.."
엄마는 긴 한숨만 쉬시다가 이틀 후에 작은 아버지와 고향집으로 떠났다.
묵묵부답인 어머니가 너무 수상했다.
'어디엔가 나의 아들은 분명 살아 있을 거야.'
이모부 성냥공장에서 나는 경리 일을 했다.
일을 야무지게 잘해 이모부에게도 동료들에게도 신뢰를 얻었다.

경리 업무분야는 두 명이 일을 한다.
나는 주로 회계일 중에서 영수증 정리와 통장내역, 자산 및 부채 회계 정리 쪽을 맡고 있다.
그리고 남자 직원인 '김일구'씨는 업체 미수금, 미지급금 등 매출 채권과 매입채무 정리, 결산 관련 재무재표와 손익계산서 등을 맡고 있다.
나는 아기를 잃고 나서 다시는 남자에게 관심을 주지 않았다.
성냥공장에서도 슬그머니 관심을 표현하는 총각사원들이 많았으나 나는 꿈쩍도 하지 않았다.
내 맘속에는 시진이 오빠밖에 없다.
'언젠가 꼭 시진이 오빠를 만나야지. 시진이 오빠 우리 아들은 죽지 않고 분명 살아 있을 거예요.'
오로지 그 생각밖에 없다.
이모는 나에게 이쁜 옷도 많이 사주고 화장품도 많이 사주었다.
"이모 나는 이런 양장보다 한복이 더 좋아요."
"일덕이 너는 무슨 소리니? 요즘 아가씨가 세련되게 양장을 입어야지.. 그리고 한복을 입고 회사에 출근할 수는 없잖니? 그리고 너는 키도 크고 어깨도 넓어 한복보다 양장이 훨씬 잘 어울리더라."
자식이 없어 그런지 이모부와 이모는 나에게 정을 더 쏟는 것 같다.
"일덕아, 그냥 너는 내 딸 하자. 언니는 너 말고도 자식이 넷이나 있잖아. 언니에게 너 달라고 할까봐."
"이모, 저도 좋아요."
노란 원피스에 허리를 잘룩하게 보이는 아이보리색 벨트까지 하고 출근한 날은 남자 사원들의 눈길이 엄청 쏟아진다.
나는 노란색과 보라색을 제일 좋아한다.
아기를 낳고난 후 살이 더 빠진 나는 그 어느 옷을 입어도 너무 잘 어울린다.
"우리 일덕이가 부산에서 제일 예쁘고, 제일 멋쟁이라 회사 총각들이 데이트 한번 해보려고 줄을 섰다더라."

"누가 그래요?"
"이모부가 그러던데, 일덕이 너도 한명 골라잡아 보지 그러니?"
"이모, 저는 고향에 시진이 오빠가 있어요."

김일구씨는 말이 너무 없다.
일 처리도 잘하고 근면성실하나 사무실에서 아무 재미가 없다.
옷도 사시사철 하나밖에 없는지 회색 양복 하나로 돌려막기를 하는 거 같다.
여름에는 회색 정장바지에 흰 셔츠, 겨울에는 회색 양복 위에 베이지 점퍼면 끝이다.
얼굴은 약간 영화배우 신성일을 닮았다.
속눈썹이 길어 우수에 찬 분위기가 묘하게 사람을 끈다.
키는 172cm 정도 된다.
호리호리 하다.
매일 출근해서 보는 얼굴이 김일구 밖에 없어 그런지 조금씩 관심이 간다.
나는 원래 시진이 오빠처럼 곰같이 큰 체격을 좋아하는데, 희한하게 김일구씨는 너무 말라 또 다른 보호본능을 자극한다.
그리고 가장 눈길을 끄는 건 일구씨가 다리를 약간 절뚝거린다는 사실이다.
의족을 하고 있다는 소문도 들린다.
이모부에게 물어봤다.
"이모부, 김일구씨는 다리가 불편한 것 같은데, 어릴 때 다친 건가요? 혹시 이모부는 아세요?"
"우리 일덕이 조카가 남자 직원 이름은 오늘 처음 말하는 것 같은데, 일구 한테 관심이 있는 갑네"
"아 아니에요. 그저 같은 경리라 자주 접하다 보니 좀 궁금해서요."
"내가 알기론 6.25 전쟁때 학도병으로 끌려가 다리에 총을 맞아 한쪽 다리를 절단하고 의족을 했다고 들었어. 그래도 일구는 세상도 원망하지 않고, 참 성실해서 내가 아끼는 친구야."

의족을 했다는 사실에 나는 깜짝 놀랐다.

몇 달 후, 이모에게 부쳐온 어머니 편지에서 나는 시진이 오빠가 결혼을 했다는 놀라운 소식을 접했다.
"이모 시진이 오빠가 결혼을 했다구요?"
"응 그렇다네, 일덕아 너를 배신한 그런 녀석은 이제 더 이상 기다리지 말고 너도 다 잊고 새 출발하렴. 게다가 그 자식 벌써 아들까지 하나 있다고 하더라."
나는 믿을 수가 없어 필성이 오빠에게 편지를 썼으나 답장이 없다.
나는 급한 마음에 일요일에 교회도 가지 않고 전주행 버스에 몸을 실었다.
오빠 가게는 전주역에서 가까워 바로 찾을 수 있었다.
나는 나주댁 아주머니가 아이를 업고 있는 걸 목격했다.
시진이 오빠는 자전거에 물건을 싣고 어디론가 사라졌다.
나는 눈 앞이 깜깜했다.
'저 아이가 시진이 오빠 아들이구나. 내 눈으로 확인해도 믿기지가 않네. 시진이 오빠가 어떻게 나를 배신할 수 있어? 나는 지금도 오빠가 보고 싶어 매일 눈물로 밤을 지새웠는데... 이제 나도 다 잊고 부산에서 이모랑 잘 살래. 오빠에게 복수하기 위해서라도 나 오빠보다 더 멋진 남자 만나 꼭 잘 살 거야.'
눈물이 앞을 가렸지만, 나는 비빔밥 한 그릇을 싹싹 비우고 씩씩하게 버스를 타고 부산으로 왔다.
그날 밤, 나는 이모집 정원에서 그동안 시진이 오빠에게 매일매일 썼던 편지와 생일선물로 받았던 노란 머리핀을 꺼내 다 태워 버렸다.
그리고 시진이 오빠에게로 향했던 나의 마음도 같이 태웠다.
눈물은 끝도 없이 볼을 타고 흘렀다.

1959년 12월 24일,

스무 살, 크리스마스 이브다.
나는 이모랑 영도교회에 갔다. 이모부는 교회에 나오지 않는다.
이모와 나는 성탄예배에서 같이 예배를 드리고 있는 김일구씨를 발견했다.
"어머 일구씨 이 교회 다녀요? 그 동안 한번도 못 본 것 같은데.."
"아 사모님 안녕하세요? 지는 다른 교회를 댕기다가 이번에 이쪽으로 이사를 해서 교회를 옮겼습니더."
"너무 반갑네요. 앞으로 자주 보겠네요. 우리 일덕이랑 나는 매주 일요일마다 예배를 보거든요. 참 우리 일덕이는 성가대에서 노래도 해요."
"이모는 무슨 성가대가 큰 벼슬이라고 그러세요?"
"어머 성가대는 아무나 들어가니? 노래도 잘하고 믿음도 강건해야지"
김일구는 이모의 호들갑에 훗 웃었다.
웃는 얼굴이 얼마나 매력적인지 나는 그 순간 김일구에게 반했다.
이모도 눈치가 빨라 '꽃다방'으로 같이 가자고 제의했다.
'나에게도 이렇게 즐거운 크리스마스 이브가 오긴 오는구나.'
우리는 교회에서 밤을 새우고 아침 열시에 '꽃다방'에서 쌍화차를 마셨다.
김일구와 같이 마셔서 그런지 오늘 따라 쌍화차에 동동 떠있는 계란 노른자가 고소하다.
"일덕아 너 계란 노른자 비릿하다고 맨날 건져내고 먹더니 오늘은 그냥 다 마시네"
"그래요? 저는 이 노른자 때문에 쌍화차 마십니더. 울매나 고소한지 모릅니더. 속도 든든하고예."
김일구는 묻지도 않았는데, 이모에게 가족 이야기를 술술 풀어낸다.
형제도 없고, 아버지는 다섯살 때 병으로 돌아가셨고, 어머니는 가난이 너무 힘들어 할수없이 김일구가 일곱 살 때 시골로 재가를 하셨다고 한다.
어쩔수 없이 김일구는 일곱 살 때 큰집에 맡겨졌다.
큰 아버지는 한의원을 하여 부유했지만 중학교를 졸업하자마자, 욕심이 많은 큰 어머니가 큰 아버지 몰래 과부로 혼자 사는 고모집으로 김일구를 보내 버렸다고 한다.
고모는 혼자서 '개금세탁소'를 하다가 김일구랑 같이 일을 하게 되어 몹시 좋아했다고 한다.
김일구는 열일곱 살 때부터 고모에게 세탁소 일을 배워 다림질도 곧잘 하고, 배달일도 하고 고모에게 월급도 받아 돈도 좀 모았다고 한다.
"어머 내 정신 좀 봐 일구씨 살아온 이야기가 너무 재밌어서 이모부랑 오늘 점심 약속을 깜빡 했네. 일덕아 우리 다음 이야기는 이번 일요일 예배 후에 듣기로 하고 이만 집에 가자. 이모부 또 눈이 빠지겠다. 일구씨 오늘 즐거웠어요. 우리 이번 일요일 예배후에 꼭 다시 여기서 커피 한 잔 해요."
"네 사모님 저도 오늘 즐거웠습니다. 일덕씨도 내일 회사에서 봅시더."
힘들게 살아온 김일구가 자꾸 눈에 밟혀 나는 의자에서 일어나기 싫었다.
김일구의 나머지 이야기는 이모부에게 다 들었다.
김일구는 고모집에서 조금 행복을 맛보나 했는데 다시 열여덟살 겨울, 6.25전쟁에 끌려 나가 다리에 큰 부상을 입고 육군병원에 세 달을 입원해 있었다고 한다.
김일구는 한쪽 다리를 절단하고 의족을 하는 바람에 한동안 상실감에 빠져 아무 의욕도 없었다고 한다.
퇴원하고도 짐이 될까 봐 고모댁 에도 가지 못하고 술로 인생을 허비하다가 노숙자 생활도 했다고 한다.
그러다 정신을 차려 친구 소개로 성냥공장 근처에서 구두닦이를 하게 되었다고 한다.
김일구는 본성이 성실하다.
성실하게 일을 잘 하는 덕분에 구두닦이 가게는 단골도 늘게 되고, 그 단골 중 한 분이 이모부였다.

이모부는 장난스럽게 공장으로 구두 배달을 시켰는데, 1초도 어기지 않고 반짝반짝한 구두를 배달하는 김일구가 무척 탐이 나서 떡하니 주판을 던져주며 한달 치 구두 닦은 비용을 계산하라고 했는데, 주판도 수준급이라 덜컥 경리로 취직을 시켜 주었다고 한다.
경리로 취직한 후에는 자랑스럽게 고모 댁으로 가서 방을 한 칸 얻어 낮에는 경리로 저녁에는 고모 세탁소 일을 도와주었다고 한다.
하지만 올해 고모 아들이 결혼을 하여 방을 비워주어야 해서 이모부 성냥공장 근처인 영도에서 셋방을 사글세로 구해 이사를 했던 것이다.
인연이 되려고 그랬는지 이모와 나도 집 근처 서면에 있는 명성교회에 다니다가 담임목사님이 '영도교회'로 옮기는 바람에 일요일마다 버스를 타고 영도교회를 다닌 지 이제 6개월이 되었다.
"당신은 김일구씨 일을 어쩜 그렇게 세세하게 다 알아요?"
"내가 사실 일구를 좋아해요. 한때는 진짜 당신만 허락하면 완전 우리 아들로 데리고 오고 싶기도 했습니다. 당신도 아다 시피 나도 일구처럼 천애고아 쟎소. 나도 어릴 때 친척집을 전전하며 워낙에 고생을 많이 해서, 일구를 보면 꼭 나 같아서 정이 많이 갑니다."
"아 그렇구나 나도 일구씨 호감이 많이 가던데."
"당신이 언제 일구를 봤다고 그런 말을."
"우리가 오늘 아침에 우연히 일구씨를 교회에서 만나 꽃다방에서 두 시간이나 같이 수다를 떨었다고 했잖아요."
"아 맞다."
"여보 나는 일구씨를 아들보다 우리 사위로 삼고 싶은데요."
"사위라뇨? 우리는 딸도 없는데."
"딸이 왜 없어요? 여기 우리 조카 일덕이가 있쟎아요."
"아 그렇네. 근데 일구 나이가 너무 많을낀데, 내가 알기로 일구가 1932년생이라 지금 스물아홉이라 일덕이 조카보다 여덟 살이나 많은데 괜찮겠소?"
"일덕아! 너는 어때? 일구씨가 너보다 여덟 살 많다는데, 나는 니 짝으로 딱 좋아. 물론 일구씨가 나이가 좀 많긴 하지만 그만한 인물이 어디 흔하니?"

이모 말에 나는 홍당무가 되었다.
이모부는 성질이 급한 사람이다.
추진력이 대단하다.

1960년이다.
내 나이 스물 한 살이다.
나는 시진이 오빠를 잊기 위해 김일구를 본격적으로 만났다.
일구씨와 나는 이모와 이모부의 절대적인 지지로 거의 매일 데이트를 했다.
가장 기억에 남는 데이트는 극장에 가서 영화를 본 일이다.
나는 태어나 처음으로 영화를 보았다.
우리는 부산극장에서 '태양은 가득히'를 보았다.
알랭 들롱이 너무 잘 생겨서 스토리에 몰두하지 못하고 그의 눈빛만 기억나는 영화이다.
일구씨 눈빛이 알랭 들롱 눈빛을 조금 닮았다.
나는 차츰 가랑비에 옷이 젖듯 일구씨가 좋아졌다.
스물 한살 인생 중 가장 자유롭고 행복한 일상이다.
그리고 일구씨는 아버지의 유일한 유품이라며 비록 고물카메라지만 데이트 할 때마다 사진을 찍어준다.
카메라 셔터를 누를 때 일구씨 표정은 너무 행복해 보인다.
아직 돈이 많이 들어 인화한 사진은 보여주지 않는 눈치지만 나도 사진이 찍힐 때만큼은 기분이 좋다.
낮에 회사에서 열심히 일하고 밤에 데이트를 하고 그것도 이모부와 이모가 항상 응원하고, 심지어 데이트 비용까지 듬뿍 준다.
부모님께는 죄송하지만 이 순간만큼은 고향집이 기억에 가물가물하다.
나는 시진이 오빠에게 느낀 엄청난 배신감 때문에 일구씨와 빠른 시일내에 결혼하겠다고 이모부와 이모에게 말해 버렸다.
다만 일구씨에게 한 가지 걸리는 건 내가 처녀가 아니고 아기를 한번 낳았던 사실이다.
"이모 나도 일구씨랑 결혼을 하고 싶은데 마음에 걸리는 게 있어요."
"일덕아 일구씨 사랑한다면서 뭐가 맘에 걸리니? 이모에게는 다 까놓고 얘기해 봐"
"이모 저는 처녀도 아니고 아기까지 한번 낳았쟎아요"
"쉿 일덕아 낮말은 새가 듣고 밤말은 쥐가 듣는다는데, 그 일은 그만 잊어버리렴. 영도댁 아주머니와 나와 이모부만 발설하지 않으면 그 사실은 아무도 모른단다. 괜한 걱정 붙들어 매고, 그리고 일구씨도 너랑 결혼하려면 결점이 많쟎아 우선 고아에다가 지지리도 가난하지 그리고 다리도 또 그렇쟎아."
"이모 그럴까요?"
"그럼 셈셈이지. 그러니까 눈 딱 감고 일구씨랑 결혼해서 우리 일덕이 부산에서 새 출발하자! 이모가 다 도와줄게. 너랑 일구씨가 데이트하면서 우리 일덕이 자주 웃는 모습을 보니, 요즘같이 이모와 이모부가 행복한 적이 없단다."
"이모가 그렇게 말씀해주니 저도 안심이 되네요. 마지막으로 한가지만 더요."
"뭐니? 또."
"이모 제 아들 말이예요."
"일덕아 또 아들 얘기니? 이모도 이제 지긋지긋하다. 그 때 태어나자 마자 안타깝지만 하늘나라로 갔다고 했쟎니?"
"정말이예요? 하느님께 맹세할 수 있어요?"
"그럼 이모부와 나랑 같이 산에 묻어 주었쟎아. 이제 제발 아기는 니 맘에서 훨훨 떠나 보내고 일구씨랑 결혼해라. 고향집에도 연락하고."
"이모 저는 고향집에는 알리기 싫어요"

"어머 얘는 무슨 소리 하니? 그건 아니다. 언니랑 형부가 나중에 결혼 사실을 알면 우리를 어떻게 생각하시겠니? 우선 일구씨를 언니랑 형부에게 먼저 소개시키자."
이중인격자인 아버지의 얼굴이 생각나 나는 고향집에 알리기 싫었다.
"이모 저는 부산에 올 때 아버지는 절대 보지 않을 거라고 결심했어요. 만약에 아버지가 또 일구씨를 반대하면 저는 어떡해요?"
"아 그럴 수도 있겠구나. 그럼 언니에게만 얘기해서 부산으로 오라고 하자."
"네 그건 좋아요."
나는 이제 단호하고 단단하다.
이모가 전화를 걸어 어머니에게만 나의 새 출발을 알렸다.

엄마와 작은 아버지와 필성이 오빠와 뜻밖에도 민자언니가 같이 왔다.
어머니는 오늘도 너무 이쁜 연두빛 치마 저고리를 입고 오셨다.
우아하다.
작은 아버지의 그린색 시발 지프는 세월이 가는데도 여전히 반짝반짝했다.
나는 필성이 오빠에게 안겨 한참을 울었다.
"오빠 너무 보고 싶었어요"
"일덕아 오빠도 니가 얼마나 보고 싶었는 지 아니? 이제 병은 다 나았다면서?"
"아 네..."
오빠는 아직 내가 몸이 아픈 걸로 알고 있다.
나는 민자언니도 꼭 안았다.
"일덕아 너무너무 보고 싶었어."
민자언니는 모델처럼 큰 키에 브라운 색 양장을 멋지게 차려입고 그 누구보다 더 빛이 난다.
"언니 저도 민자언니가 얼마나 보고 싶었는 지 몰라요. 언니는 너무 멋지게 변해서 길에서 보면 모르고 그냥 지나칠 뻔 했어요"

"멋지긴 진짜 멋쟁이는 우리 일덕이지, 너무 이뻐 눈이 부신다야, 고등학생 때도 이뻤지만 지금은 사랑에 빠져 그런지 마치 영화에 나오는 멋진 여주인공 같다"
민자언니는 전북대 사범대 국어교육과 3학년이다. 벌써 민자언니도 스물 두 살이다.
너무 세련된 대학생이다.
나는 민자언니가 부러웠다.
다시 한번 지난 행동에 후회가 밀려온다.
'나도 아기 문제만 없었어도 교대를 다니고 있었을텐데...'
또 눈물이 나온다.
"일덕아 왜 우니?"
엄마가 놀라 나를 안아 주신다.
"엄마를 보니까, 너무 좋아서 눈물이 나요. 엄마랑 작은 아버지랑 필성이 오빠랑 민자언니를 보니까 마치 옛날로 되돌아간 것 같아요."
"그래 엄마도 니가 고등학교 시절로 돌아간 것 같아 기분이 이상하구나, 참 우리 집에 일덕이 일 말고도 경사가 또 있단다."
"혹시 필성이 오빠도 이제 결혼하나요?"
"응 오빠도 요즘 맞선 본 아가씨랑 데이트 하고 있어. 그것보다 큰 경사는, 사실 작은 아버지가 곧 결혼 한단다."
"네? 정말이예요? 작은 아버지 축하해요. 결혼하실 분은 누구세요?"
작은 아버지와 민자언니 얼굴이 동시에 빨개졌다.
엄마는 모처럼 웃음이 만개했다.
"작은 아버지 옆에 있네, 결혼하실 분은 바로 민자씨란다."
나는 까무러치는 줄 알았다.
"민자언니 도대체 이게 무슨 일이예요? 작은 아버지 도대체 무슨 이런 일이, 제가 혹시 꿈을 꾸는 건 아니겠죠?"
작은 아버지가 민자언니 손을 살며시 잡는다.

그리고 이내 수줍은 듯이 손을 살며시 놓는다.
꿈같은 일이 눈앞에 펼쳐진다.
"일덕아 인호씨랑 나랑 결혼하기로 했어."
민자언니는 예전에도 지금도 늘 당당하다.
"내년 3월 1일로 결혼날짜를 잡았단다. 대학 4학년이지만 별 무리는 없을 것 같기도 하고."
어머니도 엄청 흥분한 목소리다.
"일덕아 우리 조카 새 출발을 축하한다! 지금 나도 꿈을 꾸는 것 같단다. 생각해보면 우리 조카가 민자씨를 우리 집으로 데리고 오지 않았으면 우리는 평생 만나지 못했을 텐데, 우리 일덕이에게 내가 중매비를 톡톡히 내야겠지."
작은 아버지도 들뜬 목소리다.
꿈이 아니다.
그날 밤에 나는 민자언니와 밤을 새워 민자언니와 작은 아버지의 러브 스토리를 경청했다.
'이럴수가 그러면 이제 민자언니가 작은 어머니가 되는 것이 아닌가? 세상에 이런 일도 있구나.'
그리고 엄마는 작은 아버지 지프에서 목포댁 아주머니가 지은 신랑 신부 한복과 새 이불을 꺼내 이모와 이모부에게 자랑했다.
한복은 너무너무 고운 빛깔을 자랑했고, 원앙금침은 보기에도 고급스러움이 넘쳤다.
나는 한복을 보자 고함을 질렀다.
"꺅 역시 어머니가 지은 한복이 최고예요. 여기 한복집은 어머니 솜씨를 절반도 따라가지 못해요. 와 너무 곱다!"
그리고 일구씨 고모님에게 줄 이불도 손수 꽃수를 놓아 비단포장으로 정성스럽게 준비해 오셨다.
"한복 만드는 김에 전주에서 제일 잘하는 집에서 비단을 사와서 점희랑

제부 한복도 준비하고 그리고 고모님 한복도 제가 직접 만들어 왔어요. 그리고 일덕아 아버지는 니 결혼이 영 탐탁치 않은지 부산에 같이 내려오지 않을 거라고 하더라."
"엄마 저도 아버지를 이제 잊었어요. 그러니 괜찮아요."
이모와 이모부도 싱글벙글 연신 한복과 이불을 구경하느라 정신이 없다.
엄마는 두꺼운 순금 쌍가락지도 꺼내 나와 일구씨 손가락에 직접 끼워줄 거라고 자랑했다.

다음 날,
우리는 꽃다방에서 엄마와 작은 아버지, 민자언니, 필성이 오빠와 이모부랑 이모 그리고 일구씨는 일구씨 고모랑 와서 상견례를 했다.
다들 화기애애하다.
특히 작은 아버지와 일구씨는 대화를 가장 많이 했다.
엄마만 표정이 어둡다.
나도 이해한다.
일구씨 다리를 보면 어느 엄마가 환한 표정을 짓겠는가?
그래도 나에게도 어마어마한 약점이 있어 엄마는 반대는 하지 않았다.
일구씨 고모는 나를 보고 100% 만족했다.
"이렇게 키도 크고 이쁜 아가씨가 우리 일구조카와 결혼한다니 믿을 수가 없습니다. 저게 지 애미도 없이 얼마나 고생을 많이 했는데, 이리 좋은 아가씨 만날라꼬 그 고생을 했는갑소."
엄마는 고모님에게 돈봉투를 건넸다.
"이게 무신 봉투입니꺼"
"아 그동안 고모님이 김서방에게 잘해주셔서 예단비로 좀 넣었습니다."
고모님은 봉투를 열어 돈을 확인하시곤 눈이 동그래지며 엄마에게 굽신굽신 한다.
"아이고 사돈 어른신, 지가 부산에서 아이들 잘 챙기겠습니더."

그리고 고모님에게 한복과 이불도 건넸다.
"내가 이런 혼수를 받을 자격이 있나? 아이고 사돈어른 고맙습니다. 너무 곱습니다."
고모님은 몸둘 바를 몰라 하였다.
우리는 아버지 허락은 무시한 채 어머니가 지어준 고운 한복을 입고 가까운 사진관에서 결혼사진만 찍고 이모네 아래채에서 신혼살림을 시작했다.

첫날밤,
나는 일구씨가 처녀가 아니라는 사실을 알까 봐 불안했으나, 일구씨는 진심으로 나를 사랑해 주었다.
엄마는 아무도 몰래 거금을 주었다.
"일덕아 이거 아버지 몰래 외할아버지 논을 좀 팔았단다. 잘 갖고 있다가 결혼생활에 힘들면 쓰고, 그래도 힘들 땐 언제라도 엄마에게 전화하고 알겠지?"
나는 엄마와 작은 아버지, 필성이 오빠와 민자언니랑 헤어지기 싫어 작은 아버지 지프에 올라타 한참을 내리지 않았다.
이대로 고향에 가고 싶었다.
"칠성이에게도 이덕이 삼덕이에게도 꼭 안부 전해주세요."
필성이 오빠도 울고 엄마도 울고 나도 울었다.
나는 그린색 지프기 까만 점이 될 때까지 한참을 서 있었다.
물론 일구씨가 같이 있어 주었다.
나는 일구씨에게만 엄마가 주신 돈 얘기를 하고, 신혼방 쌀독에 돈을 넣어 두었다.
결혼을 한 후에도 우리는 낮에는 회사에 같이 출근해서 열심히 일하고 저녁엔 영화 데이트도 하고 외식도 하고 행복한 나날을 보냈다.
이모와 이모부는 이듬해 3월에는 작은 아버지와 민자언니 결혼식, 5월에는 필성이 오빠 결혼식에 참석하기 위해 2개월 간격으로 금구 고향집에 갔다 왔지만 나는 끝내 아무 결혼식에도 참석하지 않았다.
'작은 아버지, 필성이 오빠 미안해요. 두 분 다 새 신부랑 행복하세요.'
민자언니에겐 많이 미안했다.

1960년 12월,
일구씨와 나에게도 새 생명이 찾아왔다.
고아인 일구씨는 너무너무 좋아했다.
나는 임신 9개월까지도 회사를 다녔다.
1961년 8월 20일,
드디어 우리에게도 아기가 태어났다.
아들이다.
이모와 이모부도 너무 좋아한다.
김진수로 이름을 지었다.
첫 아이 돌잔치에 우리는 고모님 가족과 일구씨 친구들을 불러 같이 식사도 하였다.
영도댁 아주머니도 음식솜씨가 좋아 초대받은 사람들은 한결같이 음식이 맛있다고 정신없이 먹는다.
이모는 손이 커서 손님 모두에게 음식과 선물을 들러 보냈다.
남편의 친구는 두 명이 왔다.
두 사람 다 행색이 초라하다.
한 사람은 김영철씨로 구두닦이로 먹고 살고, 한 사람은 이석진씨로 오래된 낡은 트럭으로 이사짐 운송업으로 먹고 산다고 한다.
모처럼 남편도 친구들과 막걸리를 마시며 수다를 늘어 놓는 걸 보니 행복하다.
일구씨와 나는 금슬이 좋아 그 후로 연년생으로 딸, 딸, 아들을 순산하여 2남 2녀의 부모가 되었다.
일요일이면 우리는 어김없이 이모와 남편과 나와 아이들은 교회를 다녔다.

이모부와 이모는 마치 자신의 손주가 생긴 것처럼 좋아하고 이모와 영도댁 아주머니가 육아를 전적으로 도와주어 나는 계속 회사를 다니면서 돈을 꽤 많이 모았다.
"여보 우리 이대로 돈 모으면 곧 이모네 집같이 비싼 집도 한 채 살 수 있겠네요."
"나는 처음에 당신이 부잣집 딸이라 사치가 심하면 어떡하나 사실 걱정했습니더. 그런데 나보다 더 돈 모으는 걸 좋아하니, 우리는 천생연분입니더."
남편은 환하게 웃었다.
남편은 나보다 여덟 살이나 많으면서 항상 경어를 쓴다.
존중받는 기분이다.
아이들은 본채에서 아래채에서 정원에서 마음껏 뛰어놀며 쑥쑥 잘 자라주었다.
남편은 카메라로 아이들이 성장하는 모습을 열심히 찍었다.
나는 네 명이나 되는 아이들을 불평 한마디 하지 않고 잘 키워주는 영도댁 아주머니가 고마워서 한 달에 한 번씩 아래채에 모시고 와 쌀독에 있는 현금을 꺼내 보너스를 듬뿍 주었다.

1958년이다.

벌써 전주로 이사온 지도 2년이 되어간다.
일덕이가 나 때문에 임신을 하여 부산 이모 집으로 쫓겨났다는 사실을 안 지도 2년이 지났다.
그 2년동안 우리집은 풍비박산이 나 버렸다.
오로지 일덕이를 사랑한 한 가지 사실만으로 가족이 다 힘들어져 나는 집에서 고개를 들 수 없다.
일덕이가 부산으로 떠난 날, 나는 하숙집으로 나를 찾아온 정씨 아저씨를 따라 필성이 집으로 갔다.
안방에는 필성이 아버지와 어머니가 사색이 되어 있었다.
안방을 들어서는 순간 필성이 아버지는 나의 멱살을 잡고 방바닥으로 내동이 쳤다.
"야 이 새끼야 니가 우리 귀한 일덕이를 임신을 시켰다고? 앞으로 우리 일덕이 어떻게 살라고 그런 엄청난 짓을 했니? 이런 새끼는 죽어도 싸다 싸."
필성이 아버지 입에서 청천벽력이 떨어졌다.
'일덕이가 임신이라니...'
평소 나에게 항상 너그러운 필성이 어머니도 오늘은 나를 원수 보듯 싸늘하게 앉아있다.
"지금부터 잘 들어라. 너와 너의 가족은 우리 동네에서 당장 짐을 싸서 나가거라. 지금 당장 너를 때려 죽이고 싶지만 괜히 소문나서 우리 딸 일덕

부산 세탁소

이 시집도 못 갈 것 같아 내가 지금 참는다. 임자는 나가 나주댁에게 영식이 데리고 같이 오라고 하소."
그날 밤 일로 아마 일덕이가 임신을 한 모양이다.
진짜 큰 일이 벌어졌다.
엄청난 일이 벌어진 마당에도 나는 일덕이가 보고 싶다.
부산 이모집 주소만 알면 바로 일덕이를 만나러 가고 싶다.
'아직 어린 일덕이가 혼자 얼마나 힘들까?'
집에 와서 늘 심장이 아파 힘들어하는 영진이와 안방에서 부모님을 한 시간쯤 기다렸다.
"형아 나 한약은? 엄마는?"
"영진아 조금만 기다려라. 엄마 곧 오실거야."
어머니 아버지가 힘없이 들어왔다.
어머니는 얼굴이 하얗게 질렸다.
아버지는 외려 무표정이다.
두 분다 아무 말 없이 짐을 싸고 있다.
'나같은 불효자 때문에 아무 죄 없이 열심히 살고 있는 어머니 아버지만 고향을 쫓겨나게 되었구나. 너무 죄송합니다.'
부모님께 죄송하다는 말씀을 드리고 싶었으나 목소리가 밖으로 나오지 않는다.
"시진아 너는 지금 바로 하숙집으로 일단 올라가거라. 아무 생각 하지 말고 공부만 하거라. 우리는 아마 지금 당장 전주에 가서 이사할 집을 알아보고, 모레까지는 이 집을 비워야 될 것 같다."
아버지는 이 말만 하시고 계속 어머니와 솥단지와 가재도구들을 꺼내 이삿짐을 싼다.
나는 흐르는 눈물을 멈출 수 없다.
"시진아 울지 말고 아버지 말씀처럼 하숙집에 가 있거라. 이사하고 바로 연락할게."

몸도 약한 어머니는 울음 섞인 목소리로 나직하게 말씀하시곤, 영진이 한약을 달이러 부엌으로 나갔다.
하숙집으로 돌아온 나는 필성이에게 사과도 하고 싶었지만, 용기가 없어 아무 말도 꺼내지 못했다.
"이 집 하숙비도 일덕이 어머니가 내어 주시는데, 나는 앞으로 어떻게 해야 하나?"
공부도 제대로 되지 않고, 일덕이 얼굴만 머릿속에 가득하다.

부모님은 그동안 알뜰살뜰 모은 돈으로 전주에서 겨우 조그만 가게가 하나 딸린 방 한 칸짜리 집을 전세로 얻었다.
아무리 부모님이 노력해서 돈을 모아도 영진이 약값이 워낙 많이 들어가 그나마 이 집을 얻은 것도 행운이다.
필성이는 신학대에 합격하고 나는 공대에 합격했으나 등록금이 없다.
고맙게도 일덕이 어머니가 대학 입학금을 내주었다고 어머니가 살짝 귀띔해 주었다.
나는 그 돈은 죽기보다 받기 싫었지만 어쩔 도리가 없다.
아버지 어머니는 그 조그만 가게를 깨끗이 청소하여 반찬가게를 열었다.
영진이는 점점 건강이 나빠졌다.
전주에 이사 오고 돈이 없어 한약을 먹지 못해 더 그런 모양이다.
아버지는 전주역에서 지게꾼을 한다.
나는 대학에 입학했으나, 5월쯤 휴학계를 냈다.
대학은 나에게 사치다.
나는 그 때부터 어머니 반찬가게를 도왔다.
다행스럽게도 어머니 음식솜씨가 좋아 제법 손님이 많아지고 가까운 거리는 고물자전거를 헐값에 구입해 내가 배달을 했다.
불행 중 다행으로 수입이 늘어 영진이 한약 값을 댈 수 있어 어머니와 나는 손을 잡고 가게에서 자주 울었다.

"어머니 죄송해요 저의 철없는 행동으로 어머니 아버지를 이렇게 고생을 시키고 있습니다. 제가 꼭 돈 많이 벌어 어머니 아버지 호강 시켜 드릴테니 조금만 기다리세요. 그리고 우리 영진이 약값은 제가 꼭 챙길께요."
"시진아 우리 장남 고맙다. 니가 대학도 포기하고 어미 일을 전적으로 다 도와주어 이 어미는 하나도 힘들지 않단다. 다만 니가 그토록 원하던 대학을 못 다니게 되어 이 어미 마음이 너무 아프다."
"아닙니다. 아버지도 새벽부터 나가 밤까지 무거운 짐을 져 나르고, 매일 밤 어깨가 아파 끙끙 신음소리를 내는 것을 제가 밤마다 듣고 있어요. 제가 어머니 일을 뼈가 부서져라 열심히 도와 두 분 꼭 호강 시켜드리겠습니다. 그리고 우리 하나밖에 없는 영진이도 돈 많이 벌어 심장수술 꼭 받게 할 겁니다."
어머니는 쓸쓸하게 웃는다.
가게 손님도 많아지고, 우리는 어머니가 직접 담근 된장, 고추장도 팔았다.
수입이 점점 늘어났다.
특히 이 동네에서 방을 스무 칸이나 월세를 놓고 있는 주인집 '영천댁' 아주머니가 우리 집 단골이다.
비싼 반찬을 혼자서 다 사 간다.
식구가 많아 반찬이 많이 필요하다며 매일매일 매상을 많이 올려줘 우리는 항상 서비스로 고등어나 갈치구이를 더 넣어준다.
그러던 어느 날, 영진이가 숨을 가쁘게 몰아쉬다 졸도를 했다.
어머니와 나는 구급거를 불러 영진이를 병원으로 급하게 이송했으나, 영진이는 병원 입구에서 그만 숨을 거두었다.
우리 가족은 망연자실하여 어쩔 줄을 몰랐다.
영진이 시신을 집으로 다시 데려온 아버지는 안방에서 영진이 머리를 계속 쓰다듬으며 반쯤 혼이 나가 짐승처럼 울부짖는다.
영진이는 고향 금구에 묻었다.
아버지는 그 후 상심하여 일도 나가지 못하고 술로 하루하루를 보냈다.

어머니도 열흘을 몸져 누웠다.
나는 정신을 차려 3일장이 끝난 후 가게 문을 열어 이를 악물고 장사를 했다.
영진이가 떠나고 한 달도 되지 않아 술로 지새우던 아버지도 결국 돌아가셨다.
불행은 항상 혼자 오지 않는다.
이제 세상에는 어머니와 나 단 둘이다.
나는 영진이 옆에 아버지를 묻고 다시 어머니를 위해 가게 일에만 열중했다.

1957년 6월 15일이다.
일덕이 산통이 시작되었다는 전화를 받았다며 갑자기 가게에 나타난 일덕이 작은 아버지는 어머니를 시발지프에 태우고 부산으로 내려갔다.
다음날 어머니는 아기를 안고 오셨다.
일덕이가 낳은 나의 아들이라고 한다.
현실감이 없다.
"시진아 니 아들이다 우리 영진이와 아버지 대신 이 아이를 얻었다고 생각하자. 사실 영진이랑 니 아버지 떠나 보내고 어미 가슴이 텅 비어 아무 희망이 없었는데, 이 아이를 보고 다시 살고 싶다는 희망이 생겼단다. 그리고 아이가 순해 잘 울지도 않는다."
아이를 볼 용기가 생기지 않는다.
"그나저나 이 아이 젖을 어떻게 하니? 시진아 어미 동네에 나가 젖먹이 새댁 좀 찾아볼게. 이 아이를 살리려면 젖동냥부터 해야 되겠다."
나도 어머니 뒤를 따라 나섰다.
어머니 수소문 끝에 우리는 매일 반찬을 사러오는 '영천댁' 아주머니 아래채에 마침 3개월 된 젖먹이가 있는 집을 찾았다.
우리는 무턱대고 방문을 두들겨 젖동냥을 했다.
아이 엄마는 아직 앳된 열일곱 살 아주머니다.

남편분의 허락도 받아 우리는 자주 젖동냥을 하러 갔다.
젖동냥 가는 길에 당연히 반찬을 갖다 드렸다.
새댁과 남편은 오히려 너무 많은 반찬 때문에 미안해 했다.
아이는 어머니 말처럼 정말 순했다.
눈도 말똥말똥 귀여웠다.
커다란 눈이 일덕이를 닮았다.
"시진아 일덕이 아가씨는 이제 생각도 하지 마라. 다른 남자와 혼담이 있는 모양이더라."
그날 밤 나는 어머니 몰래 새벽이 올 때까지 소리 없는 눈물을 흘렸다.
어머니는 아이 이름을 '온귀영'으로 짓고 싶다고 했다.
'아마 어머니가 영진이가 많이 그리워서 영진이가 돌아왔다는 뜻으로 귀영이라고 이름 지은 것 같다…'
나도 온귀영이 좋다.
어머니 반찬솜씨가 좋아 배달반경은 점점 넓어지고 수입은 점점 늘어났다.
영천댁 아주머니가 돈을 빌려주어 우리는 간장, 된장, 고추장을 이전보다 열배로 늘려 팔았다. 수입은 점점 불어나 우리는 영천댁 아주머니 돈을 다 갚고도 수입이 엄청나다.

3화

1960년이다.

나는 처음엔 필성이 오빠를 무척 좋아했다.
필성이 오빠는 공부도 잘하고 얼굴도 미남이어서 첫 눈에 반해 버렸다.
하숙집 모든 오빠들은 나랑 사귀고 싶어 안달인데, 필성이 오빠와 시진이 오빠만 나에게 관심이 없다.
'시진이 오빠는 일덕이를 좋아하니까 그렇다 치고 필성이 오빠는 도대체 정체가 뭐야? 이리 예쁘고 지적인 나에게 왜 끄덕도 안하지?'
참 불가사의다.
그러던 중 나는 일덕이의 임신 사실을 알게 되어 순전히 필성이 오빠 때문에 일덕이를 도와 주기로 마음 먹었다.
처음 필성이 오빠 집에 간 날, 운명의 짝은 따로 있었다.
일덕이 아버지가 무서워 일덕이와 일덕이 작은 아버지 댁으로 몸을 피신하러 간 그 순간, 나는 세상에 태어나 그렇게 엄청난 존재감을 가진 남자는 처음 봤다.
하얀 셔츠에 베이지색 바지에 블랙 앞치마를 두르고 그림을 그리고 있는 일덕이 작은 아버지, 온인호는 혼자 빛이 났다.
커피를 끓이는 그 길고 하얀 손가락과 세련된 말투와 일덕이에게 건네는 따뜻한 말 한마디는 소설 속에 나오는 남자 주인공을 앞서 갔다.
그리고 그 무엇보다 일덕이가 임신했다는 사실을 알렸을 때도 티끌만큼의 동요도 없이 일덕이를 따뜻하게 안아주는 모습을 보고 나는 완전히 반했다.
'어쩌면 저렇게 따뜻한 남자가 세상에 존재할까? 저게 진정한 어른의 모습이지. 저 분은 위로하는 방법을 아는구나.'
나는 부모님과 오빠에게서 한 번도 위로를 받아본 적이 없다.
다들 돈에만 혈안이 되어있다.
그리고 대문 안에 세워져 있던 그린색 지프는 눈이 부셨다.
나는 지프를 보자 마자, 운전대를 잡고 있는 온인호씨와 조수석에 타고 있는 나의 모습을 그만 상상하고 말았다.
일덕이 임신 사실도 까맣게 잊고 하숙집에 돌아온 나는 다시 작은 아버지, 온인호씨를 만날 핑계를 찾을 생각에 모든 뇌세포를 풀가동했다.
'게다가 작은 아버지가 부인이 있는 것도 아니고 벌써 사별했고 자식까지 없으니 이건 하늘이 나에게 연분을 보내준 것이 아니고 무엇이겠는가? 한가지 고민이 있다면 고향 부모님이 허락해 주시는 일이 남아 있지. 아 그것보다 먼저 인호씨가 나를 좋아하는 일이 먼저겠지.'
필성이 오빠에게 인호씨의 생년월일을 넌지시 물었다.
"우리 작은 아버지 생일은 갑자기 왜?"
"아 그냥요."
"나도 외우고 있는 건 아니라서, 근데 민자야 우리 일덕이가 몸이 아파 휴양차 부산 이모님 댁으로 내려갔는데, 혹시 민자 너는 우리 일덕이 어디가 아픈지 알고 있어? 부모님이 말씀을 안해 주셔. 시진이도 나도 너무 답답해. 일덕이를 휴학까지 시킬 정도면 어디가 심각하게 안 좋은거잖아."
"일덕이가 몸이 안 좋은 건 저도 알지만 구체적으로 어디가 안 좋은 지는 저도 잘 몰라요. 그건 그렇고 작은 아버지는 언제 상처하셨나요?"
"작은 아버지 상처 얘기는 갑자기 왜? 그러니까 작은 어머니는 작은 아버지와 결혼하신지 이년만에 사별했다고 들었어. 나는 늘 우리 작은 아버지가 가엾어. 혼자 자식도 없이 얼마나 적적하실까? 참 시진이랑 내가 부산 가게 되면 민자 너도 같이 갈래?"

"그래야죠. 작은 아버지는 그러면 결혼 이년 만에 사별하신 거면 거의 결혼을 안하신거나 마찬가지네요."
"으응 그런 셈이지."

나는 금구교회를 핑계로 일요일 아침마다 필성이 오빠 집으로 갔다.
부모님은 하숙집에서 공부를 하는 줄로 아시지만 나는 교회를 핑계로 금구로 내려가 작은 아버지와 우연한 만남을 계획했다.
다행스럽게 일덕이 아버지는 나를 무척 예뻐해 주신다.
"민자학생은 집 근처에도 교회가 있을 텐데 우리 교회로 와줘서 너무 고맙네. 우리 일덕이 보고 싶을 때마다 민자학생이라도 보니까 위로도 되고."
처음엔 작은 아버지가 교회에 오지 않아 실망했지만 오전 예배를 마치고 용건도 없이 방에 있는 이덕이와 삼덕이를 불러내 작은 아버지 댁으로 매일 놀러갔다.
지성이면 감천이라고 했던가?
처음에 별반 나에게 관심이 없던 작은 아버지가 김환기 화백의 그림을 물어보자 즉각 반응이 온다.
"민자학생이 김환기 화백을 어떻게 알아요?"
"저는 김환기화백의 작품 요코하마 풍경을 책에서 보고 반했죠."
"맞아요. 나도 김환기화백을 존경합니다. 혹시 시와 노래라는 작품도 아나요?"
"그럼요. 항아리와 새가 그려져 있는 작품 이잖아요."
"네. 맞아요. 민자학생은 공부만 잘하는 게 아니라 그림에도 조예가 깊네요."
'내가 그동안 얼마나 노력했게요? 작은 아버지에게 반해서 작은 아버지와 대화 좀 해 볼려고 도서관에서 아예 서양미술사와 한국 화가들을 팠습니다. 아이고 그동안 줄기차게 판 보람이 오늘 드디어 빛을 발하네요!'
"나도 사실 동양화보다는 서양화를 하고 싶었는데, 서양화는 배우기가 쉽지 않아서."

"그럼 작은 아버지는 대학에서 그림을 전공하셨나요? 김환기화백은 일본 니혼대를 졸업 했잖아요. 아마 김환기화백이 서양에서 대학을 나왔으면 화풍이 달라졌겠죠?"
"아 그랬겠죠? 저는 고등학교만 나와 전공이 없어요. 그림은 독학으로 그냥 그리고 있어요."
그 다음부터는 일사천리다.
인호씨는 일요일마다 예배후 커피를 마시러 오라고 했고, 나는 또 도서관을 싹 다 뒤져 좀 유명하다는 화가들의 이름과 작품과 일생을 통째로 외워 버렸다.
하지만 인호씨는 나를 이성으로 대하지 않고 그냥 일덕이 선배로만 대했다.
하지만 인호씨에 대한 나의 마음은 쉽게 꺼지지 않는다.
"작은 아버지, 모딜리아니 좋아하시나요?"
"그럼요. 이태리 출신 화가죠. 모딜리아니가 그린 목이 긴 잔느 에뷔테른느를 그린 작품을 보면 어딘가 애잔해 보여요."
"저는 작품도 멋지지만 모딜리아니와 잔느의 사랑이 더 슬펐어요. 모딜리아니가 결핵으로 죽자 마자, 다음날 잔느가 자기 집에서 뛰어내려 자살하잖아요. 결국 두사람을 같이 합장했다는 글을 읽고 많이 울었어요."
"그리고 보니 민자학생이랑 잔느가 비슷해 보이네요. 목이 길어서 그런가?"
"제가 볼 때 작은 아버지는 모딜리아니를 많이 닮았어요. 모딜리아니는 엄청난 미남이어서 여자들이 줄을 섰대요."
"과찬입니다. 참 대학은 결정했나요?"
"저는 교사가 꿈이어서 사범대로 결정했어요."
따뜻한 커피를 다시 챙겨주는 인호씨의 하얗고 정갈한 손이 너무 아름답다. 그리고 항상 따뜻하다.
고등학교를 졸업하고 전북대 사범대를 들어간 나는 남학생들에게 인기 폭발이다.

하지만 나의 눈에는 오로지 한사람, 온인호만 눈에 보인다.
입학하자마자 단체미팅에서 만난 '오창식'이 나에게 목을 맨다.
아버지가 전북대 교수님이라고 엄청 거드름을 피우는 꼴은 별로지만 허우대는 멀쩡해 몇 번 돈까스를 같이 먹었다.
오창식은 농대 중에서도 가장 커트라인이 낮은 식물보호학과를 다닌다.
나는 오창식과 만난 날은 인호씨가 더 보고 싶어 미칠 것 같다.
그래서 이판사판 과감하게 인호씨에게 연서를 보냈다.
인호씨는 처음에는 당황했는 지 편지를 반송했다.
나도 자존심이 상해 마지막 열다섯 번째 편지에는 이제 다 잊고 캠퍼스에서 저돌적으로 대시해오는 오창식을 사귀려고 마음을 먹었다는 내용의 편지를 보냈다.
나의 인내심도 바닥이 났다.
며칠 후,
나는 사범대 우편함에 꽂혀있는 인호씨의 편지를 처음으로 받았다.
대학 2학년 7월부터 우리는 드디어 연인이 되었다.
나의 생일은 1939년 3월 9일
인호씨 생일은 1930년 12월 15일
우리는 불과 아홉 살 밖에 차이 나지 않는다.

민자학생
그동안 편지를 반송해서 미안하오.
하지만 그대와 나는 나이 차이도 많이 나고
또 나는 한번 결혼한 몸이오.
하지만 민자학생이 대학에 들어가 편지를 보내는 바람에
나도 민자학생의 마음을 알게 되었소.
허나 그 마음을 받아들이기엔 내가 너무 염체가 없기에
편지를 반송하였소.

하지만 민자씨가 보낸 마지막 편지에 이제 그만 나를 잊고 같은 캠퍼스 남학생과 연애를 하려고 한다는 편지를 읽고 나는 나도 모르게 질투를 하는 나 자신을 보게 되었소.
아직까지 나에게 기회를 준다면 나도 민자학생과 한번 인연을 맺어 보려고 하오.
그리고 항상 표현하지 않지만, 민자씨는 세상살이가 늘 힘들어 보이는 구석이 보이오.
내가 조금이라도 위로가 되었으면 하오.
답장이 늦어 미안하오.
온인호

'그래 이 사람은 나에게서 고단함을 제대로 읽었구나. 진짜 내가 찾던 남자다.'
나는 편지 속에 위로라는 단어만 보았는데도, 그 동안 힘들게 산 삶에 큰 위로를 받은 것 같아 마음이 태어나서 처음으로 편안했다.
나는 바로 금구로 가는 버스를 탔다.
나의 인호씨는 작업실에서 그림을 그리며 음악을 듣고 있었다.
"인호씨 저 민자예요."
"이 늦은 밤에 아가씨가 혼자 용감하게, 전화 주었으면 내가 바로 데리러 가면 되는데."
나는 바로 인호씨 품에 안겼다.
하지만 우리는 아직 육체적 관계는 갖지 않았다.
목포댁 아주머니는 늦은 저녁을 차리느라 궁시렁거렸다.
나는 그 날 전주 하숙집으로 올라가지 않았다.
6개월을 주말마다 같이 지낸 인호씨와 나는 (6개월 동안에도 나는 개방적인 여자를 싫어한다는 인호씨 뜻에 따라 우리는 잠은 따로 잤다.) 같이 고향집에 찾아갔으나 생각보다 아버지와 어머니의 반대가 심하지 않았다.

나중에 들었지만 일덕이 부모님이 먼저 찾아와 결혼 허락을 받는 조건으로 논 열 마지기를 우리 집에 주었다고 한다.
조금 씁쓸하다.
'우리 집도 부자인데, 왜 부모님은 논을 받았을까? 하기야 나는 첩의 딸이니까...'
아버지도 어머니도 네 명이나 되는 오빠들도 모두 다 욕심이 너무 많다.
반면 나는 물욕이 너무 없다.
어차피 첩의 딸이니까...

4화

1966년이다.

내 나이 스물일곱이다.
일구씨와 아이들과 나는 너무 행복하게 잘 지내고 있다.
아이들도 건강하게 무럭무럭 잘 자라고, 이모부 성냥공장도 전국에서 주문이 쇄도하여 직원들 모두 제 시간에 퇴근도 하지 못하고 잔업을 했다.
"여보 이러다 우리 돈방석에 앉는 거 아니에요?"
이모는 애교섞인 목소리로 이모부에게 농담을 건넸다.
"그러게요. 집에 아이들 웃음소리도 끊이질 않고 연일 주문이 쏟아지고 지금이 우리 인생에 가장 행복한 날인 것 같소. 이게 다 일구와 일덕이 조카 덕분 아니것소."
"우리 부부가 이모부와 이모 덕분에 호사를 누리고 있어요. 아이들도 다 키워 주시고 또 월급도 많이 주시고"
"이게 다 저와 우리 김서방과 일덕이가 교회를 열심히 같이 다니는 덕분이죠. 인정하세요."
"그럼요. 당신 말 모두 다 인정합니다. 나도 조만간에 교회 가서 감사헌금을 해야것소."
"진짜요? 어머 이게 무슨 일이야? 우리 여보가 교회에 나온다고 하고, 일덕아 너도 들었지? 이모부 방금 분명히 감사헌금 한다고."
"네. 제 두 귀로 똑똑히 들었어요."
"저도 들었습니더. 여기 증인이 많습니더."

온 집안에 웃음소리가 울렸다.
나는 명절 때마다 남편과 아이들 한복을 새로 지어 입히고 매년 가족 기념사진을 찍었다.
"당신은 엄청 돈을 아끼는데, 한복에는 돈을 물 쓰듯 쓰는 게 참 이상해요."
"그렇죠? 나도 이런 내가 이상해요. 나는 어릴 때부터 한복을 좋아했고, 지금도 한복 욕심이 많아요. 이상하리만치 한복에 돈 쓰는 거는 하나도 아깝지 않아요. 여보! 아이들 한복 입은 거 보세요! 얼마나 보기 좋아요!"

호사다마라고 했던가?
정확하게 1966년 12월 20일이다.
밤 11시 40분에 이모부 성냥공장에 불이 났다.
직원이 담뱃불을 다 끄지 않고 쓰레기통에 넣는 바람에 대형 화재가 발생했다.
직원이 다섯 명이나 사망하고 열두 명이 화상으로 중상을 입은 큰 사건이 발생했다.
성냥공장은 흔적도 없이 사라져 버렸다.
이모부는 경찰서에 불려 다니고 이모는 졸도하여 병원에 입원하였다.
우리도 정신을 못 차리고 일구씨는 경찰서에, 나는 막내아들 진철이를 들쳐업고 이모 간병을 위해 병원으로 갔다.
영도댁 아주머니가 세 아이를 잘 보살펴 주었다.
나는 병원에서 이모와 하룻밤을 보내고 이모부와 일구씨도 경찰서에서 밤샘조사를 하느라 집에 들어가지 못했다.
의사선생님이 이모 상태가 많이 좋아졌다고 한다.
다음날 진철이 기저귀를 챙기러 집에 간 나는 엎친데 덮친 격으로 또 한 번 힘든 일을 당했다.
세 아이는 아래채에서 잘 자고 있는데, 아무리 찾아도 영도댁 아주머니가 보이질 않는다.

본채에도 아래채에도 영도댁 아주머니는 없다.
'혹시 이 아주머니가 설마, 그럴 리가...'
직감이라는 게 있는 모양이다.
나는 재빨리 아래 채 쌀독에 가서 뚜껑을 열었다.
세상에... 돈 보따리가 없다...
순간 정신이 아찔해졌다.
정신없이 쌀독에서 쌀을 퍼내고 퍼내도 돈 보따리는 보이지 않는다.
눈물이 쏟아진다.
'엄마가 주신 돈이랑 그동안 남편과 나의 월급을 차곡차곡 모아둔 돈다발을 모두 여기 넣어 두었는데, 남편과 나는 저녁마다 돈을 세면서 얼마나 행복했던가! 이제 조금 있으면 이모처럼 고래등 같은 기와집을 살 수 있는데, 이제 우리도 끝이구나. 이 많은 아이들과 남편과 나는 앞으로 어떻게 살아가야 하나?'
눈물을 흘리는 일밖에 아무것도 할 수 없는 나 자신이 한심해 우선 막내를 업고 남편과 이모부가 있는 경찰서로 달려갔다.
이모부와 남편이 초췌한 얼굴로 앉아 있다.
"이모부! 여보! 큰일 났어요!"
"공장에 불 난 거 말고 또 무슨 일 이라예? 이제 경사님이 우리 집에 가도 된다고 했어예."
"일덕이 조카, 집사람은 괜찮죠?"
"네. 이모는 의사선생님이 이제 괜찮다고 하셨어요. 그런데 집에 엉엉..."
나는 울음이 터졌다.
"여보 왜 웁니꺼?"
"영도댁 아주머니가 아무래도 어제 밤에 우리가 쌀독에 넣어둔 그 많은 돈다발을 훔쳐 도망간 것 같아요. 쌀독에 돈이 하나도 없어요."
"그럼 우리 안채에도 금고에 통장과 돈이 많이 있을낀데, 그것도 훔쳐가지 않았을까? 안방에 이모 패물도 많을낀데."

우리는 택시를 잡아 집으로 급히 왔다.

안채도 엉망이다.

금고문도 열려 있다.

이모부가 방바닥에 주저앉는다.

"이럴 수가 있나? 영도댁 아주머니가 우리 집 일을 해 준지 이십년이 다 되었는데, 사망자 가족분 위로금도 준비해야 하고, 화상입은 직원들 치료비도 내줘야 하는데, 이 일을 우짜노? 옴마야 하늘이 빙빙 도네."

이모부도 쓰러졌다.

남편이 택시를 잡아 이모가 있는 병원으로 이모부를 모셨다.

나는 아이들을 보살피느라 집에 있었다.

남편은 오는 길에 경찰서에 들러 영도댁 아주머니를 절도로 신고했다.

이모와 이모부는 퇴원한 후 할수없이 고래등같은 집을 급매물로 내놓았다.

삼일 만에 집은 팔렸다.

"일덕아 어떡하니? 우리 코가 석자라 일덕이까지 챙겨주지도 못하겠네. 당장 아이들과 어디 가서 살래? 언니한테 전화할까?" 이모는 발을 동동 구른다.

남편이 말렸다.

"이모님. 하늘이 무너져도 솟아날 구멍이 있다고 했어예. 저희 일은 저희가 알아서 하겠습니더."

나도 남편과 생각이 같다.

'언제까지 어머니께 손을 벌릴 것인가?'

이모와 이모부는 집 판 돈 모두를 위로금과 치료비로 내놓고 외가가 있는 금산면으로 떠났다.

남편과 나는 하늘이 노랗다.

당장 내일 아이들을 넷이나 데리고 이사를 가야 한다.

진수가 여섯 살

진숙이가 다섯 살

진희가 네 살
막내 진철이가 이제 겨우 세 살이다.

1966년이다.
내 나이 스물일곱, 12월이다.
남편은 아이들과 나를 데리고 고모네 집으로 갔다.
고모네 집도 빈 방이 없어 우리는 세탁소 옆 창고에 가마니를 깔고 생활을 했다.
냉기가 장난이 아니다.
고모님이 주시는 이불도 여름 홑이불이라 우리는 서로를 꼭 껴안고 체온으로 버텨야 했다.
"엄마 왜 이모할머니 집이 더 좋은데 우리 여기서 살아요?"
장남인 진수가 묻는다.
"응 이모할머니는 전주로 이사 가셔서 이제 같이 살 수가 없단다."
"엄마 배고파요."
셋째 진희다.
진희는 다른 아이들에 비해 몸이 약골이다.
억장이 무너진다.
수중에 돈이 한 푼도 없는 건 나 역시 인생 첫 경험이다.
고모님은 처음엔 반색했으나 우리가 돈 한푼 없는 알거지라고 아는 순간 냉대가 시작되었다.
남편이 세탁소 일을 도우려고 했지만 일감도 줄어 고모님 혼자 충분하다.
"일구야 고모가 미안하지만 오늘은 너에게 이야기를 해야것다. 우리도 세탁소 일감이 줄어 사실 입에 풀칠하기도 힘들어서 너희 식솔을 거느릴 수가 없단다. 내가 너거 어머니 주소를 줄터이니 거기로 가면 안되것나? 너거 어머니가 재가한 집은 살림이 그나마 따시다고 들었다. 이 고모를 너무 인정머리 없다고 여기지 말고, 나도 오죽하면 이런 말을 하것나, 진수 애미도 나를 좀 이해해주소.."
나는 고모 말에 전적으로 동감한다.
남편과 나는 그 길로 남편 친구 트럭을 얻어 타고 시어머니가 사시는 경남 함안군 군북면 사촌리로 출발했다.
남편 친구는 '이석진'씨로 서로 가장 아끼는 친구다.
큰 아이 돌잔치 때 본 기억이 있다.
"안녕하세요? 오늘 바쁘실텐데 이렇게 먼 곳까지 태워주시고 너무 감사합니다."
"아이고 우리 일구 부탁이라면 서울도 문제 없습니더."
감사한 마음 뿐이다.
아이들과 나는 트럭 안에 탔으나 자리가 비좁아 남편은 짐칸에 앉아 사촌리로 이동했다.
아마 남편은 엄청 추웠을 것이다.
눈물이 났다.

석진씨도 결혼하여 아이가 다섯이나 된다. 고물 트럭으로 이사 짐을 운송하여 겨우겨우 먹고 살지만, 지금 우리는 기름 값도 넉넉하게 줄 수가 없다.
이모가 마지막으로 준 천원이 우리 전 재산이다.
나는 천원을 꺼내 재빨리 석진씨 점퍼 호주머니에 넣어 주었다.
석진씨는 천원을 트럭 창밖으로 던지고 사라졌다.
다들 힘든 세상이다.
우리는 어둑해질 무렵 사촌리에 도착했다.
집은 초가집으로 넉넉해 보이지 않는다.
그래도 시어머님이 반갑게 맞아주어서 마음은 좀 편하다.

"일구야! 그 동안 어떻게 지냈노? 애미가 되어갖고 아무 도움도 못 주고 미안허다. 그동안 우리 일구가 울매나 고생을 많이 했것노? 참말로 이 애미가 미안하고 또 미안타. 일구야 이제 이 애미를 용서해라."

남편과 시어머니는 서로를 껴안고 한참을 울었다.

마음이 아프다.

"아이고 내 정신 봐라 얼른 들어가자 춥다 아이고 아가들도 울매나 배가 고프것노? 우리 일구 색시는 영화배우 해도 되것네 참말로 이쁘다."

시어머니는 다정다감하다.

우리는 오는 동안 아무것도 먹지 못했다. 아이들은 신통방통 칭얼대지도 않고 오는 동안 찰 참아주었다.

아이들은 남편의 참을성을 닮았다.

나는 오는 동안 마음속으로 수도 없이 욕을 했다.

영도댁 아주머니와 아무 죄도 없는 친정 아버지와 시진이 오빠까지 떠올리며 욕을 했다.

밥상에는 고구마와 보리가 잔뜩 들어있는 밥과 시래기국이 전부다.

아이들은 정신없이 먹기 시작하고 남편도 시장했는 지 한 입 가득 밥을 입에 넣었다.

시어머님도 재가하여 자식이 2남 2녀나 된다.

조영제와 그의 처 허남덕, 조순제 두 도련님은 이미 사별하신 본처가 낳은 자식이라고 한다.

조미숙, 조정숙 두 아가씨는 어머님이 낳았다고 한다.

다들 순하고 착하다.

다행이다.

시아버님은 체구가 너무 작고 얼굴에 천연두 자국이 남아있어 나는 처음엔 흠씬 놀랐다.

하지만 인자하시고 나를 이뻐해 주신다.

유일하게 아래 동서인 허남덕만 나에게 함부로 대한다.

허남덕은 여드름이 가득한 얼굴에 눈이 너무 작아 얼굴이 심술맞게 생겼다.
시어머님은 키도 크고 얼굴도 미인이다.
특히 속눈썹이 길어 눈이 시원하고, 콧대가 높고 통통한 입술이 눈길을 끈다.
'남편 속눈썹이 시어머님을 닮았구나.'
밥을 다 먹고 난 우리를 시어머님이 방으로 데리고 갔다.
본채에는 시아버지 시어머님이 큰방 한칸을 쓰고, 큰아들과 처가 작은방 한 칸을 쓰고, 나머지 세명은 아직 미혼이라 같은 방을 쓰고 있는 눈치다.

우리는 아래채로 내려갔다.
방은 외양간을 바쁘게 고쳤는지 문을 열자마자 소똥냄새가 진동을 한다.
그래도 냉골은 아니다. 온기가 있다.
이불도 목화솜을 두둑하게 넣어 따뜻하다.
또래보다 말이 빠른 막내 진철이가 칭얼댄다.
"엄마 똥냄새 때문에 잠이 안 와. 우리 이모할머니 집으로 다시 가자."
"이제 이모할머니 집은 이 세상에 없단다. 우리 진철이 착하지. 엄마가 배 만져줄 테니까 코 자자."
남편은 벌써 코를 골고 잔다.
아이들도 이내 곯아 떨어졌다.
막내 진철이는 세살인데도 아직 젖을 빨고 잠을 잔다.
소똥냄새로 비위가 틀어진 나는 한숨도 잘 수가 없었다.
다음 날도 시래기 국에 고구마 밥을 먹고 네 형제와 동서와 남편과 나는 논에 가서 고추씨를 심었다.
나는 늘 칭얼대는 진철이를 업고 일을 했다.
허리 한번 펴지 못하고 계속 일을 했다.
날씨가 너무 추워 손이 꽁꽁 얼었다.
남편은 수시로 내 손에 호호 입김을 불어 준다.

서방님과 동서가 힐끔힐끔 쳐다본다.
나는 태어나 처음 해보는 농사일이라 자꾸 실수를 하는 모양이다.
다들 인상이 순하고 좋아 보이는데, 동서만 유독 얼굴이 사납다.
점심도 굶고 물만 마시며 일만 하다 드디어 어둑해져서야 일을 끝내고 집으로 갔다.
여자들이 바글바글 부엌에서 수제비를 끓였다.
시장이 반찬이라고 했던가?
나는 원래 밀가루 음식은 소화가 잘 되지 않아 꺼려했는데, 지금은 숟가락 속도가 누구보다 빠르다.
아이들은 낮에 시아버님이 같이 놀아주셔서 그런지 벌써 할아버지라 부르며 잘 따른다.
아이들은 수제비도 엄청 잘 먹는다.
아이들은 금방 적응을 하는 모양이다.
"할아버지"
"작은 아버지"
"작은 어머니"
"삼촌"
"고모"를 진수와 진숙이는 서슴없이 부른다.
진희는 네 살인데도 말이 조금 늦다.
진철이는 등에 업혀있어야 칭얼대지 않는다.
동서를 제외하곤 모두 아이들에게 친절하다.
일주일 동안 계속 똑 같은 일을 반복했다.
동네 사람들은 수시로 남편과 나를 구경하러 왔다.
"부산댁 아들하고 며느리는 무신 영화배우 맨키로 우찌 저리 잘 생기고 이쁘노? 하기사 부산댁이 우리 동네에 시집왔을 때 우리도 다 놀랬다 아니가? 너무 이뻐서, 아들이 옴마를 꼭 빼다 박았네."
시어머니 택호가 '부산댁'이다.

"그러게 아이들도 다 얼굴이 너무 곱다 아니가. 장남 진수라 캤제? 쟈는 완전 텔레비 나오는 아역배우하고 똑 같다야, 옷은 또 오데서 샀노? 너무 고급이다. 고급."
"옴마야 월촌댁 니가 언제 텔레비 봤다고 텔레비를 들먹이노?"
"우리 부자 고모가 서울 산다 아니가? 우리 고모집에 텔레비 있다."
"와 고모집이 진짜 부잔갑다. 다음에 서울 갈 때 나도 한번 데리고 가주라. 내 평생 소원이 텔레비 한번 보는기다."
동네 사람들은 인심이 후해 김치와 고구마 그 귀한 계란도 갖고 와서 우리 아이들에게 간식으로 먹였다.
동서는 또 불만인지 입을 쑥 내민다.
"요새 저만큼 생기지 않는 아가가 어딨습니꺼?"
"아이고 이 집 둘째 며느리, 함안댁은 집에 거울이 없나? 얼굴 좀 보고 이야기 끼어드소. 내 지금까지 보다보다 새댁같이 못생긴 얼굴은 처음 봤소. 영제 갸가 참 착한기라, 나 같으모 저런 얼굴 보고는 절대 결혼 못한다."
월촌댁 아주머니의 독설에 동서는 방문을 쾅 닫고 들어가 버린다.
밤에 잘려고 누웠는데, 허리가 욱신욱신하다.
장남 진수가 고사리 같은 손으로 허리를 꼼지락꼼지락 만진다.
"엄마 좀 괜찮아예?"
"응 우리 진수가 만져주니까 바로 나아버렸네."
나는 진수 머리를 쓰다듬어 주었다.
진수와 진숙이는 서로 허리를 만져주겠다고 고사리 같은 손을 갖다댄다.
"오빠 우리 부산에서는 맛있는 간식 많이 먹었는데 그쟈?"
"응 이모할머니랑 영도댁 아주머니가 많이 만들어 줬는데 그쟈? 아 오징어 튀김도 묵고싶다."
"우리 엄마가 만든 반찬은 둘이 먹다가 하나가 꼴까닥 죽어도 모르는데 그쟈?"
활달한 진숙이가 우스개 소리를 한다.

진희와 진철이는 벌써 곯아 떨어졌다.
오랜만에 우리 가족은 까르르 웃었다
남편과 눈이 마주쳤다.
남편의 눈엔 눈물이 고여 있다.
"여보 왜 그러세요?"
"세상에 태어나 고생 한 번도 안 해본 당신이 여기 와서 너무 힘든 일을 해서 맘이 안 좋습니더."
"아니에요. 여기 너무 재미있고 좋아요. 사람도 바글바글하니 좋아요. 동네 분들도 좋으시고, 아버님 어머님도 우리 아이들 잘 챙겨주시고 저는 불만 없어요."
나는 남편을 한참동안 안아 주었다.
진수와 진숙이도 우리를 안았다.
'가족이란 참 좋은 거구나.'
그 순간 이상하게 처음으로 친정아버지 얼굴이 떠올랐다.
그 즈음 부엌에서 밥을 짓던 나와 동서는 자주 말다툼을 했다.
화가 잔뜩 난 동서는 자그마한 키에 눈이 쪽 찢어져 오늘따라 더 못 생겼다.
"그 짝은 파도 하나 제대로 못 썰고 죄다 버려 놓꼬, 참말로 쓸모가 없다 아닙니꺼?"
"그 짝이 아니라 형님이라고 불러야죠. 우리 남편이 서방님보다 두 살이나 많은데요."
서방님이 본처 소생의 자식이라고 동서는 엄청 거들먹댄다.
"우리 남편과는 엄연히 부모님이 다른데, 성님은 무신 성님? 기가 차서 말이 안 나오네. 그라고 논일이나 밭일 할 때 우리 남편 쳐다보고 실실 웃지 마소."
"내가 언제 웃었다고 그래요?"
"내가 모를 줄 압니꺼? 얼굴이 이쁘면 남자가 꼬이는 법인데, 맨날 실실 웃으니까 우리 남편도 그 짝을 자꾸 쳐다본다 아닙니꺼? 그라고 우리 묵고 살기도 힘든데. 객식구가 여섯이나 늘어서 이렇게나 민폐를 끼치고도 따박따박 말대꾸가 지금 나옵니꺼? 참말로 기가 차서 말이 안 나온다."
때마침 어머님이 오셔서 말다툼을 끝냈다.
동서와 싸우는 나 자신이 한심해서 나는 남편 몰래 울었다.
"당신 우는거 다 압니더. 우리 아이들 앞으로 학교 문제도 있고, 요기는 교회도 없어 벌써 몇 달째 예배도 못 드리고 답답하지예? 요 짝에서 좀 떨어진 함안 가야면은 인구도 많고 학교도 걸어가면 된다 해서 내가 알아보고 있으니까 쪼매만 기다려 보이소."
"돈이 없어 어떻게 이사를 가요?"
"어머니가 나 줄려고 쪼매씩 모아둔 거 어제 주셨습니더."
"네? 어머님이 무슨 돈이 있어서..."
"그 동안 어머니가 가족들 몰래몰래 모아둔 돈이라 많지는 않지만 이 돈으로 이사갈 궁리를 하고 있습니더. 내가 내일 버스 타고 가야면에 댕겨 오겠습니더. 그니까 당신이 쪼매만 참아 보이소."
"우리가 가야면에서 무얼 해서 아이들과 먹고 살까요?"
"큰 공장이나 회사는 없다고 하니 경리일은 안 될 것 같고 세탁소를 하나 해볼까 싶네예."
"세탁소요?"
나는 마뜩찮았다.
"일단 내가 내일 댕겨 와서 결정 하입시더."
시어머님이 고마웠다.
나는 할 수없이 남편에게 비밀로 하고 오빠에게 도와달라는 편지를 써서 금구교회로 보냈다.
필성이 오빠는 결혼해서 아내와 함께 교회를 잘 꾸려간다고 이모에게 들었다.

음력 4월 7일 시아버님 생신이다.

오늘은 음력 4월 4일이다.

양력으로 5월 25일이라, 함안 장이 서는 날이다.

시어머님은 아침부터 화장을 곱게 하고 살구색 한복도 이쁘게 입고 있다.

어머니는 나에게도 화장도 하고 외출 준비도 하라고 한다.

사촌리로 급하게 내려올 때 아이들 옷만 몇 가지 챙겼지, 남편과 나의 옷은 제대로 챙기지도 못했다

가방을 뒤져보니, 내가 입을 만한 옷은 핑크색 꽃무늬 원피스 하나만 달랑 들어있다.

'어머니가 혼인 때 해 준 그 비싼 한복만큼은 챙겨왔어야 했는데...'

누구보다 어머니가 손수 지어준 한복을 좋아하는 나는 부산에 두고 온 한복이 너무 아깝다.

나는 어머님께 이유도 묻지 않고 옅은 화장에 원피스를 챙겨 입었다.

"여보, 오늘 왜 이렇게 챙겨 입었습니꺼? 너무 이쁩니더."

남편이 오랜만에 외출복을 입은 나를 보고 놀란다.

"오랜만에 화장도 하고, 이런 외출복도 입으니까, 갑자기 당신과 데이트하던 시절로 돌아간 것 같네요."

나는 갑자기 서러워 눈물이 났다.

"여보, 분명 우리에게 좋은 날이 올 겁니더. 지금이 다가 아닙니더. 아이들을 봐서라도 우리 조금만 더 힘을 내 봅시더."

동서도 한복으로 맵시를 냈다.

자그마한 체구에 연한 물빛 저고리에 옥색 치마가 이쁘다.

나는 살짝 질투가 났다.

5일마다 열린다는 함안 장날이다.

진철이까지 시아버님과 아가씨들에게 맡기고 오랜만에 홀가분하게 외출했다.

버스를 타고 가서 약간 차멀미는 있었으나 오랜만에 기분이 좋다.

동서는 아까부터 계속 나를 머리 위에서부터 발끝까지 쭉 훑어 본다.
"한복도 하나 없나? 지가 무신 영화배우도 아니고 원피스를 입고 난리고?"
혼자 또 궁시렁 거린다.
그 순간 버스가 급정거를 하는 바람에 동서는 크게 한번 비틀거린다.
나는 팔이 길어 동서를 잡아 주었다.
그래도 고맙다는 말 한마디 하지 않는다.
"어머님, 군북 장날도 있다면서요? 사촌리에서 더 가까운데, 굳이 먼 함안까지 가세요?"
"군북에는 살 물건이 없다. 아무것도 모리면서 따라 나서기는..."
"작은 애미야, 니는 손 위 형님에게 와 반말을 하노? 오늘부터 존대를 하거라. 그라고 우리 장 볼 동안에 니는 친정집에 잠시 다녀오너라. 사부인이 울매나 좋아하시것노."
동서는 나에게 존대하라는 말에 입이 튀어나오다 친정 가라는 말에 금방 얼굴이 배시시 풀린다.
동서는 버스에서 내리자 마자 부리나케 친정으로 사라졌다.
함안 장날은 생각보다 엄청 크게 열린다.
천막이 한 오십개는 넘게 쳐져있고, 온갖 물건이 넘쳐난다.
아이들 장난감이 유달리 눈에 들어오지만 수중에 돈이 없어 나는 눈 딱 감고 지나쳤다.
한복집도 많아 한복이 바람에 흩날리는 모습이 아름답다.
한복 한 벌 사고 싶어도 나는 수중에 돈이 한 푼도 없다.
한복집에서 발길이 떨어지지 않았으나 어머님은 그저 직진이다.
과일전은 사과와 배가 대부분이지만 사과는 색깔이 빨간색으로 영롱하니 이쁘다.
떡을 파는 전은 그냥 지나치기가 힘들 정도로 떡을 그득 그득 쌓아 놓았다.
인절미와 쑥떡이 너무 맛있어 보인다.
어머님은 나의 이런 마음은 전혀 눈치 채지 못하고 계속 한쪽 방향으로 직진만 한다.

'아이고 여기는 우리 아이들이 좋아하는 꽈배기가 줄을 섰네. 옛날 같으면 돈 신경 안 쓰고 다 살텐데, 아이고 이 고소한 냄새 봐라! 나도 꽈배기 한입만 먹었으면...'

배에서 쪼르륵 소리가 난다.

사람들도 화사하게 옷을 입고 장바구니에 물건이 그득하게 들어있고, 물건을 파는 상인들은 고래고래 고함을 지르기도 하고, 장사가 잘 되는지 벌써 술판이 벌어지는 천막도 있다.

지나가는 사람들이 나를 쳐다보고 다들 이쁘다고 한마디씩 한다.

"아가씨가 우째 이리 곱노? 오데 아가씨요?"

"사촌리 삽니다."

"엄청 도회지 사람 같다야. 얼굴도 이쁘고, 옷은 와 저리 고급이고? 그 옷 오데서 샀어예?"

사람들은 처음 보는 데도 계속 말을 걸었다.

"이 옷 부산에서 샀어요."

나는 친절하게 대답해 주었다.

"그라모 그렇지, 내 눈이 보배인기라. 척 보모 요짝 장날 옷이 아닌기라."

"큰 에미야. 일일이 답 다해줄라모 오늘 해떨어진다."

"아 네, 어머님."

우리는 먼저 생선전으로 갔다.

"이쁜 아가씨, 오늘 고등어 물 좋습니더. 고등어 좀 사 가이소, 내가 오늘마 아가씨가 하도 이뻐서 싸게 줄라요."

시어머님이 딱 잘라 말한다.

"아가씨가 아니라 우리집 큰 며늘 아가라예."

"아 예 예, 며느님이 너무 이쁘가꼬, 어무니 오늘은 무슨 생선이 필요하신가예?"

어머님 단골가게라고 하신다.

"우리집 양반 생일에 쓸 조기 한 두어 마리 주소. 식구가 많아 더 사고 싶어도 돈이 없소."
"옛다, 기분이다. 오늘 며느님 봐서 다섯 마리에 두 마리 값만 받겠습니더. 마나님 됐지예?"
어머님 얼굴이 환해진다.
우리는 조기를 사고, 미역도 사고, 사과도 사고, 나물거리도 사고, 전에 들어갈 호박, 감자, 홍합, 쪽파도 샀다.
어머님은 잊지 않고 아이들이 환장하는 꽈배기도 사고, 내가 좋아하는 쑥떡과 인절미도 샀다.
'어머님이 혹시 내 마음 속에 들어왔다 나가셨나? 어쩜 이렇게 내가 먹고 싶은 떡이랑 아이들 좋아하는 거를 딱 알고 사실까? 아이 기분 좋아, 요즘 들어 제일 행복한 날이다. 어머님, 감사합니다.'
떡장수 아주머니는 맛보기로 썰어놓은 꼬맹이 떡을 며칠 굶은 사람마냥 정신없이 연신 집어먹는 나를 보고 큰 호박떡 하나를 거저 주신다.
"어머 이거 비쌀건데, 고맙습니다."
후덕한 외모의 떡집 아주머니는 인심도 후하다.

"큰 애미야, 배 고프재?"
"네. 어머님도 시장하시죠?"
"그라모 우리 단골집에 가서 국밥 좀 먹자. 장터에서 한 십분은 걸어가야 된다. 괜찮겠나?"
"네. 얼마든지요."
우리는 물건을 나누어 들고 어머님 단골인 '점촌식당'으로 갔다.
'점촌식당'주인 아주머니가 어머님을 반갑게 맞아 주었다.
점촌식당은 우시장 앞에 있다.
나는 태어나서 소만 파는 우시장은 처음 보았다.
소가 오백 마리 정도는 묶여 있는 것 같다.

다들 커다란 눈을 껌뻑거리고 있다.
불쌍하다.
하지만 송아지는 다르다.
너무 귀엽다.
사람들은 소값을 흥정하느라 정신이 없다.
우시장은 주로 남자분만 있다.
점촌식당 돼지국밥은 너무 맛있다.
어머님도 나도 국물 한방울 남기지 않고 싹 다 먹었다.
"큰 애미야, 우리 집에 와서 고생이 많재?"
"아니에요. 우리 식구를 거두어 주신 것만 해도 감사합니다. 어머님이 우리 식구들 땜에 아버님 눈치 보이시죠?"
"너거 시아부지는 본시 심성이 착해 그런 거는 없다. 그라고 내를 울매나 좋아하는지, 내가 사촌리로 시집올 때 중매장이한테 소 반마리 값은 줬다 하더라. 내가 마 우스워서, 첫눈에 반했다 하더라. 큰 애미야 내가 좀 이쁘긴 하재?"
반주로 소주 한잔을 하신 어머님은 딴 사람같다.
귀엽다.
어머니 살구빛 저고리와 소주 한잔에 취해 불그스름한 얼굴이 서로 잘 어울린다.
어머님은 내 손을 잡고 어루만져 주신다.
"내가 재혼을 해버려서 우리 일구가 어릴 때부터 고생을 많이 했단다. 애미 니가 잘 보듬어 주거라. 우리 일구가 애미 니를 참 많이 사랑하더라. 그래서 내가 이제 죽어도 아무 여한이 없다. 고맙다. 저리 좋은 아들 딸도 네 명이나 낳아주고."
어머님은 술이 약하다.
동서가 보따리를 하나 들고 왔다.
어머님은 짐짓 한복 옷매무새를 가다듬는다.

"작은 애미야, 니도 국밥 하나 시키거라."
"어머님, 이거 참기름과 호박 말랭이랑 무 말랭이 우리 엄마가 챙겨 주셨습니더."
"아이고 다음에 들르면 꼭 감사하다고 전해라. 우선 작은 애미 니도 국밥부터 먹어라."
며칠 후 드디어 아버님 생신이다.
아이들은 신이 나서 춤을 춘다.
상위에는 소고기 미역국과 호박전, 감자전, 해물파전, 조기와 떡, 네가지가 되는 나물까지 상다리가 부러진다.
어머님이 아이들 상은 따로 챙겨 주셨다.
아이들 상에는 꽈배기도 있다.
"할아버지 맨날 생일 하면 좋겠습니더."
진숙이가 아침부터 웃긴다.
"나는 이 꽈배기가 세상에서 제일 맛있더라." 과묵한 진수도 한마디 한다.
"할아버지 생일 축하합니다."
진희가 귀엽게 할아버지에게 윙크까지 하고 편지를 건넨다. 아직 한글도 모르는 녀석이 그림을 그려서 할아버지를 축하해 준단다.
"할아버지 생신 축하드립니다."
진수는 생신이라는 단어도 알고, 한글을 벌써 깨쳐 어젯밤 편지를 썼다.
진철이는 고개만 꾸벅 한다.
"애개 진철이는 그게 다야?"
아직 말이 서툰 진철이는 할아버지에게 볼뽀뽀를 한다.
아버님 기분이 되게 좋아 보인다.
어머님도 손주들이 흐뭇해 보인다.
동서만 아침부터 또 뽀로통하다.
나도 얼마 안되지만 용돈을 봉투에 넣어 드렸다.
"아버님, 저희 식구를 거두어주셔서 감사합니다. 그리고 오늘 생신 축하드립니다."
"니가 돈이 어딨다고, 괜찮다."
오랜만에 온 가족은 기름진 음식을 원없이 먹었다.
오랜만에 행복하다.
남편도 많이 웃는다.
다음날, 아이들은 오랜만에 기름진 음식을 많이 먹어서 그런지 설사를 하느라 난리법석이다.
서로 화장실에 먼저 들어가겠다고 밀치고 하는 사이에 진철이는 옷에 설사를 싸 버렸다.
남편이 진수를 뒷간에 가게 하고 진숙이와 진희는 헛간에 데리고 가 설사를 하게 했다.
나는 소여물을 데우는 솥에 물을 조금 데워 진철이를 씻기고, 옷도 빨았다.
'우리가 사촌리 오기 전에 고기반찬도 많이 먹고 이모, 이모부 생일날은 더 기름진 전도 많이 먹었는데, 벌써 이 아이들은 이것도 소화를 못 시킬 정도로 그 동안 먹은 것이 없구나...'
나는 헛간에서 남편과 교대하여 진숙이 진희 엉덩이를 닦아주면서 눈물을 흘렸다.

1967년이다.

내 나이 스물여덟이다.

남편은 가야면에 다녀온 후 얼굴이 더 어두워졌다. 시어머님이 주신 돈으로는 가게조차 얻을 수가 없다고 한다.

그리고 가게만 있으면 되는가?

우리 여섯 식구가 몸을 눕힐 집도 있어야 하지 않는가?

암암리에 동서는 더 대차게 나의 험담을 동네사람들에게 하고 다닌다.

얼른 이 곳을 떠나고 싶다.

답답한 다섯 달이 지났을까?

남편과 같이 밭에서 잡초를 뽑고 터덜터덜 걸어오는 길에 남편은 결단을 내렸다.

"여보 무조건 내일 함안에 같이 가서 가게를 얻어 보입시더."

"어머님 주신 돈은 너무 작아 가게도 얻을 수 없다면서요?"

"내일 가면 무슨 수가 있겠지요. 이대로 있으면 답답해서 죽을 것만 같아요. 우리 가족 때문에 사촌리 가족들도 힘들고, 또 아이들 학교도 보내야 하니까. 함안이 좋을 것 같습니더."

"저는 무조건 찬성이예요. 여기서 우리가 오래 신세를 질수록 어머님이 가족들 눈치를 보실 수 밖에 없을 것 같아요. 그리고 당신 말처럼 우리 아이들은 곧 자라서 학교도 가야 하잖아요."

대문앞에 반짝거리는 까만 세단 승용차가 서 있다.

월촌댁 아주머니와 동네 사람들이 승용차 구경에 목을 빼고 있다.
"여보 저렇게 좋은 차가 우리 동네에 무슨 일이래요?"
"진짜 멋집니더. 우리 집에 누가 왔나?"
진철이를 업고 잡초를 뽑고 오는 길이다.
월촌댁 아주머니가 나를 보며 반색한다.
"아이고 이집 며느리가 얼굴도 이쁘더만, 친정집도 억수로 부잔 갑네. 친정 옴마랑 오래비랑 올케라 쿠던데. 아이고 파리가 낙상하것네."
집에는 한복을 곱게 차려입은 어머니와 필성이 오빠와 오빠 처로 보이는 여자가 안방에 밥상을 가운데 두고 시부모님과 같이 앉아있다.
밥상에는 고급과자와 음료수가 놓여있다.
그리고 방 한쪽에는 보리굴비 상자와 소고기 보자기가 떡하니 놓여있다.
도련님과 아가씨들은 서로 방 안을 들여다보겠다고 밖에서 다투고 있다.
아이들은 손에 잔뜩 과자를 들고 있다.
"엄마 외할머니가 우리 과자 엄청 많이 사왔습니더, 외삼촌이 돈도 줬습니더."
아이들 손에는 지폐도 들려져 있다.
"어 엄마"
어머니는 오늘도 연보라빛 고운 한복 차림이다.
"일덕아 아이고 내 딸 내가 얼마나 우리 딸이 보고 싶었는지 모른다. 일이 힘드니? 얼굴이 왜 이리 까칠하니?"
나는 어머니를 껴안고 한참 울었다.
"필성이 오빠"
오빠는 오빠 처를 소개했다.
"우리 일덕이 고생 많았지? 이쪽은 우리 집사람이야. 너보다는 전주여고 후배일거고, 이름은 김희연이야."
"아가씨, 안녕하세요? 오빠에게 항상 얘기는 많이 들었어요. 오늘 일덕이 아가씨를 직접 만나니 저는 너무 좋아요."

상냥하고 야무져 보인다.
"오빠 제가 결혼식에도 못가고 미안해요."
"다 이해하지. 살기 바빠서 그렇지. 우리 잠깐 일덕이 방에 가서 기도할까요?"
필성이 오빠는 목사님은 목사님이다.
남편과 어머니와 나와 올케는 오빠의 권유로 오랜만에 기도를 드렸다.
"장모님 오시느라 힘드셨지예? 매번 우리 가족 일로 죄송합니다."
"김서방, 아닐세. 이렇게 또 보니 참 좋네. 사돈 어르신도 만나고. 아이들도 다 잘 자라고 있고. 자네랑 일덕이 닮아 아이들이 다 착하고 이쁘게 생겼더라. 이모한테 말만 듣고 얼마나 실제로 보고 싶었는지 몰라."
어머니는 또 우신다.
"엄마, 이모랑 이모부는요?"
"다시 안양에 성냥공장을 지어 잘 살고 있단다."
"잘 됐네요. 우리 아이와 남편을 엄청 아껴 주셨는데."
"오빠는 얼굴이 신수가 훤하네요. 애기는요?"
"나는 하느님 축복을 많이 받아 아들만 셋이란다."
"오빠랑 올케 닮았으면 똑똑하겠네."
어머니가 신이 나서 대답을 가로챈다.
"응, 이름을 온상진, 온원진, 온웅진으로 지었는데, 얼마나 똑똑하고 잘생겼는지 모른다. 그리고 벌써 믿음도 얼마나 강한지 몰라. 아버지가 얼마나 좋아하시는지. 참 내 가방에 아이들 사진을 갖고 왔어. 우리 일덕이 보여주려고."
"참 아버지는 건강하세요?"
"우리 일덕이가 아버지 안부 묻는 건 집 나가고 처음이네. 아버지는 건강하시다. 그리고 이덕이와 삼덕이도 부자집에 결혼해서 잘 살고 있고."
"칠성이는요?"
"칠성이 이야기는 꺼내지도 마라. 나 원 참 남사스러워서, 칠성이는 어떤 여자랑 야반도주해서 우리는 소식조차 모른단다."

"네? 야반도주요? 어떤 여자예요?"
"우리는 아무것도 모른단다. 대학 졸업하고 전주 중학교 미술교사로 취직해서 아버지도 좋아했는데, 집에는 아무 연락도 없이 사라져 버렸단다. 아버지가 지금도 노발대발 하고 있단다. 칠성이가 계속 결근을 하는 바람에 직원이 우리 집에까지 칠성이 찾으러 왔더라. 기가 차서 정말, 그래서 우리도 알게 되었지. 그 여자가 학교에도 자주 찾아왔다더라."
"진짜요? 우리 칠성이가 그럴 애가 아닌데."
"아무튼 아버지 요즘 칠성이 땜에 불면증이 심해 한약을 드시고 계신단다."
어머니는 더 이상 말을 잇지 못하고 눈물바람이다.
"오빠 작은 아버지와 민자언니는 잘 살고 있죠? 아기는 아직 없어요?"
"작은 아버지도 별거 중이야. 우리는 이유도 몰라. 왜 별거하고 있는지."
"그렇게 좋아 보이더니, 왜 별거를? 그럼 민자언니는 선생님은 하고 있어요?"
"아니, 1년만에 교직도 그만두었단다. 작은 어머니는 난데없이 작은 아버지랑 작업실에서 한동안 같이 그림 그린다고 설치더니, 그리고 두 분이 엄청 금슬도 좋아 보이더니, 갑자기 집을 나갔어. 아버지가 작은 아버지 일로도 걱정이 태산이란다. 내가 칠성이와 작은 아버지를 위해 기도 많이 하고 있단다."
"필성이 오빠는 목사님이 행복해요?"
"그럼 나는 목사가 천직이라고 생각한단다. 너무너무 행복하고 좋단다."
나는 오빠가 부러웠다.
오빠에게 고향소식을 듣자니, 칠성이 걱정과 작은 아버지와 민자언니 걱정이 차곡차곡 쌓인다.
"올케도 전북대 미대 나왔다고 들었어요."
"네. 맞아요. 저는 서양화 전공 이예요."
올케는 교회에 있는 모든 그림을 전담하고 있다고 한다.
올케는 교양과 기품이 느껴진다.

'나도 시진이 오빠랑 실수를 저지르지 않았다면 올케처럼 저렇게 교양 있고 품위도 있을텐데, 또 국민학교 교사가 되어 부모님이 자랑하는 자식이 되어 있을 텐데, 그것도 아니면 민자언니처럼 분명히 나 자신이 진정으로 행복하고 즐거운 일을 찾아 지금쯤 커리어 우먼이 되어 있을텐데...'
이상하게 올케를 보면서 처음으로 지난 일이 후회가 된다.
"엄마, 밖에 새 차는 오빠 차인가요?"
"응 아버지가 첫째 손주 상진이가 태어났을 때, 둘째도 아들이면 차를 사 준다고 호언장담 하시더니, 진짜 둘째 원진이가 태어나자 마자 오빠에게 차를 사 주었단다. 오빠보다 상진이 에미가 더 좋아하더라."
"네. 어머님 맞아요. 차가 있으니까 전도하러 가기도 좋고, 친정집에도 자주 들를 수 있어 너무 좋아요."
목사님 아내답다.
"올케는 친정이 어디예요?"
"저는 전주 금암동이예요."
"그건 그렇고, 이번에는 아버지가 무슨 일인지 일덕이한테 대궐같은 집과 가게 모두 다 장만하라고 돈을 많이 줬어. 아버지도 나이가 드니까, 우리 장녀 생각이 나는 게지. 아이들 사진도 보고싶다고 가져오라고 하시고."
그 전에는 항상 어머니가 아버지 몰래 외가에 부탁해서 돈을 마련했는데, 뜻밖이다.
"일덕아 이제 아버지도 늙었는지 자주 니 얘기 하신다. 그리고 이번에 처음으로 같이 오시고 싶어 하셨는데, 전주에서 중요한 장로모임이 있어 같이 오지 못했단다."
아버지에게 처음으로 죄송한 마음이 들었다.

우리는 다음날 바로 오빠 차를 타고 함안 가야면으로 가서 세탁소 할 가게와 가족이 같이 살 집을 보러 갔다.
가야면은 사촌리보다 훨씬 사람도 많고 번듯한 집이 많아 좋다

진수가 다닐 가야초등학교 근처에 있는 주택을 보다가 대문에 '빈집'이라고 붙어있는 적당한 집을 발견했다.
"엄마 저기 파란색 기와집이 제 눈에 들어오네요. 우리 한번 가 봐요."
파란색 기와집은 본채 아래채로 나누어져 있고 마당도 넓고 텃밭도 있어 맘에 쏙 들었다.
마당에는 감나무도 몇 그루 있다.
본채는 방이 세 개나 있고 아래채도 방이 두 개나 있다.
그리고 부엌도 엄청 넓어 너무너무 맘에 든다.
"일덕이 니 맘에 들면 되지. 참 우리 김서방은 이 집 어떻소? 나도 맘에 드는데.."
"저도 맘에 듭니더. 하지만 돈이 꽤 나갈거 같습니더. 그리고 장모님 저한테 말씀 낮추이소."
"그래야겠지. 김서방을 너무 오랜만에 보니까 자꾸 사위라는 생각을 까먹고 호호 돈 걱정은 하지 말고 집만 보고 좋은 걸 골라. 이번에는 일덕이 아버지 아 자네 장인어른이 직접 돈을 마련해 주어서 나도 내려올 때 얼마나 마음이 가벼운지 몰라."
"오빠는?"
"나도 이 집이 마음에 드네. 당신은요?"
"저도 좋아요. 집이 뭔가 튼튼하고 정감이 가네요."
우리는 만장일치로 파란 기와집을 구입하기로 결정했다.
"일덕아 우리 장에 가서 국밥이라도 한 그릇 사먹고 가게 구경하자. 이 애미가 배가 고파 쓰러지겠다."
"아 엄마 죄송해요. 제가 오늘 우리 집과 가게를 산다고 너무 흥분해서 그만.."
"김서방도 배가 고프지?"
"네 장모님 저도 배가 많이 고픕니더."
"어머님. 저도 배가 많이 고파요."

올케가 명랑하게 말한다.

우리는 바로 근처에 있는 '밀양집'이란 간판이 달린 엄청 넓은 국밥집에 들어 갔다.
돼지국밥이 엄청 맛있다.
"경상도는 음식이 다들 별로라고 하던데, 이 집은 맛있네."
입맛이 까다로운 어머니가 국밥을 칭찬하신다.
"어머님, 저도 맛있어요. 반찬도 깔끔하고요."
올케는 활달하고 자기 표현이 분명해서 참 마음에 든다.
주인아주머니는 육수와 김치를 덤으로 더 준다.
주인아주머니는 제법 통통한 몸집에 눈이 동그랗고 복스러운 얼굴이다. 화장도 곱게 하고 있다. 입술에는 빨간 색을 발라 입술이 도드라져 보이고 특히 연한 물빛 한복에 하얀색 앞치마를 두르고 있어 주인아주머니 인상이 아주 깔끔해 보인다.
머리에도 꽃자수가 놓인 까만색 머리 수건을 야무지게 쓰고 있다.
"우리 함안에서 못 보던 얼굴들인데, 우리 국밥 맛은 괜찮습니꺼?"
"너무 맛깔스럽네요. 원래 경상도 음식이 맛이 없다고 하더니만."
"감사합니다. 귀티가 줄줄 나는 마나님은 어디서 오셨습니꺼?"
"아 우리는 전라도 전주 근처 금구면에서 왔어요. 집이 금구교회 바로 옆에 있어요. 여기는 식당도 깔끔하고 국밥도 맛있어서 단골이 많겠어요."
"아 처음 들어오실 때부터 말씨가 우리와 다르다 싶었어예, 제가 친정이 밀양인데, 친정엄마가 국밥집으로 건물 몇 채를 샀습니다. 친정엄마에게 전수받아 함안으로 시집와서 이 국밥집을 차리자 마자 영업이 너무 잘돼 지금 함안 돈을 다 쓸어담는다 아닙니꺼?"
아주머니는 나보다 두어 살 위로 보이는데 농담도 곧잘 한다.
"전라도 분이 이 짝 함안에는 무슨 일로 오셨습니꺼?"
어머니는 국밥을 먹고 한결 기분이 나아졌는 지 주저리주저리 세탁소 할 가게를 찾는다고 말씀하신다.
"저기 시장 안에 송사장님이 하는 송정세탁소가 하나 있어 조금 떨어진 곳에 가게를 찾아봐야 할껍니더. 장사는 본시 상도덕이라는 게 있어예."
"어디 추천할만한 가게가 있을까요?"
오빠도 적극적이다.
고맙다.
"그라모예. 지가 이짝 물정은 환한 께로 지 따라 오시모 됩니더. 경자야 경자야 엄마 요 짝에 손님하고 잠깐 다녀올께. 식당 좀 봐라."
열 살 쯤 되어 보이는 단발머리 소녀가 나온다.
이어서 귀여운 꼬맹이들이 세 명이나 더 나온다.
딸이 네명인 모양이다.
"걱정하지 말고 다녀오이소."
주인아주머니 얼굴을 쏙 빼닮은 아이들은 한결같이 귀엽다.
단발머리 소녀는 제법 야무져 보인다.
우리는 국밥집 아주머니를 따라 한참 걸어갔다.

시골치고는 제법 번화가다.
가게는 제법 번잡한 사거리에 위치해 있다.
"여기가 가게 세는 비싸도 사람들 왕래가 많아 세탁소 하기는 딱 좋을 겁니더."
"우리는 세로 있을 게 아니고 가게를 살려고 해요."
"아이고 마나님이 역시 부자시네. 딱 봐도 한복이 비싼 실크라 예사로 안 보이더마는 역시 부자집 마나님이시네. 그래도 여짝은 시골이라도 마산시하고 딱 붙어있어 가게가 비쌉니더."
가게는 마침 비어 있다.
"원래 양장점 했던 자린데, 이 집 언니가 옷을 원체 잘 만들어 부산으로 이사 갔다 아닙니꺼? 원래 장사가 엄청 잘 되던 자리라서 아마 세탁소도 잘 될낍니더. 그건 그렇고 어느 양반이 세탁소를 할낍니꺼? 두 양반 다 엄청 귀한 집 도련님같이 생겨서 이런 일은 안 할 거 같아서예."
"지가 할껍니더."
"아이고 이 양반은 경상도시네. 얼굴이 미남이라, 아지매 손님이 많이 오겠네예. 근데 이런 일 안하고 사무실에 근무하게 생겨갔고 이리 힘든 일을 할라꼬예?"
"지는 부산에서 세탁소를 해 봤습니더."
"얼굴이 촌사람이 절대 아니라고 지가 마음속으로 생각했는데, 딱 부산도시 사람같네예. 쪼매만 기다려 보이소. 김사장님 모시고 올께예."
밀양댁 아주머니가 날쌔게 담배냄새를 폴폴 날리며 뛰뚱뒤뚱 걷는 뚱뚱한 가게주인을 모시고 와 우리는 바로 흥정을 했다.
아주머니 말씀대로 생각보다 가게가 비쌌다.
어머니는 깎지도 않고 바로 가게를 계약했다.
"마나님이 진짜 부자시네. 우째 이런 가게를 사는데 흥정을 안하고 돈을 다 줍니꺼? 김사장님. 제 얼굴 봐서 쪼매만 깎아 주이소."
밀양댁 아주머니의 애교에 주인아저씨는 집값을 조금 깎아 주었다.
"아주머니 오늘 너무 감사합니다. 식당도 바쁘실텐데."
"이 시간은 한가합니더. 딱 오후 세시부터 다섯시에는 손님이 거의 없습니더. 그라고 식당에는 우리 딸 경자 말고 또 식모 아지매가 또 있습니더."
밀양댁 아주머니는 싹싹하다.
고맙다.
"그러면 아주머니 하나 더 부탁해도 될까요? 우리 딸과 사위 살 집을 아까 보고 왔는데, 같이 가서 좀 봐주시면 안 될까요? 우리는 이 곳 함안이 처음이라, 수고비는 제가 드릴께요."
어머니는 밀양댁 아주머니에게 홀딱 반한 눈치다.
"마나님 수고비는 무슨, 어디로 가면 됩니꺼? 같이 가 보입시더. 이제 우리 함안 주민이 될 사이인데 이 정도쯤이야 아무것도 아닙니더."

우리는 밀양댁 아주머니와 파란 청기와집을 찾아갔다.
"부자들이 확실히 눈이 높네예. 이 집은 원래 함안 군수님 아버지 집이라예. 얼마 전에 군수님 아버지가 돌아가셔서 어머니는 군수님 집으로 들어가시고, 이 집을 팔라고 내놨어예. 이 집은 나도 탐이 났어예. 그런데 대지가 너무 넓어 많이 비싸 지는 포기했어예."
우리는 파란 청기와집도 샀다.
"이 차는 함안에서는 처음 보는 비싼 차네예. 우리 군수님이 타는 차 같은데, 진짜 부자는 부자네예."
"오늘 너무 감사합니다. 우리 여동생과 제부, 앞으로 잘 부탁드립니다. 아주머니, 오늘 너무 수고하셨는데, 저쪽 다방에 가서 우리랑 같이 커피라도 한잔 드시면 좋겠네요."
"지는 사양은 모릅니더."
'가야다방'에서 우리는 쌍화차와 커피를 시켰다.
파란색 아이샤도우를 진하게 바른 마담 아주머니는 같은 파란 색 원피스 양장을 늘씬한 몸에 둘러 너무 세련되어 보인다.
진한 아이샤도우를 발라 눈이 엄청 커 보이고, 코는 서양사람처럼 오똑하고, 입술은 빨갛다.
"밀양댁, 이 분들은 누구셔? 어머나 이 멋진 미남들이 우리 함안에 어쩐 일이지? 어머나 세상이 다 환하다 환해. 이 아가씨들은 또 얼마나 이쁜지, 오늘 우리 다방 문 열고 난 후 최고로 물이 좋다. 김양아 그렇지 않니? 옆에 우리 마나님은 이리 비싼 실크 한복을 입으시고, 참말로 곱다 곱다, 오랜만에 내 눈이 호강한다."
사십대로 보이는 마담은 걸걸한 목소리로 필성이 오빠 옆에 살짝 앉는다. 서울 말씨를 쓴다.
나중에 밀양댁 아주머니에게 전해 들었는데, 마담 아주머니는 서울이 집인데, 무슨 사연인지 가족을 다 두고 혼자만 내려와 함안에서 둥지를 틀었다고 한다. 돈은 많아 매일 양장점에서 새 옷을 해 입어 동네 여자들이다 부러워 한다고 한다.

비록 다방을 하지만 콧대가 하늘을 찌른다고 한다.

"성님 이 분들은 전라도에서 오셨다네예. 지 옆에 이 잘 생긴 분이 우리 동네 양장점 있지예? 거기서 세탁소 할라꼬 오늘 가게 바로 계약했고예. 또 군수님 아부지 집 알지예? 파란 청기와집 말입니더 방금 그 비싼 집도 바로 계약햇습니더 한 푼도 안 깎고예 진짜 부잡니더 성님 이짝으로 와보이소, 저짝에 까만 시발승용차가 또 이짝 양반꺼라예"

밀양댁 아주머니는 마담 아주머니를 끌고 가 호들갑을 떨며 창밖으로 보이는 오빠 승용차까지 기어코 보여준다.

"이렇게 부자집 양반이 세탁소는 하시겠어요? 세탁소가 생각보다 일이 힘들다고 들었는데, 그리고 송사장님이 성질이 사납고 무서워요."

마담 아주머니가 밀양댁 아주머니에게 귓속말을 한다.

"나도 성님, 그게 걱정입니더."

성질 급한 나는 바로 물었다.

"무슨 일이예요?"

"아 아까 말한 세탁소 하는 송사장님이 성질이 사나와 아마도 같은 업종을 한다고 한바탕 난리를 칠 거 같다고 성님이 걱정 하네예."

"괜찮습니더. 지가 이리 보여도 산전수전 다 겪어봐서 다 해결할 수 있습니더."

"이 양반이 보기보다 똘똘해서 우리가 걱정 안해도 되겠네. 자 우리 동네 들어오는 기념으로 이 마담도 쌍화차 한잔 먹어요. 마나님 괜찮겠어요?"

"어머 얼마든지요. 오늘 우리 국밥집 사장님 덕분에 집도 가게도 다 계약했는데 그까짓 쌍화차가 대수예요? 앞으로 우리 딸이랑 김서방도 잘 부탁드려요."

"김양아, 여기 쌍화차 한잔 더 다오. 노른자는 두 개 동동 띄우고."

우리는 함안에서 벌써 두 사람을 알게 되었다.

어머니와 오빠와 올케는 시댁이 좁아 불편해서 함안에 여관을 잡아 놓고 우리를 사촌리에 태워 주었다.
"엄마 앞으로 우리가 세탁소 해서 돈 많이 벌면 이 은혜 꼭 갚을께요."
"일덕아 그럴 필요 없단다. 엄마는 우리 일덕이를 집 근처에 시집보내 오래 같이 살고 싶더니만, 그 어린 나이에 부산 이모 집에 가더니, 또 지금도 이렇게 멀리 떨어져 살아야 하니 내 맘이 좋지 않단다."
"엄마, 진짜 죄송해요."
"우리 일덕이가 자식 중에 제일 고생하는 것 같아 어미 맘이 안 좋단다."
"장모님. 제가 열심히 해서 이 은혜 꼭 갚겠습니다."
"나는 항상 자네 김서방에게 고맙네. 일덕이가 김서방 자랑을 얼마나 많이 하는지 몰라, 지 오래비에게 쓴 편지에도 김서방 칭찬이 거의 모두라고 봐야겠지."
"여보 정말입니꺼? 나한테는 잘 표시내지도 않으맨서."
"어머님, 우리 남편도 저한테 얼마나 잘해주는지 아마 어머님이 다 아시면 질투 하실걸요."
"그러면 일덕이랑 우리 며늘아가랑 사돈댁에 갈 때까지 남편 자랑 대회 한번 해볼까나, 호호."
우리 모두 어머니 농담에 다들 오랜만에 많이 웃었다.
행복한 하루다.
하지만 한편으로 칠성이와 작은 아버지와 민자 언니 생각에 잠이 오지 않는다.
'다들 무슨 사연이 있는 걸까? 답답하다.'
나는 그 날 저녁 진수 연습장에 오늘 가게와 집을 사는데 들어간 모든 돈 액수를 기록했다.
누가 뭐래도 나는 남편과 세탁소를 열심히 해서 이 돈을 친정집에 꼭 다 갚을 것이다.
친정에 아쉬운 이야기를 하는 건 이제 끝이다.

어머니는 귀한 과일을 사서 시댁에 챙겨주시고 오빠랑 함안 여관으로 갔다.
우리 가족은 다음 날 바로 시아버님과 시어머님께 인사를 고하고 트럭을 빌려 함안으로 이사했다.
아이들은 오빠 승용차에 타고, 남편과 나는 트럭에 탔다.
짐이라곤 남편과 나와 아이들의 옷가지 몇 개와 시어머님이 챙겨주신 된장항아리 고추장 항아리와 양념 서너 가지에 쌀 한말이다.
"아버님 어머님 건강하세요. 자주 찾아 뵐께요."
아버님도 서운한지 지 아이들을 품에 일일이 안고 용돈을 챙겨 주신다.
"아버님 덕분에 우리 가족이 가장 힘들 때 잘 지내고 갑니다. 함안에 어머님이랑 꼭 놀러 오세요."
아버님은 고개를 끄덕이며 끝내 눈물을 보이신다.

어머니는 저고리 옷고름으로 벌써 눈물을 훔친다.
"우리 일구가 우리 부자 며느리 만나서 집도 사고, 가게도 사고 내가 무슨 복인지 모르것다. 우리 며느리 고맙네. 이게 꿈은 아니것제, 사돈 고맙습니더. 진짜 진짜 고맙습니더."
나는 시어머님을 꼭 안아드렸다.
남편은 시어머님께 받은 돈을 몰래 다시 시어머님께 드렸다.
어렵게 살고 계시는 걸 다 알면서 우리는 차마 그 돈을 받을 수 없다.
시동생과 시누이들도 다들 눈물을 찍어내느라 바쁘다.
"서방님, 도련님, 아가씨, 시간 날 때 언제라도 함안에 꼭 놀러오세요."
동서는 끝까지 얼굴이 보이지 않는다.
시댁 가족과 월촌댁 아주머니와 동네 아주머니도 마을 어귀까지 나와 배웅을 해 주신다.
"부산댁, 함안가서 꼭 성공 하이소. 우리가 시간나면 함안 5일장에 가서 세탁소 찾아갈끼오. 그 때 안면 바꾸지 말고."
"네. 꼭 오세요. 제가 막걸리 대접할께요."

트럭이 한참을 달렸는데도 다들 들어가지 않고 손을 흔들고 계신다.
함안에 도착해서 친정어머니와 오빠와 올케는 바로 고향집으로 떠났다.
오빠가 교회 예배 준비를 해야 하기 때문이다.
나는 어린 애마냥 어머니 품에 안겨 한참을 울었다.
"우리 일덕이가 오늘 왜 이리 울까? 이제 엄마가 오빠랑 자주 올텐데. 다음에는 이모와 이모부도 같이 올게."
"네. 엄마 건강하세요. 그리고 오빠와 올케도 고생 많았어요."
"일덕아 아버지 생일 알지? 올해는 10월 22일이더라. 그 날 이덕이와 삼덕이와 사위들도 다 오니까, 너도 이번 아버지 생신 때는 김서방이랑 아이들이랑 고향집에 꼭 오면 좋겠다. 아버지 올해 연세가 벌써 쉰하나다."
'아버지 연세가 벌써 쉰하나라니...'
세월이 진짜 빠르다.
"네. 아가씨, 아버님이 큰 아가씨 얘기 자주 하세요. 꼭 한번 오세요."
"제가 빨리 돈 모아서 아버지께 꼭 빚 갚으러 갈께요."

아이들은 새 집이 넓고 좋다며 마당에서 꼬리잡기를 한다.
진수가 묻는다.
"엄마 이 좋은 집은 우리 거라예?"
"그럼. 외할머니가 사주셨단다."
"이제부터 제가 국민학교 가면 공부도 열심히 잘 할테니 엄마는 이제 울지 마세요."
"진수야 엄마가 언제 울었다고 그러니?"
"사촌리 할아버지 집에서 밤에 엄마 우는 거 많이 봤어예."
"우리 진수가 다 컸구나. 진수야 오후에 나랑 아버지는 가게 청소하러 가야 해. 그 때 니가 동생들 챙길 수 있겠지?"
"그럼예. 사촌리에서도 제가 다 챙겼어예."
"우리 진수가 장남 노릇 톡톡히 하는구나."

"엄마는 맨날 오빠만 칭찬하더라. 나도 장녀라 동생들 잘 봐예."
야무진 진숙이가 거든다.
"그래 우리 장녀 진숙이도 동생들 잘 챙겨라."
장남이어서 그런지 이제 일곱살 꼬맹이 진수도, 장녀여서 그런지 이제 겨우 여섯살 꼬맹이 진숙이도 의젓하다.
남편과 나는 집 청소를 다 끝내고 서둘러 가게로 갔다.
집에서 가게는 걸어서 5분 거리다.
가까워서 좋다.
가게 청소를 끝내고 우리는 아이들을 데리고 배가 고파 밀양집에 갔다.
밀양댁 아주머니는 우리를 기억하고 엄청 반긴다.
"아이고 이제 함안으로 이사를 왔어예? 신혼인줄 알았는데, 아가들이 네 명이나 되네, 딱 봐도 두 사람 금슬이 엄청 좋아 보이더만, 오늘 국밥은 지가 공짜로 대접하겠습니더."
"아닙니더. 국밥 장사한다고 고생하시는데 염치도 업시 그건 아닙니더."
남편이 극구 사양한다.
"지가 함안에서는 좀 삽니더. 오늘은 무조건 돈 안 받습니더."
아이들은 처음 먹어보는 돼지국밥이 맛있다며 국물까지 후루룩 다 마신다.
"아버지. 국밥이라 했지예? 참말로 맛있네예."
"이 집 장남 인물이 아버지 닮아 너무 잘 생겼네. 우리 집 국밥이 그리 맛있나? 아가 이름이 뭐꼬? 입이 참 고급일세."
"지는 아가가 아니고 형아라예. 그리고 이름은 김진수입니더,"
"그래 그래 형아지. 진수야 앞으로 우리 자주 보자."
진숙이와 진희와 진철이도 밀양댁 아주머니에게 예의 바르게 인사를 했다.
"가정 교육도 잘 하셨네예. 우찌 이리 아가들이 귀엽노? 다들 배 고프면 아무 때나 우리 집에 놀러 오거라. 이모가 공짜로 국밥 주꺼마."
"감사합니다."
아이들도 금방 밀양댁 아주머니와 친해졌다.

나도 이 아주머니가 편하고 좋다.
저녁에는 남편과 세탁소 이름을 의논했다.
"여보 나는 우리 가게 이름을 '부산세탁소'라고 하고 싶습니더. 당신은 어때예?"
"저는 당신이 원하는 이름이면 다 좋아요. 당신 고향이 부산이니까 좋은 것 같아요. 그런데 당신 다리가 불편해서 다림질 매일 하려면 힘들지 않겠어요?"
"처가에서 이렇게 좋은 집과 가게를 사주셨는데 그깟 세탁소 일이 무슨 대수라꼬예? 그라고 지는 고모집에서 세탁소를 해봐서 아무 걱정도 없습니더."
"당신이 그렇게 말하니까 이제 안심이 되네요. 이 좋은 집에서 아이들과 함께 있는 사실이 꿈만 같아요. 그리고 또 제일 좋은 게 뭔지 맞추어 보세요."
"응 그게 뭡니꺼?"
"호호 듣고 웃지 마세요. 제일 좋은 건 소똥냄새를 맡지 않아도 되구요. 그리고 또 하나는 음.. 이건 나쁜 말일수도 있는데."
"그러니까 더 궁금해집니더."
"호호 동서를 안 봐서 너무 좋아요."
"하하 제수씨가 좀 그렇다고 봐야죠."
"어머님과 아버님은 벌써 보고 싶지만, 그 집은 별로 가고 싶지 않아요."
"그건 나도 마찬가지입니더. 우리 돈 많이 벌어서 장인어른께 빚도 갚고 사촌리 식구들에게도 나중에 은혜 갚읍시더."
"그래야죠. 아이들도 방이 많아 좋다고 저렇게 명랑하고 활발해지니, 부모 역할에 대해 다시 한번 생각하게 되더라구요."
"참 지는 아직 장인어른은 얼굴도 한번 못 봤습니더."
"오빠가 사진 두고 간 거 있어요. 제가 가져올께요."
오빠 아들 셋과 아버지가 함께 찍은 사진을 오빠는 두고 갔다.
"장인어른이 엄청 잘 생기셨네예. 그래서 처남도 당신도 미남, 미녀네예."

"여보, 다시 한번 말해봐요. 제가 뭐라고요?"
"미녀라고 했습니더."
"당신한테 미녀라는 소리는 오늘 처음 들어보네요."
"당신 미녀인 건 세상이 다 아니까, 내가 굳이 보태지 않아도 허허."
"그건 아니에요. 자고로 인간은 칭찬에 약하다고 했어요. 저도 마찬가지예요."
"앞으로 칭찬 많이 해 줄께예."
남편과 나는 서로를 꼭 안고 잠을 청했다.
집에 쓸 살림과 가게에 쓸 물건도 제법 살 게 많았지만 어머니가 주신 돈은 아직 여유가 많다.
가게에는 중고 다리미, 다리미를 굽는 연탄화로, 옷걸이 등 생각보다 준비물이 많다.
가게에 나무로 된 다림질대와 빨래를 할 수 있는 시멘트로 된 세탁대를 설비하는데도 돈이 꽤 많이 들었다.
아버지께 빚도 빨리 갚을 요량으로 나는 파란 기와집 아래채를 월세로 내놓았다.
가게에 드디어 '부산세탁소'란 간판을 달았다.
감회가 새롭다.
남편과 나는 누가 먼저랄 것도 없이 눈물을 흘렸다.
"우리 열심히 살아야 됩니더. 내가 누구보다 열심히 할테니 당신은 아무 걱정 말고 나만 믿고 따라 오면 됩니더."
"그럼요. 저는 당신만 믿어요."

1967년 9월 30일이다.
우리는 떡과 과일과 돼지고기와 막걸리를 준비해서 부산세탁소를 개업했다.
밀양댁 아주머니가 주변 상인들을 우루루 데리고 와 세탁소에서 음식을 먹으며 개업을 축하해 주었다.

밀양댁 언니는 나보다 두 살 많아 서른 살이다.

결혼을 빨리 해 경자가 벌써 열살이다. 딸만 넷이다. 남편은 경찰이라고 한다.

다들 '함안상인회' 주축 멤버이다.

우리에게 가게를 판 뚱뚱한 몸집의 마흔 여섯살 주인 아저씨, 김사장님은 시장에서 '가야정육점'을 하시고, 사모님은 순금으로 온 몸을 항상 치장하고, 뽀글뽀글 파마머리를 한 마흔 세살 함안댁 아주머니다. 아저씨와 똑같이 뚱뚱하고, 피부에 땀구멍이 커 화장을 해도 항상 얼굴이 번질번질하다.

목소리가 걸걸하고, 뒷담화를 잘 한다.

두 분 다 함안이 고향이고, 월세만 받는 가게가 열 다섯채가 넘는다.

엄청 부자이고, 금슬이 좋아 항상 붙어 다닌다.

그리고 또 정육점 사장님과 국민학교 동창으로 '선경참기름집'을 하는 박사장님은 훤칠한 키에 시골 사람 치고 얼굴이 하얀 편이라 도회지 사람 같다. 항상 안주로 건어물을 들고 오신다. 사모님은 '군산댁' 아주머니로 '함안댁' 아주머니와 동갑이다.

두 분 다 말이 없고 조용하다.

군산댁 아주머니는 단발머리에 이목구비가 뚜렷해 얼굴로 따지면 '가야다방' 마담 아주머니보다 미인이다.

하지만 화장을 아예 하지 않는다.

또 같이 어울리는 분은 '봉진상회'를 하는 '여수'댁 아주머니인데, 이제 서른 여섯살로 남편과 동갑이다.

청상과부이고, 항상 쪽진 머리에 얼굴도 자그맣고 고운 편인데, 위에는 꽃무늬 저고리를 입고, 밑에는 몸뻬 바지를 입어 항상 옷차림이 요상하다.

하지만 웃을 때 덧니가 사랑스럽다.

몸도 엄청 말랐다.

죽은 남편 이름이 '김봉진'이라고 한다.
누군가 야단스럽게 뛰어오는 소리가 들렸다.
'가야다방' 마담 아주머니와 우리 세탁소 옆에서 '솔약방'을 하시는 진약사님과 칠원댁 아주머니다.
진약사님도 마흔 여섯살이고, 얼굴은 미남인데, 대머리다.
진약사님 사모님은 '칠원댁'으로 항상 올림머리에 눈도 코도 입도 작아 나이보다 엄청 동안이다. 목소리가 작고, 소심한 성격에 항상 얌전하고 까만색 원피스를 즐겨 입는다.
항상 진약사님 옆에서 잔 일을 도와준다.
두 분 다 하얀 가운을 입고 계신다.
사모님은 마흔살이다.
오늘도 마담 아주머니는 미스 코리아들이 즐겨하는 부스스한 사자머리에 화려한 보라색 원피스를 길게 입고 보라색 아이샤도우를 바르고 번쩍거리는 목걸이를 하고 있다.
"내가 돼지고기 수육을 얼마나 좋아하는데요, 하마터면 늦어서 못 먹을 뻔 했네요. 밀양댁, 성님 잔에도 막걸리 한잔 따라보이소."
서울 출신인 마담 아주머니가 경상도 사투리를 따라해 다들 웃었다.
마담 아주머니가 마흔 입곱 살로 나이가 가장 많다.
덕분에 가게가 시끌벅적 개업 기분이 난다.
나는 겉절이와 수육용 쌈장을 만들어 일일이 떠 드렸다.
"나는 마 이리 맛있는 쌈장은 처음 묵어본다. 새댁이 음식솜씨가 밀양댁을 앞서가면 갔지. 뒤지지는 않는다예, 다들 이 쌈장에 고기 한번 찍어 묵어 보이소. 와 진짜 맛있네예."
식육점 김사장님이 쌈장을 듬뿍 찍은 수육을 한 입 가득 넣고 질경질경 씹으며 칭찬을 한다.
오동통한 얼굴에 항상 쪽진 머리와 한복을 입고 단정하게 머리 수건을 한 밀양댁 아주머니는 입을 삐쭉거린다.

"나는 마 내보다 음식 잘하는 사람은 아직 대한민국에서 보지 못했거마는."
밀양댁은 항상 나이에 비해 반말을 잘 한다.
"니는 마 항상 우리한테 슬며시 반말을 하더라."
'함안댁' 아주머니가 밀양댁 언니에게 직설적으로 이야기한다.
"어머나 언니 미안합니더. 다들 친정언니 같아 가지고예."
막걸리를 한잔 한 진약사 아저씨도 환성을 지른다.
"참말이네. 새댁이가 우찌 이리 막장을 잘 만들었노? 세탁소보다 반찬을 팔아야 되것는데. 그라모 우리가 다 사묵을낀데."
"이 겉절이 먹어봐요. 진짜 맛있네, 감칠맛이 이렇게 오래 가는 음식 오랜만에 먹어보네, 밀양댁 니도 한번 먹어보고 냉정하게 평을 한번 해 봐라."
마담 아주머니 칭찬이 늘어진다.
"나는 이 겉절이 좀 싸갈래요. 내일 아침에 이 겉절이랑 밥 먹으면 너무 행복할 거 같아요. 제가 입이 짧아서, 부산댁 좀 싸가도 되죠?"
말라깽이 '여수댁' 언니다.
나는 이제 이 모임에서 '부산댁'이다.
나는 부산댁으로 불리는 게 싫다.
"내가 웬만하면 남이 만든 반찬 칭찬은 인색한데예. 나도 이 겉절이는 인정이라예. 당장 우리 식당에 겉절이만 납품해도 '부산댁' 돈 좀 벌겠습니더."
밀양댁 언니도 나의 반찬솜씨를 인정하고, 아예 겉절이 주문까지 하려든다.
모임이 끝날 때쯤 밀양댁 아주머니와 여수댁 아주머니는 아직 자기들이 이 모임에서는 새파랗게 젊다며 꼭 '언니'라고 부르라고 한다.
나도 그럴 참이다.
동네 상인들은 술이 거나하게 취해 다들 집으로 갔다.
남편과 나는 다음날부터 긴장을 늦추지 않고 새벽 다섯 시면 일어나 가게로 연탄불 화로를 들고 출근했다.
연탄 불에 다리미를 구워 옷을 다려야 하기 때문이다.
다행히 아침 일곱 시에 첫 손님이 왔다.

농촌지도소에 다닌다는 사십대 남자분이다.
와이셔츠 두개, 다림질이다.
남편은 정성스럽게 다림질을 했다.
손님은 만족한 얼굴이다.
이십원이다.
우리의 첫 수입이다.
남편과 나는 너무 좋아 십원짜리 동전 두 개를 번갈아가며 만졌다.
계속해서 손님이 온다.
밀양댁 언니 말처럼 사거리라 사람 통행이 많아 장사가 잘 된다.
아이들은 진수와 진숙이가 동생을 잘 보살펴 주어서, 나는 점심을 챙겨주러 갈 때까지 남편 옆에서 일을 도왔다.
남편은 항상 하얀 와이셔츠에 회색 정장 바지를 입고 출근한다.
정갈하다.
나도 쪽진 머리에 항상 하얀 티셔츠에 여수댁 언니가 함안 장날에 구입해 준 검정색 몸빼 바지 두개를 번갈아 입고 블랙 앞치마를 두르고 있다.
편하고 정갈하다.
블랙 앞치마는 밀양댁 언니가 선물로 주었다.
함안은 처음인데도 다들 너무 언니 오빠처럼 살갑게 대해 우리는 벌써 함안에 정이 간다.
바쁘게 집으로 달려가 아이들 점심을 챙겨주고 남편 도시락을 싸서 나는 다시 가게로 왔다.
그 사이에 세탁물이 수북하게 들어왔다.
남편은 시월인데도 땀을 뻘뻘 흘리며 연탄화로에서 구운 다리미로 다림질을 하느라 정신이 없다.
남편에게 집에서 정성스럽게 싸온 도시락을 권하고, 그 사이 다림질을 해 보았다.
생각보다 쉽지 않다.

양복 바지는 주름 세우는 게 여간 어렵지가 않다.
"다림질도 전문가가 해야지. 아무나 하는 게 아니라예. 내가 시간 날 때 당신에게 차근차근 가르쳐 줄 꺼라예 지금은 그냥 옆에서 돈만 받고 잔돈만 챙기면 그것도 바쁠 때는 엄청난 도움인깨로 천천히 배우모 됩니더. 나는 당신이 다림질은 안 했으모 좋겠어예. 여자가 하기 에는 무척 힘이 많이 듭니더. 고모님도 처음에 몸살을 울매나 많이 했는지 모릅니더."
"그래도 당신 혼자 하는 거는 제가 보기 힘들어요. 조금씩 배워서 도와드릴께요."
나는 매일매일 조금씩 남편에게 다림질 기술과 세탁기술을 배웠다.
매일매일 수입이 늘었다.
일감이 늘어나자. 열시에 세탁소 문을 닫는 남편은 밤새 다리가 아파 끙끙 앓았다.
그도 그럴 것이 새벽 다섯 시에 나가 밤 열시에 문을 닫으니 성한 사람도 무리가 올 텐데, 다리가 불편한 남편은 오죽하겠는가?
나는 밤마다 수건에 더운 물을 적셔 남편의 의족을 빼고 절단된 다리에 온찜질을 했다.
다행스럽게 온찜질을 하는 동안 남편은 스르르 잠이 들었다.
꽁보리밥에 멸치 서너 마리만 들어간 된장국이 전부인 식사라도 우리 가족은 배불리 먹을 수 있어 행복했다.
나는 몸이 열 개라도 안 될만큼 바빴다. 가게가 끝나면 아이들 먹을 반찬과 밥을 지어야 했다.

아래채에는 신혼부부가 월세로 입주했다.
따박따박 들어올 월세를 생각하면 또 행복했고, 새댁이 집에 하루 종일 있으니, 아이들 걱정도 덜하게 되었다.
새댁은 아이들을 무척 좋아해 우리 아이들을 친조카처럼 잘 챙겨주어 나는 월세를 좀 깎아주기로 했다.

새댁은 '대산댁'으로 자그맣고 귀엽게 생겼다. 새댁은 이제 열아홉이고, 신랑은 스물 세 살로 덩치가 크고 무뚝뚝하다.
근면 성실한 남편 덕분에 세탁물은 날이 다르게 늘어났다.
나도 이제 제법 숙련된 솜씨로 남편을 돕게 되어 기쁘다.
세탁소에 옷 수선 손님이 자주 왔다.
하지만 재봉틀이 없어 계속 손님을 놓친다.
나는 남편에게 그동안 번 돈으로 중고 재봉틀을 사자고 제의했다.
"재봉틀을 사는 건 그렇다 치고 누가 수선을 할 껍니꺼? 나는 재봉틀 질은 아예 배우지를 못했는데.."
"제가 고향집에서, 어릴 때 나주댁 아주머니에게 배운 적이 있어요. 아마 간단한 건 제가 수선할 수 있을 거예요."
우리는 함안 5일장에서 다행히 아주 헐값에 내놓은 재봉틀을 살 수 있었다.
양복바지 단 줄이는 것부터 재봉틀로 성공하고 나서부터 모든 옷의 길이를 수선하는 일은 이제 식은 죽 먹기다.
생각보다 수선 손님이 많아 수입은 점점 늘어났고, 우리는 이모집에서의 악몽을 떠올리며 절대 돈을 집에 두지 않고 농협에 매일 가서 저금했다.
남편이 부지런하고 옷 하나하나에 정성을 쏟아서 그런 지 수입은 하루가 다르게 늘어났다.
새댁이 아이들 밥까지 챙겨주는 바람에 나는 남편과 함께 세탁소 일에만 전념할 수 있었다.
"새댁 너무 고마워요. 우리 아이들 밥까지 챙겨주고 또 우리 진수는 한글 공부까지 시켜주고."
"아닙니더. 아이들이 착해서, 지가 남편 출근하면 할 일도 없고예."
"그럼 방세를 조금 더 깎아줄께요."
"옴마야 그래도 되겠습니꺼? 저야 고맙지만 두 분이 새벽부터 다 돈 때문에 고생하시는데."
"새댁도 고생하는 거야 마찬가지 잖아요."

우리는 아래채 새댁덕분에 안심하고 세탁소 일에 전념할 수 있다.

매주 월요일은 전쟁이다.
마산으로 통학하는 학생들의 교복이 어마어마하기 때문이다.
학생들은 일요일 저녁에도 교복을 많이 찾아가지만 월요일 새벽부터 교복을 찾으러 오는 학생이 세탁소 앞에 줄을 서서 정신이 없을 지경이다.
마산고등학교, 마산여자고등학교. 중앙고등학교. 경상고등학교. 성지여자고등학교, 제일여자고등학교, 마산상업고등학교, 마산공업고등학교 등 마산으로 통학하는 학생 수가 엄청나다.
월요일은 아침 아홉시가 지나 집으로 달려간 내가 아침을 쟁반에 담아 세탁소에 들고와야 비로소 둘이 아침을 먹는다.
새벽 다섯시부터 일곱시까지 학생손님이 많아 의자에 한번 앉을 시간도 없다.
다시 일곱시부터는 직장인들이 출근할 양복과 와이셔츠를 찾으러 북새통이다.
아홉시가 지나야 비로소 평화가 찾아온다.
우리는 밥을 먹으면서 얼굴에서 미소가 떠나질 않는다.
일주일 중에 가장 수입이 많은 날이다.
우리는 밥을 먹고 돈 통을 꺼내 돈을 센다.
하루 중 가장 행복한 순간이다.
"여보 이러다 우리 재벌 되는 거 아니에요?"
"우리 아이들 대학까지 보낼라모 이것 갖고는 아직 어림도 없습니더. 당신은 가만 보면 참 소박합니더. 나는 아직 목표를 이룰라모 한참 남았습니더."
"당신 목표는 뭐예요?"
"나는 처갓집에 우선 빚을 다 갚고, 그 다음에는 우리 아이들 남부럽지 않게 다 대학 보낼라꼬예. 이게 제 인생 목표라예."

나는 남편의 목표를 듣고 나 돈을 더 벌고 싶어 가야정육점 김사장님에게 곁절이를 볼모로 돼지뼈다귀를 공짜로 얻어 연탄불에 밤새 고아서 낸 육수에 고사리 대파를 잔뜩 넣어 갖은 양념으로 맛을 낸 뼈다귀해장국도 함안 5일장이면 세탁소 앞에 내다 팔았다.
뼈다귀해장국은 인기가 많아 오후 세시가 되기도 전에 바닥을 보였다.
가끔 돈통 바가지에 돈을 넣지 않고 국을 퍼가는 손님도 있었으나 남편과 나는 모른 척 했다.
"여보. 얼마나 힘들면 저러겠어요? 우리도 사촌리에서 고생해 봐서 그런지 저 분들 마음을 알겠어요."
"맞습니다. 그냥 모른척 합시다. 우리도 얼마 전에 저 분들만큼 힘들지 않았소? 나는 가끔 잠에서 깨면 지금 이 생활이 너무 행복해서 혼자 울 때도 있습니더."
"네? 당신이 운다고요?"
"나에게 이런 행복이 올 거라고는 나는 생각해 본적이 없었소. 어릴 때부터 불행만 불행만 나에게 닥친다고 늘 그것이 당연하다고 생각해 왔는데, 당신을 만나 밥 걱정 하지 않고 따뜻한 대궐 같은 집에서 우리 아이들과 함께 사는 것이 지금도 꿈만 같습니더. 늘 당신에게 고맙습니더."
남편은 지금도 눈가에 눈물이 살짝 어린다.
나는 남편을 살며시 안아 주었다.
"당신이 한쪽 다리도 불편한데, 이렇게 밤낮으로 일만 하게 해서 제가 마음이 아파요."
"나는 사실 세탁소 일이 하나도 힘들지 않습니더. 이까짓 일은 그동안 내가 해온 일에 비하면 아무것도 아닙니더. 나는 지금 이 부산세탁소가 천국입니더. 얼마나 행복한 지 모릅니더."
"여보 맞아요. 저도 지금이 천국이예요. 제 인생에서 가장 행복한 하루하루예요."
나는 남편에게 그렇게 이야기 했지만 가슴 저 깊은 곳에서는 뭔가 2% 부족하다는 생각이 항상 들끓는다.
"당신은 세탁소 일이 행복하죠?"
"나는 지금 천국이라고 했다 아닙니꺼? 나는 이 일이 참말로 행복하고 좋습니더."
남편이 좋고 자식들이 좋으면 나도 좋다고 나는 억지로 행복한 표정을 지었지만 이상하게 헛헛함은 가시지 않는다.
사랑하는 남편과 결혼해서 가정을 꾸린 건 주체적인 나의 인생 계획에 있었지만 세탁소는 원래 내가 좋아하는 일은 아니다.
'나는 내가 정말로 좋아하는 일은 한 번도 찾지 못하고 이렇게 남편과 평생 세탁소 일만 하다가 늙어 죽는 것은 아닐까? 이 세탁소 일도 분명 의미있는 삶이지만, 나는 왜 가슴이 헛헛하지? 내가 지금 복에 겨워 별 생각을 다하는구나. 온일덕 정신 차려!'

가게가 끝나갈 무렵, 밖이 시끌시끌하다.
"가야면 돈은 부산세탁소에서 다 싹쓰리 할거예요?"
그린색 원피스에 그린색 구두로 치장한 가야다방 마담 아주머니다.
"그러게 우리 국밥도 좀 팔아 묵자, 인자 해장국까지 부산세탁소에서 판다꼬 소문이 파다합니더. 그것도 해장국이 맛있다꼬, 우리 국밥집 손님들이 침이 마르게 칭찬하던데예, 객지 사람들이 가야에 들어와서 이리 상도덕을 깨부수모 됩니꺼?"
밀양댁 언니다.
"우리 이쁜 부산댁 아지매 얼른 가서 쌈장 좀 맨들어 오이소. 지가 돼지고기 수육 억수로 많이 갖고 왔심니더."
가야정육점 김사장님과 금으로 빛나는 사모님이다.
"내는 막걸리 좀 갖고 왔소. 김사장 니는 함안 재벌이라 이제 소고기 좀 갖고 오모 안되것나? 우리도 소고기 좀 묵자."
진약사님과 사모님이다.

"사돈 남 말 하네. 니는 함안 재벌 아니가? 이제 장남 병철이도 의사 될끼고, 니가 소고기 좀 사봐라."
"저번에 우리 병철이 대학 합격했을 때 소고기 묵었다 아닙니꺼?"
칠원댁 아주머니가 조곤조곤 이야기 한다.
"맞습니더. 병철이 의대 들어갔다꼬, 우리 집으로 초대해서 다 같이 소고기 묵었습니더."
항상 총기가 넘치는 밀양댁 언니다.
"내는 마른 오징어 안주 좀 갖고 왔습니더."
박사장님과 사모님도 왔다.
헐레벌떡 여수댁 언니가 해물파전을 들고 온다.
여수댁 언니도 음식솜씨가 좋다.
나는 집에 가서 급하게 쌈장과 겉절이를 만들어 왔다.
가게가 시끌벅적하다.
참 보기 좋다.
5일 장이 끝나면, 자연스럽게 우리는 세탁소에 모여 다 같이 술잔을 기울인다.
남편도 이제 제법 술이 늘었다.
나도 고단해서 막걸리 한잔 정도는 해야 잠이 잘 온다는 걸 알고 난 후 꼭 한잔씩 한다.
"진약사야, 니는 약방을 하면서 니 대머리는 우찌 못 고치노?"
김사장님이 또 진약사님을 놀린다.
"이거는 유전인데 우짜겟노, 우리 아부지, 우리 할아부지, 또 증조할아부지 다 대머리인데, 다들 마누라한테 사랑만 많이 받고 잘 살았다 쿠더라. 우짤래?"
"대머리가 우때서요? 인물도 잘 생겼지, 돈도 잘 벌지, 우리 신랑만한 사람 있으면 나와보라고 하이소. 다들 우리 남편 흉 그만 보고 막걸리나 한 사발씩 시원하게 드시소."

평소 조용조용한 칠원댁 아주머니는 막걸리 한잔에 항상 성격도 쾌활해지고 목소리도 커진다.
막걸리 한잔에 일주일의 고단함이 싹 가신다.
다들 너무 좋은 분이다. 이 분들이 있어 남편과 나는 객지에서 하나도 외롭지 않다.
"다들 지금 하는 일이 행복하신가요?"
갑작스러운 나의 질문에 다들 고개를 갸우뚱한다.
"부산댁은 저번에도 똑같은 질문을 하더니만, 왜 새댁은 지금 세탁소 일이 행복하지 않아요? 자기들 요즘 부쩍 다들 가게에 진상손님이 오지 않아? 나는 요즘 이상한 젊은 것들이 와서 다방에 죽치고 있어 미치겠어."
눈치 빠른 마담 아주머니가 재빨리 화제를 돌린다.
다들 진상 손님 이야기로 후끈한 열기가 느껴진다.
세탁소에도 가끔 진상손님이 있지만 사촌리에서 겪은 가난에 비하면 아무것도 아니다.

1970년이다.
내 나이 서른하나다.
세월은 화살처럼 빨라 3년이 지나가고, 세탁소는 이제 안정적으로 자리를 잡았다.
하루하루 수입도 늘어 남편과 나는 이제 아무 걱정 없이, 아이들을 남부럽지 않게 키울 수가 있었다.
나는 이제 여유가 생겨 명절에는 꼭 가족 모두 한복을 사서 곱게 차려입고 사진관에서 기념사진을 찍었다.
돈을 많이 벌어서 그런지 몰라도 남편도 이번에는 좋아하는 눈치다.
시아버님과 시어머님과 월촌댁 아주머니와 서방님, 동서. 도련님, 아가씨들도 초대해서 집에서 잔치를 벌인다.
다들 너무 좋아하신다.
그리고 가시는 길에 일일이 돈봉투도 드렸다.
동서에게도 용돈을 챙겨주니, 예전의 그 사납던 모습은 어디론가 자취를 감추고 싹싹하기가 이루 다 말을 할 수 없다.
그 이후로도 나는 도련님과 아가씨들이 혼인을 할 때 항상 어머님께 돈봉투를 넉넉하게 건넸다.
어머님은 항상 미안해 한다.
나는 우리가 가장 힘들 때 같은 식구라고 도와주신 시댁을 조금이라도 도울 수 있어 너무 행복하다.
나중에 더 부자가 되면 나는 반드시 나보다 가난한 사람들을 위해 많이 베풀 것이다.
어느덧, 진수도 국민학교 2학년이고, 진숙이도 1학년이다.
아래채 새댁도 아들을 낳아 이제 두 살이다.
아들 '철희'를 키우면서 우리집 아이까지 챙기느라 새댁이 바쁘다.
새댁은 텃밭도 잘 가꾸어 우리는 상추도 깻잎도 얻어 먹는다.
늘 고맙다.
아이들은 부모가 먹고 사느라 세탁소 일에 바빠 챙겨주지 못해도 늘 서로를 잘 챙기며 병치레도 하지 않고 잘 자란다.
진수와 진숙이는 공부도 곧잘 한다.
나는 이제 자전거도 배워, 저녁에는 세탁물 배달도 한다.
아무 걱정이 없다.
가끔 친정식구들이 보고 싶다는 생각이 들기는 한다.
어머니, 아버지, 오빠, 칠성이, 이덕이, 삼덕이...
이덕이와 삼덕이도 결혼을 했지만, 나는 먹고 사느라 결혼식에도 가지 못했다.
보고 싶다.
'참 칠성이는 이제 집으로 돌아왔을까? 작은 아버지는 민자언니랑 화해를 했을까?'

오늘은 함안 5일장이라 아침부터 바쁘다.
우리는 저축한 돈도 이제 꽤 많아 아버지께 빌린 돈의 절반은 다 갚았다.
뿌듯하다.
일을 다 끝내고 가게 문을 닫는데, 이쁘고 세련된 아가씨가 색안경까지 쓰고 들어온다.
"오늘 영업 끝났어요."
"일덕이 언니..."
아가씨는 나의 이름을 불렀다.

"누 누구세요? 제 이름을 어떻게."
"언니, 나야 삼덕이..."
"뭐 뭐라고, 니가 진짜 삼덕이니?"
"응, 언니 나 삼덕이야, 언니 너무 보고 싶었어."
진짜 삼덕이다.
나는 삼덕이를 끌어안고 엉엉 울었다.
색안경에 가려 있어도 인형같이 생긴 예쁜 얼굴은 그대로다.
"삼덕아! 그 색안경 좀 벗어봐라, 언니가 니 얼굴이 어떻게 변했는지 너무 궁금하다."
한참을 주저하던 삼덕이는 색안경을 벗었다.
삼덕이의 오른쪽 눈에는 새파란 멍자국이 크게 남아있다.
"삼덕아. 이게 무슨 일이니?"
"언니, 나 먼저 형부한테 인사 좀 하고."
"그 그래, 내 정신 좀 봐라. 너무 반가와서 그만, 여보 제 막내동생 삼덕이예요."
"처제, 잘 왔어예. 언니가 늘 동생들 보고 싶다고 자주 눈물바람이었는데, 이렇게 보게 되어 너무 좋네예. 처제 여기까지 온다고 배도 고플낀데, 우리 집으로 가서 밥부터 먹읍시더."
남편은 삼덕이를 배려하여 바로 처제라고 꼬박꼬박 불러준다.
"네 형부 처음 뵙겠습니다. 그 동안 많이 보고 싶었어요. 언니도 조카들도 얼마나 많이 보고 싶었는지 몰라요. 이렇게 눈앞에 언니와 형부가 있는 게 현실 같지가 않아요. 마치 꿈을 꾸는 것 같아요."
남편과 나는 삼덕이를 데리고 집으로 갔다.
우리는 모처럼 소고기를 사서 잔치를 벌렸다.
아이들은 삼덕이 때문인지, 소고기 때문인지 신이 나서 대청마루를 뛰어 다니느라 정신이 없다.
매일매일 세탁소 일로 바쁜 남편은 항상 아이들과 잘 놀아준다.

아이들은 남편 무등을 타거나 남편 등에 서로 업힐려고 정신이 없다.
항상 외롭게 자란 남편은 사형제로 아침부터 저녁까지 조용할 사이가 없는 우리 집을 너무 좋아한다.
"내가 딱 꿈꾸던 스위트 홈이라예."
남편이 자주 하는 말이다.
"이제 내 꿈은 내 몸이 가루가 되더라도 열심히 벌어 이 아이들 모두 대학을 졸업시키는 거라예."
"지금 이대로라면 우리 얼마든지 진수, 진숙이, 진희, 막내 진철이까지 다 대학 마칠 수 있어요."
"내가 복이 참 많습니더. 당신을 만나 이런 꿈을 이룰 수 있다는 게 실감이 안 납니더. 예전에는 꿈도 못 꿀 일입니더."
어제밤에도 남편은 막걸리 한잔에 피곤을 풀며 나를 따뜻하게 안아주며 고마워했다.
참 좋은 남자다.
아래채 새댁에게도 소고기를 나누어 주었다.
"어머나 주인 아주머니 덕분에 이 귀한 소고기를 먹네예, 너무 고맙습니더."
"우리가 항상 새댁에게 고맙죠. 철희 키우느라 힘들텐데, 야무지게 우리 아이들 다 챙겨주고, 늘 고마워요."
새댁 아들 철희도 신이 나는지 콧노래를 부른다.
"방세를 늘 깎아주셔서 우리가 고맙습니더. 남편 공장 끝나고 오면 같이 먹을께예."
소고기 잔치가 끝나고 아이들은 고단한지 진수 방에서 다 같이 곯아 떨어졌다.
아이들 이불을 챙겨주고, 남편 이부자리도 봐 주고 나는 창고로 쓰는 방을 깨끗이 치워 삼덕이가 잘 이부자리도 챙겼다.
"삼덕아, 배는 부르니?"
"언니, 배가 터지겠다. 오랜만에 아무 걱정 없이 밥을 먹어서 참 좋았어."

"삼덕아 이제 언니한테 얼굴에 멍 든 이야기랑 그 동안 살아온 이야기 다 해보렴."
"언니 흑흑"
삼덕이는 삼십분 동안 꺼이꺼이 울었다.
울음을 그친 삼덕이는 그 동안 살아온 이야기를 꺼내기 시작한다.

삼덕이는 올해 스물다섯 이다.
스물 셋에 중매로 인천에 사는 선주집에 시집을 갔다.
배가 엄청 많아 동네 사람들이 다 부러워 할 정도로 예물도 많이 받았다고 한다.
인천 부잣집 장남인 남편은 이름이 최석주라고 한다.
전주 다방에서 중매장이와 함께 삼덕이를 처음 본 순간부터 반해 3개월을 졸라 초스피드로 결혼식을 올렸다고 한다.
인천에서 어마어마한 저택에 시부모님과 같이 사는데, 신혼여행 첫날부터 손찌검이 시작되었다고 한다.
삼덕이는 부산 해운대로 신혼여행을 갔다.
저녁에 룸서비스로 맥주를 시켰는데, 술을 잘 먹지 못하는 삼덕이가 맥주를 거절하자, 하늘같은 남편 말을 듣지 않는다고 뺨을 후려 갈겼다고 한다.
삼덕이는 남편이 술에 취해 실수했으려니 했는데, 그 후로도 본인 마음에 들지 않으면 상습적으로 때린다고 한다.
더 기가 찬 일은 신혼여행 후 1주일도 지나지 않아 외박을 사흘이 멀다 하고 하는 것이다.
삼덕이가 걱정이 되어 남편 회사에 갔더니, 남편은 다방 아가씨를 불러 대낮부터 술을 마시고 있어서 따졌더니, 다방 아가씨랑 회사 직원들이 보는 앞에서 죽지 않을 만큼 맞았다고 한다.
나는 분통이 터져 더 이상 삼덕이 이야기를 계속 들을 수가 없다.
"삼덕아, 지금 이 새끼는 어디 있니? 언니가 가서 담판을 지어야겠다."

"언니, 다행히 그 새끼는 병원에 입원해 있어. 술집 아가씨랑 어제 밤낚시 가다 교통사고가 나서 유리 파편이 얼굴에 박히는 바람에 수술하고 병원에 있어. 그래서 내가 지금 도망 나올 수 있게 된 거야."

매일 술집 아가씨나 다방 아가씨와 여관에 드나들어도 시부모님은 눈 하나 깜짝 하는 법 없이 남편 편만 들고, 외박을 따지는 삼덕이에게 남편은 사흘이 멀다고 폭력을 휘둘러도 시부모님은 "남자가 사업을 하다보면 그럴 수도 있지. 어쩌 하늘같은 남편에게 아녀자가 아침부터 소리를 내누? 재수없게 시리, 어쩌 너는 맞을 짓만 골라서 하니?"라며 남편만 두둔하고, 삼덕이에게는 식모처럼 집안일만 소처럼 하라고 강요했다고 한다. 삼덕이는 고향 부모님 걱정에 눈과 귀를 다 틀어막고 정말 소처럼 일만 하고 버티려고 했다고 한다.

남편 문병을 온 친척들에게 시어머님이 먼저 삼덕이 흉을 보더니,

"우리 집에 며느리가 잘 못 들어와서 우리 귀한 장남 얼굴이 저 모양이 되었어요. 저 년이 재수 없는 년이예요."

"그럼 그럼, 저 년이 들어오고 우리 배 사업도 엉망이고, 무당을 불러 굿을 하든지 해야지. 저 년 집이 부자라 혼인을 허락했는데, 설 추석 명절에 국물도 없다. 저런 무식한 집이 또 어디 있을까? 지금이라도 확 이혼시키고 부자 며느리 새로 봤으면 좋겠다. 부엌일도 느려 터져 속이 탄다 속이 타."

유일하게 사람 대접 해주던 시아버님도 똑 같은 족속인 걸 처음 알게 되어 삼덕이는 엄청난 충격을 받았다고 한다.

그래서 도저히 시댁에서 더 살다 죽을 것만 같아 입은 옷 그대로 엄마가 해준 비자금과 패물만 챙겨 우리 집으로 왔다고 한다.

"얼마 전에 아버지 생신 때 이상하게 필성이 오빠에게 일덕이 언니 주소를 물어보고 싶더라. 그래서 이렇게 언니 집으로 도망 오게 된 거야. 아까 세탁소에서 일덕이 언니 보고 하마터면 나 다리가 풀려 쓰러질 뻔 했어. 병원에서 언니 가게 올 때까지 나 사실 물 한 방울도 못 먹었어. 그것들이 혹시 사람들을 풀어 나를 잡으러올까 봐 얼마나 겁나고 불안했는지

몰라."

나는 삼덕이를 꼭 안아주었다.

삼덕이는 그 동안 먹지도 못했는지 몸이 너무 앙상하다.

삼덕이는 다시 울기 시작했다.

"삼덕아, 그만 울고 이제 자자. 오늘은 언니와 같이 자자. 이제 아무 걱정 하지 말고, 언니 집에서 같이 살면 돼. 실컷 놀다가 하고 싶은 일 있으면 그 때 언니랑 의논해서 하면 되고, 지금 너는 심신이 다 고장 났으니까, 우선 푹 쉬어야 돼. 알겠지?"

"언니 고마워. 언니는 형부랑 결혼 잘 한 것 같아. 형부는 너무 성실하고 아이들에게도 다정다감하고, 특히 언니에게 너무 잘해서 나는 진짜 부러워."

다행스럽게 삼덕이는 이내 잠이 들었다.

나는 필성이 오빠에게 전화를 걸어 어머니에게만 삼덕이 행방을 알려 드리라고 부탁하고, 오빠에게 이년 동안 삼덕이가 고생한 이야기를 미주알 고주알 다 일렀다.

"최서방 그 새끼를 내가 가서 죽여 버릴까?"

필성이 오빠에게서 그런 거친 말은 처음 들었다.

그나마 속이 후련하다.

5화

1966년이다.
나는 아들 동하와 마산에 산다.

나는 열 네살에 일덕이 누나와 우리 집에 같이 온 윤민자를 처음 보았다.
윤민자는 유달리 목이 길어 아버지 몰래 작은 아버지 서재에서 보던 서양 그림책에 나오는 화가 모딜리아니의 연인 잔느를 쏙 빼닮았다고 생각했다. 그래서 이상하게 관심이 갔다. 여자에게 관심이 가는 건 처음이다. 하지만 목소리가 너무 크고 시끄러워 이내 관심이 사라졌다.

중학교 2학년이다.
목사가 되기 싫다고 대들고, 그림만 좋아하는 나를 아버지는 엄청 싫어 하셨지만, 나는 이 세상에서 가장 즐거운 일이 그림을 그리는 일이다.
이미 국민학교 때부터 사생대회에서 상이란 상은 다 휩쓸었지만 나는 작은 아버지에게만 자랑했다.
"우리 칠성이는 누굴 닮아 이렇게 그림을 잘 그릴까? 우리 칠성이, 그냥 작은 아버지 아들 하자. 형님은 아들이 둘이니까, 필성이는 형님 아들 하고, 칠성이는 우리 아들 하면 되겠네. 우리 둘은 그림 좋아하는 것도, 그림 잘 그리는 것도 꼭 닮았잖아. 그렇지?"
멋쟁이, 작은 아버지는 늘 나를 자랑스러워 한다.
그래서 나는 아버지보다 작은 아버지가 훨씬 좋다.
목표도 작은 아버지처럼 화가이다.

아버지 몰래 나는 주말에 작은 아버지께 학원비를 받아 전주에 있는 '아트' 미술학원에 다녔다.
학원 선생님도 나의 뎃생 실력을 인정한다.
나는 시간만 나면 작은 아버지 댁에서 그림을 그렸다.
작은 아버지는 아예 방을 하나 내주었다.
나는 그 곳에 나의 소지품을 가져다두고 거의 작은 아버지 댁에서 생활했다.
작은 아버지는 서재에 있는 책 중에 내가 소장하고 싶은 책은 1초의 망설임도 없이 선물로 주었다.
나는 고가의 서양화가들의 작품집을 엄청 많이 얻었다.
그리고 또 하나 목포댁 아주머니가 식사도 잘 챙겨주어 나는 부족함 없이 잘 지냈다.
아버지도 어머니도 작은 댁에서 지내는 나에게는 잔소리를 하지 않고 관심도 없다.
나랑 그나마 말이 통하던 일덕이 누나는 몸이 아파 부산 이모댁으로 가버려 나는 사춘기를 더 심하게 겪었다.
전주 고등학교에 갈 성적이 되었지만 나는 아버지에 대한 반발심에 집안에 한마디 상의도 없이 그냥 금구고등학교에 진학하였다.
"너는 우리 집안 망신이다. 어떻게 된 얘가 전주고등학교도 못 들어가니? 나 원 참 동네 사람들에게 뭐라고 해야 할지, 되도록 동네사람들 눈에 띄지 마라."
어머니는 따로 위로를 해주셨지만 한마디도 귀에 들어오지 않는다.
어머니도 오로지 필성이 형에게만 신경이 가 있는 분이다.
그런 나에게 따뜻한 손길을 내밀어 주는 사람은 딱 한 분밖에 없다.
바로 작은 아버지다.
지프에 태워 드라이브도 시켜주고, 고소한 커피도 끓여주고, 동양화도 가르쳐 주고, 심지어 옷을 멋지게 입는 법도 알려 준다.
나의 사춘기는 작은 아버지 덕분에 그나마 치유가 되었다.

작은 아버지 덕분에 나는 전북대 미대에 합격했다. 하지만 나에게 돌아오는 건 아버지의 빈정거림이었다.
"내가 우리 집안에 환쟁이는 인호 한명으로 족하다고 했지, 자식이 되어가지고 부모 말을 듣는 시늉이라도 해야지. 어쩌면 저렇게 청개구리 짓만 하는지, 쯧쯧 너만 보면 내가 골치가 아프다."
나와 반대로 아버지 뜻대로 신학대를 나와 목사의 길을 부지런히 가고 있는 필성이 형에게는 아버지는 언제나 침이 마르도록 칭찬 일색이다.
'그래도 나에겐 작은 아버지가 있쟎아. 칠성아, 작은 아버지가 있어서 나는 행복하다.'
때로는 나는 이렇게 마인드 콘트롤도 했다.
"칠성아! 전북대 미대 합격했다면서, 축하한다! 작은 아버지 로망을 우리 칠성이가 대신 이루어주네."
작은 아버지는 진심으로 합격을 축하해 주었다.
하지만 나만 바라보던 작은 아버지에게 연인이 생겼다.
열 세살에 처음 보았던 잔느를 닮은 그 여자다.
윤민자다.
둘은 서로를 애틋하게 바라보고, 같은 방에서 같이 지낸다.
나는 윤민자에게 빠져 나에게서 멀어져버린 작은 아버지가 서운하다.
서운함은 커져 미움이 되고 미움은 커져 점점 증오로 바뀐다.
1960년 12월, 둘은 이제 내년 3월에 결혼까지 한단다.
신혼방을 위해 나의 소지품을 목포댁 아주머니가 모두 본가로 가지고 왔다.

"아주머니, 이 짐은 작은 아버지가 시킨 거예요? 아니면 그 여자가 시킨 거예요?"
"그 여자가 본가로 가져다주라고 명령하던데, 칠성아, 나도 그 여자가 싫어. 건방이 하늘을 찌른단다. 나에게 함부로 하대하는 걸 보면, 마흔이 넘은 이 나이에 이제 스물 넘은 아가씨가 차갑게 반말 섞어가며 일을 시키면 얼마나 속이 상하는지 몰라."
나의 생각이 옳았다.
작은 아버지가 아니라 그 여자가 시킨 것이다.
나는 작은 아버지와 나의 사이를 갈라놓은 그 여자에게 복수를 하고 싶다.
하지만 현실에서 내가 할 수 있는 일은 없다.
나는 그저 학교만 열심히 다녔다.
그 여자에 대한 스트레스를 온통 그림을 통해 다 풀어 버렸다.
그래서 그런지 2학년 전공 실기과목은 모두 최고점을 받았다.
예전 습관대로 나는 작은 아버지에게 칭찬을 들으려 달려갔으나 작은 아버지는 집에 없다.
씁쓸하고 또 쓸쓸하다.
그리고 대학 3학년 때는 그 어렵다는 전북 그림대전 서양화 부문 특선을 했다.
지도교수님과 과 친구들은 엄청나게 축하를 해주었지만 나는 이제 자랑할 가족이 없다.
그럭저럭 대학을 졸업할 때가 다가왔다.

1964년 9월 9일이다.
이제 6개월만 있으면 대학도 끝이다.
금요일 오후, 나는 친구랑 술을 한 잔 하고 버스를 타고 전주에서 금구로 왔다.
습관처럼 나는 본가로 가지 않고, 작은 아버지 댁으로 갔다.
"작은 아버지 집에 계셔요? 저 칠성이예요"
문을 열어 준 사람은 작은 아버지가 아니고 윤민자다.
"우리 조카분이 술을 많이 마셨나 보네, 어떡하죠? 나도 오랜만에 들렀는데, 인호씨는 오늘 친구 분 아버지 장례식에 가서 내일 온다는데, 나랑 술 한잔 더 할래요?"

"좋아요. 술 한잔 더 해요."
나는 윤민자랑 술을 마셨다. 윤민자는 민소매 보라색 원피스에 앞치마를 두르고 유화를 그리고 있다.
모습이 고혹적이다.
"내가 무슨 생각을.. 안되지 안돼.."
앞치마를 벗어던지고 보라색 원피스만 입은 윤민자의 모습은 몸매가 적나라하게 드러나 나는 난생 처음으로 여자를 안고 싶다는 생각을 했다.
'온칠성 너 미쳤니? 저 여자는 작은 아버지와 결혼한 여자야. 세상사람들이 말하는 작은 어머니야. 정신차려!'
나는 윤민자와 계속 보드카를 마셨다.
윤민자는 술이 엄청 세다.
나는 너무 취해 혀가 꼬부라진 기억밖에 없다.
그리고 어렴풋이 윤민자를 안은 기억이 난다.
아침에 정신을 차려보니, 작은 아버지 작업실 마루바닥이다. 옆에 윤민자가 알몸으로 누워있다.
다행히 잠에 곯아 떨어져 있다.
나는 너무 놀라 용수철이 튀어 오르듯 일단 작은 아버지 집을 벗어났다.
그리고 버스를 타고 전주로 왔다.
'다 잊어버리면 되겠지. 이건 꿈일거야.'나는 하숙집에 들어와 숙취로 인해 이불위에 고꾸라져 잠이 들었다.
그리고 며칠 후 토요일, 다행히 아무 일도 일어나지 않아 나는 안심하고 학교를 다녔다.
윤민자 생각은 났지만 뇌리에서 지워 버렸다.
고등학교 시절부터 지금까지 여자들이 항상 연서를 건네주거나 집까지 졸졸 따라와도 나는 한 번도 마음을 준 적이 없다.
사실 사춘기 시절, 아버지가 말순이 누나 방에 드나드는 것을 본 후, 남녀의 섹스가 지저분하게 느껴지고 남녀가 연애하는 것도 아름답게 보이지 않았기 때문이다.
가끔 일덕이 누나가 어머니를 위로하는 모습도 보았다.
그래서 나는 아버지가 더 미웠는지도 모른다.
그에 비해 작은 아버지는 작은 어머니가 돌아가시고도 한 눈 한번 팔지 않았다.
'그런데 지금 내 꼴은 뭔가? 세상 사람들이 알게 되면 나는 어떤 질타를 받을 것인가? 그리고 아버지나 어머니, 특히 작은 아버지가 이 사실을 알면 나는 분명 고향에서 살 수 없을 것이다.'
나는 온갖 핑계로 고향에 내려가지 않았지만 일요일 예배는 빠질 수 없다. 아버지가 무섭기 때문이다.
항상 예배를 마치자 마자, 나는 바로 교회를 빠져나와 전주행 버스에 몸을 실었다.

그 날 저녁 하숙집으로 누군가 찾아왔다.
나는 방에서 졸업작품을 그리고 있다가 나갔다.
핏빛보다 새빨간 원피스를 입은 윤민자다.
나는 너무 놀라 하마터면 비명을 지를 뻔 했다.
"여 여긴 웬일이세요?"
"보고 싶어서 왔지. 칠성씨는 나 보고 싶지 않았나? 나는 보고 싶어 도저히 참지 못하고 왔는데, 그리고 나 집 구했어. 인호씨와 별거한 지 꽤 됐어. 여기 전주에 방 구했단 말이야."
"작은 어머니 이러시면."
나는 작은 목소리로 만류했다.
"나는 작은 어머니가 아니라 윤민자야."
나는 일단 윤민자를 끌고 다방으로 갔다.
윤민자가 너무 눈에 띄는 옷차림을 하고 있어 다방 사람들이 우리만 쳐다보는 것 같다.

"작은 아버지는요?"
"요즘 인호씨는 그림에 빠져 나한테는 눈길도 주지 않아. 그래서 나 너무 외로워, 인호씨의 따뜻한 위로가 받고 싶어 결혼했는데, 아닌 것 같아. 나를 사랑하지도 않고, 나랑 왜 결혼했는지도 모르겠어. 그래서 우리 별거하기로 했어."
작은 아버지가 첫 번째 숙모를 끔찍이 사랑했다는 사실은 온 동네 사람들이 다 알 정도다.
하지만 윤민자와 재혼을 한 것은 윤민자를 사랑하기 때문일 것이다.
매사 신중한 작은 아버지가 재혼상대로 윤민자를 선택한 것은 엄청난 고민 끝에 판단한 결정일 것이다.
"작은 어머니, 작은 아버지가 경거망동하실 분이 아니에요. 분명 작은 어머니를 사랑해서 결혼 하신 거예요. 저와의 일은 술이 빚은 하룻밤 실수예요. 그러니 어서 빨리 댁으로 들어가세요."
"나는 이제 인호씨 곁으로 돌아갈 수 없어. 내 마음은 지금 온통 너로 가득차 있어. 우리 아무도 우리를 모르는 곳으로 도망가자."
그날 밤, 나는 윤민자에게로 향한 마음을 갈기갈기 찢어 버리려고 했으나 마음뿐, 둘은 윤민자가 전주에 얻은 방에서 다시 한 몸이 되었다.
그렇게 열정적인 여자는 세상에 다시 없을 것이다.
나는 그렇게 작은 아버지는 까맣게 잊고 윤민자에게 빠져 버렸다.
우리는 일주일에 한 번씩 만나 윤민자 방에서 뜨거운 사랑을 나누었다.
윤민자는 점점 과감하게 매일매일 나를 찾았다.
그렇게 나의 4학년 2학기는 윤민자와의 사랑으로 끝이 났다.

1965년 3월이다.
대학을 졸업하고 나는 전주에서 사립중학교 '미술교사'로 취직을 했다.
아버지가 학교에까지 찾아와 나를 자랑스러워 한다.
놀랍다.

윤민자는 이제 노골적으로 내가 근무하는 중학교까지 찾아와 나를 기다린다.
'꼬리가 길면 밟힌다'
속담처럼 윤민자가 덜컥 임신을 했다.
나는 등에서 식은 땀이 났다.
아버지와 어머니와 작은 아버지 얼굴이 차례대로 지나간다.
"칠성씨, 우리 아무도 모르는 곳에 가서 이 애기 낳고 행복하게 살자 응"
"작은 아버지는요?"
"어차피 인호씨는 나 사랑하지도 않아. 그래서 우리 지금 별거 중이잖아. 그러니까, 아무도 모르는 곳에 도망가자! 나 벌써 친정에서 집 하나 살 돈은 얻어왔어."
"집만 있으면요? 먹고 살 돈은요? 그리고 지금 우리가 도망가면 이제 금구 고향집에는 다시는 발걸음도 하지 못해요."
"그까짓 거 안 하면 되지. 지금 도망가지 않으면 이 아기는 어떡해? 죽일까?"
나는 아기를 죽인다는 윤민자의 말에 다른 생각을 할 여유가 없다.
우리는 윤민자가 한번 가 본적이 있다는 경상도 마산으로 도망을 갔다.
윤민자가 가져온 돈으로 조그만 집을 샀다.
그리고, 나는 아기를 위해 중학교 '미술교사'로 다시 취직을 했다.
처음에 경상도로 도망 오면서 지역감정으로 걱정을 많이 했지만, 생각보다 사람들은 아무 선입견 없이 잘 해 주었다.
윤민자와 행복했다.
윤민자는 아기 때문에 배가 점점 불러오자, 신경질을 자주 부렸다.
"애기 때문에 배가 불러 멋진 옷은 하나도 입지 못해서 짜증이 나. 그리고 자기 올 때까지 집에만 있으려니 갑갑해서 미쳐 버리겠어."
윤민자는 밥 한번 해놓은 적이 없다.
나는 퇴근할 때마다 장을 봐 저녁을 지었다.
가끔 임신한 몸으로 술도 먹는 눈치다.

"술은 안돼요. 아기에게 해롭다구요."
"자기는 아기가 먼저야? 이 윤민자가 먼저야?"
윤민자는 애기처럼 칭얼댄다.
고향일이 궁금하다.
하지만 연락할 사람이 없다.

1965년 11월 6일이다.
세월은 쏜살같이 빨라 윤민자는 병원에서 아기를 출산했다.
남자아이다.
나를 쏙 빼닮았다.
너무 잘 생겨서 간호원들이 우루루 몰려와서 아이를 구경했다.
윤민자도 행복해했다.
나는 아이를 보는 순간 작은 아버지에 대한 죄책감도 다 잊어버리고 오로지 아이에게 집중했다.
아이 이름은 '온동하'로 지었다.
윤민자는 아기를 돌볼 생각도 없는지 겨우 백일이 지난 날부터 학교에서 퇴근하면 아기는 혼자 덩그렇게 방에 누워 있든지, 옆집 새댁이 우리 아기를 보고 있다.
새댁도 동하 출생 하루 전에 아들을 낳아 사내아이 둘을 보고 있다.
새댁은 통통한 몸집에 늘 웃는 얼굴이다.
사람들이 '법수댁'으로 부른다.
법수댁은 젖이 많아 젖몸살이 심했는데, 우리 동하가 새댁 젖을 먹는 덕분에 오히려 젖몸살이 가라앉아 고맙다고 한다.
"아주머니, 고생하시네요. 우리 와이프는요?"
"아 민자언니는 쇼핑한다고 잠시 외출했어예. 동하는 지가 엄만줄 알고 지 젖을 잘 묵어예."
나는 아이를 데리고 와 목욕을 시키고 재웠다.

윤민자는 살면 살수록 답이 없는 여자다.
아기에게 도통 관심이 없다.
항상 자기 몸매 이야기만 늘어 놓는다.
쇼핑봉투를 잔뜩 들고 윤민자가 왔다.
"동하는 돌보지 않고, 옆집 새댁에게 자꾸 맡기면 어떡해요?"
"아니, 이 윤민자가 그냥 주부로 살수 없잖아. 나는 커리어 우먼으로 살거야. 내일 면접 볼려고 옷 사왔어. 칠성씨는 나도 옆집 새댁처럼 퉁퉁하게 퍼져서 집안에 눌러 앉으면 좋겠어? 아니면 전공을 살려 나도 자기처럼 교사로 살면 좋겠어?"
"아직 동하가 어리니까, 지금은 동하 육아에 집중하고, 동하가 좀 크고 나서 취직하는 게 좋을 것 같아요."
"칠성이 너도 변했어. 말끝마다 동하 동하, 나 윤민자는? 너도 아기 땜에 나랑 결혼했지? 너도 사실 나를 사랑한 건 아니잖아. 남자들은 다 나를 사랑하지도 않으면서 내 육체에만 하나같이 목을 매지."
"그건 아니죠. 당신을 사랑하지도 않는데, 작은 아버지를 속이고 이렇게 마산까지 도망을 왔겠어요?"
"다 시끄러워. 나는 매일매일 스물네 시간 내내 나만 바라보는 남자가 좋아. 동하를 차라리 임신하지 않았으면 우리 사이가 더 좋았을 걸."
윤민자는 동하보다 자신의 사랑과 자신의 몸매가 더 소중한 사람이다.
나는 처음으로 윤민자와의 마산 도피 생활을 후회했다.
하지만 동하가 나를 살아가게 하는 힘이 되어주었다.
윤민자는 기어코 조그만 회사에 경리로 취직했다.
이제 취직을 구실로 아예 옆집 법수댁에게 동하를 전적으로 떠맡기고 화려한 옷차림으로 출근한다.
옆집 새댁은 마음씨가 고와 자신의 아들과 똑같이 동하에게 정성을 다했다.
나는 윤민자 몰래 새댁에게 매달 돈봉투를 건넸다.
새댁은 보름달처럼 환한 웃음으로 돈봉투를 받았다.

"우리 남편 월급으론 생활이 빠듯한데, 이렇게 돈을 많이 주시니까, 이제 동하도 돌보고, 온선상님 반찬도 지가 책임질께에. 언니는 직장 다니느라 바빠서 부엌일도 신경 못 쓸거 아닙니꺼?"
새댁이 너무 고맙다.
나는 새댁 덕분에 밥도 편하게 얻어 먹을 수 있었다.
반찬도 제법 맛있다.
매일 잠자리를 요구하던 윤민자는 출근 때문인지 이제 심드렁하다.
그러던 어느 날 우려했던 일이 생겼다.

1966년 9월이다.
동하가 이제 겨우 10개월이다.
윤민자는 이제 회사 남자직원이랑 바람이 나서 집을 나가버렸다.
나는 윤민자를 찾고 싶지 않았다.
"이 여자는 찾아서 집으로 끌고 와도 언젠가 다시 나갈 여자야. 나는 이제 작은 아버지에 대한 죄책감으로 평생 힘들어하며 지내겠지만, 우리 동하 하나 잘 키우면 내가 세상 사는 이유는 명백하게 성립될거야."
나는 윤민자가 집을 나가버린 지 6개월이 지났을 무렵, 1967년 3월에 용기를 내어 작은 아버지에게 편지를 썼다.
너무너무 죄송하다고, 그리고 죽을 죄를 지었지만 아들 동하를 봐서 용서해달라고, 그리고 편지 말미에 윤민자가 바람이 나서 집을 나간 것도 추가했다.

온인호 I

6화

1967년이다. 드디어 나는 칠성이 편지를 받았다.

내 나이 스물에 나는 인수형이 시키는 대로 맞선을 전주에서 서른 번은 봤다.
하지만 여자들은 다 거기서 거기였다.
아가씨들은 다 우리 집 재산만 줄곧 물어봤다.
1949년 9월 20일이다.
나의 운명의 짝 '윤경희'를 드디어 처음 만났다.
나도 형님도 형수님도 그녀의 아름다운 모습에 넋이 반쯤 나갔다.
'세상에 저렇게 하얀 박꽃 같은 여자도 있구나.'
후 불면 날아갈 듯한 몸매에 하얀 저고리에 분홍 한복치마를 입은 윤경희는 하늘에서 금방 내려온 천사 같았다.
비슷한 몸매에 연하늘색 한복을 입은 경희씨 어머니도 인물이 곱다.
윤경희 아버지는 돌아가셨다고 한다.
덩치가 큰 중매장이는 빨간 저고리에 자주빛 치마를 입고 연신 침을 튀겨가며 잠시도 입을 쉬지 않고 윤경희 칭찬을 한다.
외동딸인 윤경희는 전주여중을 나와 지금은 어머니가 하는 포목점 일을 도와주고 있다.
목소리도 얼마나 청아한지 마치 이슬만 먹고 지금까지 살아온 사람 같다.
"도련님, 저는 저 아가씨가 너무 맘에 드는데, 도련님은 어떠세요?"
"저 저도 좋습니다."

인수형도 엄지손가락을 치켜 세운다.
"나도 100점, 그런데 아가씨가 가끔 잔기침을 하는 것 같더라. 그것만 빼면 바로 혼인 날짜를 잡아도 되겠다."
인수형은 관찰력이 뛰어나 윤경희가 잔기침을 한다는 사실도 바로 꿰차고 있다.
중매장이도 윤경희 어머니도 다 나를 보고 흡족해한다.
인수 형이 "우리 인호는 벌써 결혼 준비 다 되었습니다. 학교는 고등학교까지 나왔고, 벌써 우리 집 옆에 대궐 같은 집도 한 채 사두었고, 논도 오십 마지기 떼 줄 겁니다. 그리고 얼굴은 또 얼마나 잘 생겼습니까? 이런 인물은 전주에서도 찾기 힘들 겁니다. 건강은 말 할 필요도 없습니다. 겨울에도 달리기로 아침을 시작합니다."
"그러게요. 형님도 미남이시고, 금구에서 땅부자로 소문이 파다하고, 아가씨는 오늘 노다지를 만났지 만났어. 우리 아가씨도 전주에서 이쁘기로 둘째 가라면 서러운 사람이고, 또 이 집도 포목점으로 돈을 많이 벌어 둘이 결혼 성사되면 나 금목걸이 금팔찌 하나 정도는 기대해도 되겠죠?"
중매장이도 선남선녀를 만나 들떠 벌써 중매비를 챙기느라 바쁘다.
"아가씨 아버지는요? 그리고 아가씨는 우리 인호와 결혼하면 교회는 꼭 다녀야합니다."
인수형이 조건을 요것조것 꼬치꼬치 캐묻는다.
"아 저번에 말씀드렸는데, 잊어 버리셨구나. 이 집 아버님은 아가씨 열살 때 병으로 돌아가셨지만, 어머니 집안이 전주에서 유명한 부자라 아무 걱정 없습니다. 자, 다들 쓸데없는 걱정은 붙들어 매두고 빨리 혼인 날짜를 잡아 봐요."
"오늘이 9월 20일이니, 내년 초에 혼인 날짜를 잡으면 좋겠네요. 원래 혼인 날짜는 아가씨 집에서 택일을 하는 거니까 다음 모임 때까지 택일을 받아오시면 되겠네요."
차분한 성격의 형수님이 결론을 낸다.

"저도 사위감이 무척 마음에 듭니다. 경희야, 너는 어머니?"
"저 저는 어머니가 시키는 대로 하겠어요."
아가씨는 수줍은지 배시시 웃었다.
엄청 작은 목소리지만, 나를 좋아하는 기운이 느껴졌다.
우리는 혼인 날짜를 1950년 1월 14일로 택일을 했다.
보수적인 다른 집은 혼인날까지 두 사람이 얼굴도 보지 않고 집안 어른과 중매장이가 알아서 혼인을 정했지만. 매사에 진보적인 인수형은 다방에서 서로 얼굴도 보고 데이트도 해보고 혼인을 해야 한다고 한다.
나도 찬성이다.
'어떻게 백년가약을 할 사람을 얼굴도 보지 않고 혼인을 한단 말인가?'
맞선을 보고 집으로 돌아오는 버스 안에서 형님과 형수님은 싱글벙글이다.
나도 벌써 윤경희 얼굴이 머릿속에 아른거린다.

맞선 후 일주일이 지나 우리는 전주에서 만나 데이트를 했다.
하얀색 서양식 양장을 입은 윤경희는 또 천사다.
점심을 먹으러 식당에 들어가도 사람들이 다 쳐다본다.
나는 어깨가 괜스레 올라간다.
한정식을 시켰다.
윤경희는 밥을 새 모이만큼 먹어 걱정이 되었지만 나 때문에 긴장을 해서 그렇다고 한다.
나는 공기밥 한 그릇을 다 비웠다.
윤경희는 그런 나의 모습을 보고 또 배시시 웃는다.
"열여덟이라고 했죠?"
"네. 저보다 세 살 많으시죠?"
귀 기울이지 않으면 놓칠 정도로 작은 목소리인데도 집중하게 하는 참한 매력이 있다.
"형님댁 재산관리를 하신다고?"

"네. 이제 우리가 혼인하면 우리 집 재산을 관리해야겠죠."
"금구는 어때요? 저는 태어나 전주를 벗어난 적이 없어요. 차멀미를 많이 하거든요."
조곤조곤 제법 이야기도 잘한다.
참새처럼 귀여운 구석도 있다.
"아 그러시구나. 음 금구는 참 이쁜 동네예요. 마치 경희씨처럼, 참 저번에는 기침을 하더니만 오늘은 하지 않네요."
"저번에는 제가 긴장을 많이 해서 그랬나 봐요."
또 배시시 웃는다.
인수형이 잔기침 걱정을 많이 하는 바람에 나도 모르게 질문을 했다.
휴 안심이다.
다행이다.
우리는 사 개월쯤 데이트를 하고 드디어 혼인을 했다.
신혼집도 인수 형이 이년에 걸쳐 대궐같이 멋지게 지어 놓았다.
인수 형은 처음에는 윤경희 집이 양반이 아니라 장삿꾼 이라고 투덜거렸지만, 윤경희 모습을 보는 순간, 아무 불평 없이 그저 좋아했다.
그리고 전주에서 포목점으로 돈을 많이 벌어 집이 네 채나 있다는 사실을 중매장이에게 듣고 난 후 자신이 장가가는 것처럼 늘 콧노래를 흥얼거린다.
"인호야, 이 형이 아버지라고 생각해라. 부족한 게 있으면 언제든지 얘기하거라."
"형님, 늘 감사합니다."
인수형 말처럼 나에겐 인수형이 아버지나 마찬가지다.
중학교부터 고등학교까지 전주에서 최고의 하숙집에서 지내게 해주고 꼭 1주일에 한번 씩 하숙집에 찾아와 용돈을 주고 가는 다정다감한 형이다.

전주 장모님 댁에서 혼인을 치루고 첫날밤을 보냈다.

혼인식 날, 나는 가장 친한 고등학교 동창 '온상철'에게 부탁해 동창 열 다섯명을 불렀다.
다들 엄청 축하해주며, 늦게까지 술을 마시다 떠났다.
윤경희는 엄청 수줍어 했다.
나 역시 여자 경험이 처음이라 덜덜 떨렸으나 우리는 무사히 첫날밤을 치루었다.
윤경희는 속살도 눈처럼 하얗고, 피부는 실크처럼 부드러웠다.
매일매일 안고 싶다는 생각이 들었다.
장모님도 엄청 잘해 주신다.
"온서방, 우리 경희가 어릴 때부터 내 옆에서 장사일을 도와주느라 집안일은 못 배웠어요. 그러니까 온서방이 얘가 많이 서툴어도 이해하고 많이 도와줘요."
"장모님, 걱정 하지 마세요. 집안 일은 '목포댁'아주머니가 다 도와주시기로 했습니다. 그리고 말씀 낮추세요."
"아이고 금구 온부잣집 하면 모르는 사람이 없다고 중매장이가 노래를 부르더니만 진짜네. 온서방, 이제 나는 아무 걱정이 없네. 참 온서방 가족들 한복을 미리미리 중매장이에게 물어봐 한 벌씩 다 지어놨어. 집에 갈 때 가져가게."
"장모님, 감사합니다."

이튿날, 신부를 데리고 본가로 온 나는 깜짝 놀랐다.
1월이라 추운 날씨임에도 불구하고, 마당에는 온갖 산해진미가 차려져 있다.
돼지고기 수육과 고추전, 가지전, 호박전, 해물파전, 고기전, 그리고 온갖 종류의 나물과 나주댁 아주머니가 정성스럽게 만든 계란 흰자 양갱과 노른자 양갱, 그리고 팥 양갱은 너무 먹음직스럽다.
그리고 한쪽에는 엄청나게 큰 가마솥에 벌건 소고기국이 펄펄 끓고 있고, 그 옆에는 방금 지은 하얀 쌀밥이 뽀얀 자태를 뽐내고 있다.
온 동네 사람들은 다들 한복까지 곱게 차려입고 축하해주러 마당에 많이도 와 있다.
1월이지만 오늘은 해가 쨍쨍해 날씨까지 따뜻해, 봄날 같아 사람들 얼굴은 더없이 행복해 보인다.
나주댁 아주머니와 목포댁 아주머니와 금촌댁 아주머니, 말순이와 마름 정씨 아저씨와 김씨 아저씨는 음식을 나르느라 분주하다.
정씨 아저씨 아들들도 같이 음식을 나르고 있다.
목포댁 아주머니는 꽃다운 열일곱에 결혼했으나 이듬해 남편이 원인모를 병으로 급사하는 바람에 청상과부가 되어 열여덟살 때부터 우리 집에서 일을 도와준다.
나주댁 아주머니나 목포댁 아주머니는 음식솜씨도 훌륭하고 바지런하다.
"어쩜 저렇게 고울까?"
"나는 저리 이쁜 신부는 세상에 태어나서 처음 본다. 아이고 고와라!! 선녀가 지금 바로 하늘에서 내려온 것 같다."
"우리 작은 주인나리 너무 좋아 입이 안 다물어지네. 이제 빨리 작은 주인나리 닮은 떡뚜꺼비 아들 하나 쑥 낳으면 우리 돌잔치 음식 또 먹을 수 있겠네. 아이 신나라! 우리가 이런 기름진 음식을 언제 또 먹어보겠어?"
"맞다 맞아. 나는 우리 주인나리 잔치 날이 제일 좋더라. 우리 처지에 이런 맛깔난 음식을 언제 먹어 보겠누."
동네 사람들은 입이 터져라 음식을 먹으면서 수다를 떨었다.
농악팀도 마당 한가운데서 풍악을 울린다.
온 동네 사람들이 일어나 춤을 덩실덩실 추었다.
기분이 좋다.
그리고 장모님이 보낸 한복은 모두들 좋아한다.
얼마나 고급 천을 썼는지 까다로운 형수님도 대만족이고, 조카들도 너무 잘 어울린다. 게다가 나주댁 아주머니와 목포댁 아주머니, 금촌댁 아주머니, 말순이, 마름 정씨아저씨와 아들들, 김씨 아저씨 한복도 준비해 동네 사람들은 춤을 추다 말고 구경하느라 정신이 없다.
"아이고 세상에 이렇게 두꺼운 금목걸이 금팔찌는 처음 해 보네요. 호호호 온사장님, 감사합니다."
같이 금구에 신혼집을 구경온 중매장이도 벌어진 입을 다물지 못한다.
윤경희와 나는 그 날부터 신혼집에서 생활했다.
책을 좋아하는 나는 본가에서 보던 책도 모두 다 가져와 서재에 멋지게 장식을 하고, 형이 곡식 창고로 만들어준 대형 창고는 작업실로 쓰게 되었다.
나와 윤경희는 둘 다 커피를 좋아해 우리는 1주일에 한 번씩 전주에 나가 커피를 사와 작업실에서 커피를 마시고, 나는 윤경희를 모델로 그림도 그리다가 산수화도 그리고, 윤경희는 나를 닮아 독서를 좋아해 같이 책 읽는 시간도 가진다.
저녁을 먹고 같이 산책도 하고, 우리는 서로의 어린 시절과 학창시절 이야기도 하고 금새 가까워졌다.
클래식 음악을 좋아하는 경희를 위해 나는 전주에 같이 나가 음반도 샀다.
신혼 6개월이 다 되어갈 무렵인 1950년 6월에 6.25 전쟁이 발발했지만 우리 동네와 전주는 다행히 큰 피해는 없다.
다들 평화롭다.
나는 일전에 인수형이 사준 카메라로 경희 모습을 자주 찍었다.
윤경희는 처음엔 엄청 수줍어하다 이제 제법 포즈를 잡는다.
이쁘다.
너무너무 행복한 날이다.
경희는 나를 위해 가끔 요리를 했으나 맛이 희한하다.
하지만 나는 억지로 다 먹었다.
"여보, 당신은 요리를 하지 말아요. 목포댁 아주머니가 다 하시잖아요. 당신은 그냥 쉬면서 책을 보든지, 내 그림 모델만 되어주면 좋겠어요."

"제 요리가 맛이 없어 그러죠?"
"그 그게..."
"서방님 표정을 보니, 알겠어요. 그럼 나는 이제부터 요리에는 손을 떼겠어요. 요리는 목포댁 아주머니께 일임할께요."
너무 결연한 표정의 아내를 보는 순간 나는 웃음이 터졌다.
우리는 매일매일 사랑을 나누었다.
인수형은 조카를 엄청 기다렸으나, 나는 아이를 천천히 갖고 싶다.
아직 경희와 연인처럼 데이트를 많이 하고 싶다.
같이 산책하다 나는 가끔 들꽃을 꺾어 경희에게 주기도 하고, 전주에 나갈 때면 나는 꼭 장미꽃을 선물한다.
경희는 꽃을 좋아해 지금 우리 집에는 화분도 엄청 늘었다.
"꽃이 꽃을 좋아하네요. 누가 꽃이고 누가 꽃이 아닌지 분간이 잘 안돼요."
경희는 얼굴이 붉어져서 나를 흘낏 노려본다.
"서방님, 그만 놀리세요."
양 볼이 빨갛게 달아오른 경희는 소녀같다.
나는 카메라로 또 경희 모습을 담았다.

그리고 경희사진을 인화하여 그림도 그렸다.
경희는 신혼 일 년이 지난 후부터 잔기침을 자주 한다.
"여보. 병원에 같이 갈래요?"
"아뇨. 겨울이 오면 늘 삼일정도 이러다 괜찮아져요. 걱정하지 마세요."
나는 경희 말에 그러려니 하고 그냥 지나갔다.
하지만 잔기침은 쉬 낫지 않고 한 달은 계속 하는 것 같다.
나는 경희를 데리고 전주 병원에 갔다.
"아내분이 폐가 좋지 않아요. 우선 이 약을 드시고, 그래도 계속 기침을 하면 다시 병원으로 오세요."
"많이 안 좋나요?"

"폐렴 증상도 있고, 원래 선천적으로 폐가 약하게 태어나신 것 같아요. 음식을 잘 드셔야 빨리 나아요. 먹기 싫더라도 영양가 있는 음식으로 세끼 꼭 다 드시고 이 약 드세요. 약이 항생제가 들어있어 독합니다."
나는 목포댁 아주머니에게 소고기국을 끓여 달라고 부탁했다.
경희는 의사선생님이 시키는 대로 밥을 잘 먹고 약도 잘 챙겨먹어 기침을 하지 않았다.
둘은 신이 나서 서로를 안았다.
경희는 시집올 때 가지고 온 재봉틀로 조카들 옷과 목포댁, 나주댁, 말순이, 정씨와 김씨 아저씨 일복을 만들어 주어 온 집안에 웃음꽃이 피었다.
다시 행복한 일상으로 돌아갔다.
그림을 그리고, 독서를 하고, 음악을 듣고, 화분을 손질하고, 경희와 다시 일상으로 돌아가 같이 생활한다는 것이 너무 행복하다는 사실을 나는 다시 뼈저리게 실감했다.
참, 그리고 우리는 일요일이면 인수형의 부탁으로 어쩔 수 없이 항상 교회에 나가 예배를 드렸다.
경희는 늘 하얀색 원피스를 입고 갔다.
동네 사람들은 교회에서 나의 신부를 쳐다보느라 정신이 없다.
그럴 때면 나는 으쓱하다.
경희는 마음도 착해 어른들에게 구십도로 구부려 절을 한다.
"이렇게 이쁜 신부가 우리한테 절까지 하고, 우리가 오래 산 보람이 있다, 있어."
"하얀 원피스를 입어서 그런가? 나는 천사가 우리 교회에 복음을 전하러 온 줄 알았네. 호호호"
"천사 맞다. 우리 작은 주인 나리는 영화배우고, 어쩌면 이렇게 미남 미녀끼리 만났을까? 아이고 부러워라. 나는 언제 이런 이쁜 손주며느리 볼까?"
"손주며느리는 보겠지만 이렇게 이쁜 손주며느리는 보기 힘들거다. 호호호"
동네 사람들도 윤경희를 모두 좋아한다.

그렇게 행복한 하루하루가 지났다.

정확하게 1951년 6월 9일이다.
아침부터 경희가 갑자기 안하던 기침을 많이 한다.
"여보. 다시 전주 병원에 갈까요?"
"괜찮을거예요. 쿨럭쿨럭"
갑자기 새빨간 피가 아내 하얀 잠옷에 벌컥 쏟아진다.
엄청 많은 양이다.
"아주머니, 아주머니, 형님 좀 불러주세요."
목포댁 아주머니도 피로 범벅이 된 아내 모습에 혼비백산하여 달려간다.
나는 너무 큰 충격에 우선 수건으로 피를 닦았다.
순식간에 인수형이 달려왔다.
형수님도 왔다.
경희는 혼절했다.
우리는 구급거를 불러 전주 예수병원으로 갔다.
의사선생님은 위급하다는 말만 남기고 수술실로 사라졌다.
"인호야. 무슨 일이니? 제수씨가 언제부터 아팠니? 새벽부터 피를 보고 얼마나 놀랐던지."
"서방님. 일단 의자에 앉으세요. 혼자서 얼마나 놀랐겠어요?"
장모님도 정신없이 달려 오셨다.
그걸로 끝이다.
경희는 나만 두고 혼자 하늘나라로 떠나버렸다.
나는 다리에 힘이 풀려 땅바닥에 주저 앉았다.
이 와중에 형은 장모님 멱살을 잡고 아픈 딸을 속이고 우리집에 시집 보낸거라며 고래고래 고함을 지른다.
형수님이 말렸다.
장모님도 혼절해서 병원에 입원했다.

'외동딸 하나를 나만 믿고 시집 보냈는데 오죽하실까? 장모님, 죄송합니다.'
나는 망연자실 병원 바닥에 앉아 있다가 형의 완력에 끌려 일어났다.
"인호야, 너까지 이러고 있으면 안된다. 자 우리 대책을 세우자. 장례식은 그냥 간소하게 치루자. 화장을 해서 강물에 뿌리든지, 원 동네 창피해서, 저것들이 분명히 우리 속인거다. 내가 지금 가만히 생각해보니, 시집 오기 전부터 벌써 폐병이 있었던 거야. 그런데 우리를 속이고, 인호야, 이럴 때는 장례식도 필요 없다. 생각할수록 분통이 터져서 내가 못살겠다. 안사돈 정신 차리면 알아서 장례식 치루라고 하자. 알겠지?"
나는 태어나 처음으로 형에게 대들었다.
"그만하세요. 나는 이 사람 최고로 훌륭한 장례식 치룰거예요. 세상에서 가장 아름답고 화려한 꽃상여에 태워서 천국으로 보내 줄거예요. 형님은 이번 제 아내 장례식은 참석하지 마세요. 제가 알아서 다 합니다. 그리고 우리 아버지, 어머니가 묻힌 선산에 고이 묻어줄거예요. 형님 아시겠어요?"
"아니, 이 녀석이 내가 저를 어떻게 키웠는데."
형수님이 형을 끌고 나갔다.

나는 아내의 시체를 안고 금구로 갔다.
나는 정씨 아저씨와 김씨 아저씨께 부탁해 전주에서 최고로 잘하는 장의사를 부탁했다.
나는 세상에서 가장 이쁜 꽃상여도 부탁했다.
전주에 사는 고등학교 동창들에게 장례식을 알리고 도와달라고 부탁했다.
동창회장인 '온상철'이 혼인식 때 참석했던 동창들을 데리고 와 일사불란하게 진두지휘 했다.
속이 깊어 동창들은 아무것도 묻지 않고 장례식에만 집중했다.
나는 상주 옷을 입고, 전주에 있는 장모님만 오시게 했다.
나는 세상에서 가장 예쁜 꽃상여에 그녀를 태우고 가 부모님이 계신 선산에 그녀를 묻었다.

동창들과 장모님은 돌아가고, 나는 3일동안 그녀의 무덤에서 물 한 방울 먹지 않고 무덤을 지켰다.
누군가 고사리 손이 나를 흔들어 깨운다.
이제 겨우 열 살인 칠성이다.
"칠성아, 니가 여기까지 웬일이니?"
"작은 아버지 죽을까 봐, 제가 왔어요. 일덕이 누나도 같이 왔어요."
칠성이 두 눈에 눈물이 뚝뚝 떨어진다.
일덕이 두 손에 떡과 식혜가 들려져 있다.
아마 형수님이 보낸 모양이다.
"작은 아버지, 이거 좀 드세요. 작은 아버지가 계속 이렇게 아무것도 드시지 않으면 하늘에 계신 숙모님이 슬퍼하실거예요. 작은 아버지가 행복해야 숙모님도 천국에서 행복해 하실거예요."
나는 일덕이 말에 정신이 퍼뜩 들었다.
'맞다. 나라도 정신을 차려야지, 그래야 우리 경희 제사도 지내지.'
사실 나는 경희를 보내고 바로 따라 가려고 했다.
선산에서 조금만 올라가면 숲이 제법 깊어 산짐승이 많아 그냥 산짐승 먹이로 끝을 맺으려고 했다. 하지만 일덕이 말을 듣고, 나는 경희 제사라도 지내기 위해서 살아남아야 했다.
"일덕아, 어머니가 챙겨 주셨니?"
"네. 아버지가 노발대발 화를 내셔서 어머니가 직접 오시지 못하고 우리랑 김씨 아저씨가 같이 왔어요. 그러니까, 작은 아버지 얼른 이 떡과 식혜 드시고 힘을 내세요."
나는 일덕이가 건네는 떡을 받아 먹었다.
그제서야 칠성이도 눈물을 거둔다.
나는 두 아이를 꼭 안았다.
"우리 일덕이랑 칠성이 덕분에 내가 살았구나. 너희 둘은 내 생명의 은인이다. 내가 살아 있을 때까지 이 은혜 절대로 잊지 않을께."

나는 그 날부터 집에 돌아와서 경희 사진을 인화하여 앨범을 만들었다.
그리고 방안에 틀어박혀 윤경희 그림만 그렸다.
정말 못 견디게 경희가 그리운 날은 술로 마음을 달랬다.
매일 밤 술로 지새운 날이 1년 6개월쯤 되었을까?
위에 문제가 생겨, 나도 피를 토하기 시작했다.
위궤양이다.
결국 전주 병원 신세를 지게 되었다.
"여보. 경희야 그냥 이 참에 나를 천국으로 같이 데려가면 안되겠니?"
병실에서 혼자 꺼이꺼이 울고 있는데, 누군가 들어왔다.
형과 형수님이다.
"인호야 이 녀석아, 정신 좀 차려라. 니가 이러면 이 형은 어쩌란 말이냐? 제발 정신 차려라."
"서방님, 동서를 생각해서라도 정신을 차리고 자신을 돌보세요. 사실 형님이 화를 내서 그렇지, 이 사람도 동서 떠나고 밥 한끼 제대로 못 먹고 늘 서방님 걱정으로 하루를 보낸답니다."
형도 많이 수척하다.
"형님 죄송합니다. 형수님 죄송해요. 이제 진짜 제가 정신을 차릴께요."
열흘간의 입원으로 기운을 차린 나는 퇴원해서 집안에 있는 술병이란 술병은 눈에 띄는 대로 싸그리 다 치웠다.
목포댁 아주머니도 감추어놓은 술병을 다 찾아 없애고, 나의 건강에 도움이 되는 음식을 만드느라 여념이 없다.
나는 차츰 건강을 회복했다.
그리고 다시 형님 집 곡식 장부를 인수받아 열심히 일을 하고 남는 시간에는 산수화도 그리고, 음악도 들으며 시간을 보냈다.
인수형 얼굴에 웃음이 가득하다.
그리고 얼마 있지 않아 형은 떡하니 사전에 말 한마디 없이 그린색 시발 지프를 사 주었다.

"인호야 이 차 봐라. 멋지지?"
"이건 왜?"
"우리 인호 새 출발하라고 형이 거금 들여 샀단다. 이 차로 속 시끄러울 때 한번 씩 바람도 씌우고 그러면 후딱 제수씨는 잊을 수 있을거다."
인수형 생각은 적중했다.
시발 지프를 사준지 한 달이 다 되어가도록 나는 차 근처에는 가지도 않았으나 슬슬 가슴속에 차에 관한 호기심이 생긴다.
그래서 우선 운전면허증을 땄다.
그리고 일년 전부터 자가용을 몰고 다니는 동창회장 온상철을 찾아갔다.
온상철은 아버지가 하는 화물 운송 사업을 크게 같이 하고 있어 부자이다.
그래서 우리보다 먼저 자가용을 운전하고 다닌다.
나는 그 친구에게 운전을 배워 드디어 시발 지프를 처음으로 운전하게 되었다.
우선 국민학교 운동장을 한 바퀴 돌았다.
신이 났다.
일주일 후, 인정 많은 동창 온상철이 직접 우리 금구 집으로 내려와 시발 지프 조수석에 앉아 운전을 자세히 가르쳐 주었다.
생각보다 나는 운전이 적성에 맞다.
운전에 치중하면 할수록 윤경희, 그녀가 조금씩 잊혀져가고 일상생활에 행복을 조금씩 느끼기 시작했다.
형이 고마웠다.
나는 가끔 시발지프를 타고 전주에도 갔다.
사람들의 시선이 많이 느껴졌다.
그도 그럴 것이 차 색깔이 녹색이어서 눈에 엄청 도드라지기 때문이다.
'형님은 무슨 생각으로 이런 색을 골랐을까?'
하지만 나는 언제부턴가 사람들 시선이 그렇게 싫지 않다.
언제부턴가 차를 운전하면 가슴속에 있던 답답함이 풀어져 너무 좋다.

이제 운전경력이 제법 되어 형과 형수님, 조카들도 태우고 다닌다.
1955년 12월이다.
윤민자는 고등학생 차림으로 처음 우리집에 일덕이랑 들이닥쳤다.
첫인상은 별로다.
키도 크고 얼굴도 눈에 띄게 이쁘지만 너무 외향적이다.
나는 시끄럽고 화려한 여자는 질색이다.
그리고 이제 겨우 고등학생에게 나는 여자란 감정을 하나도 느끼지 못했다.
오히려 심성이 착하고 속이 깊은 조카 일덕이가 임신한 사실이 더 먼저였다.
하지만 윤민자는 이상하게 이제 일요일마다 금구교회 예배도 참석한다고 칠성이가 일러준다.
1957년 6월이다. 일덕이가 출산하는 날이다.
나는 형수님의 연락을 급하게 받고 전주에서 나주댁 아주머니를 태우고 부산 사돈댁으로 부랴부랴 달려갔다.
형수님 여동생이 고맙게도 임신한 우리 일덕이를 거두어 주었다.
일덕이가 아들을 출산하고 잠에 곯아 떨어졌을 때 우리는 007작전을 방불케하는 민첩함으로 일덕이 몰래 갓난장이를 차에 태우고 나주댁 아주머니랑 집으로 왔다.
아들이다.
'형수님은 이미 형과 상의 끝에 일덕이에게는 아이가 사산되었다고 속이고 나주댁 아주머니에게 이 아기를 맡긴다고 한다. 그러면 아이의 아빠가 혹시 온시진일까? 그럴 리가 없다. 온시진은 반듯해서 그럴 수가 없는 녀석이다. 그러나 나주댁 아주머니에게 아기를 맡기는 것으로 보아 이 아기는 시진이 아이임에 틀림없다. 일덕이가 얼마나 괴로워할까? 내가 만나 진실을 말할까? 하지만 형과 형수님이 저렇게 일덕이를 위하는 일이라고 하는데, 내가 중간에 판을 깰 수도 없는 일이 아닐까?'
갓난장이의 울음소리를 들으니, 잊었던 윤경희가 떠오른다.
지금까지 윤경희가 살아있다면 틀림없이 우리에게도 아기가 태어났을 것이다.
딸도 아들도 태어났을 것이다.
윤경희를 닮은 딸은 얼마나 이쁘고 고울까?
나는 눈물이 났다.
나주댁 아주머니는 갓난장이를 달래느라 식은 땀을 흘린다.
그로부터 몇 년이 흘렀을까?
윤민자는 어느 날 멋진 대학생으로 변모하여 적극적으로 나에게 다가왔다.
분명 나는 화려한 여자는 싫어하는데, 윤민자는 묘하게 남자를 끄는 매력이 있다.
나는 어느 틈에 윤민자에게 잠시 빠졌다.
형과 형수님은 우리가 만난다는 사실을 알고 너무너무 반색을 하고 적극적으로 행동에 옮긴다.
형과 형수님이 너무 좋아하는 바람에 나는 잠시 윤경희, 그녀를 잊었다.
'윤민자는 아직 초혼인데, 나같은 남자를 윤민자 집안에서 받아줄까?'
고민할 필요도 없었다.

1961년 3월이다.
형과 형수님이 일사천리로 다 처리해서 윤민자와 혼인을 했다.
윤민자와의 첫날밤이다.
그녀는 엄청나게 화려한 빨간색 속옷을 입고 있다.
우리는 와인도 같이 마셨다.
하지만 나에게 큰 시련이 닥쳤다.
이상하게 발기가 되지 않는다.
윤민자는 많은 경험이 있는 사람처럼 노련하게 나의 온 몸 구석구석을 애무했으나 나의 몸은 아무 반응이 없다.
나는 민망해서 어쩔줄 몰랐다.
"인호씨. 괜찮아요. 꼭 육체적 사랑만 사랑이 아니잖아요. 나는 정신적 사랑도 멋있다고 생각해요."
나는 윤민자와의 재혼을 첫날부터 후회했다.
'이 여자의 지독한 구애에 늙은 내가 정신을 못 차리고 받아들인 것이 미친 짓이지. 나는 아직 우리 경희를 잊지 못했구나.'
신혼여행에서 돌아온 후에도 나의 몸은 반응하지 않는다.
윤민자는 미친 여자마냥 술에 취해 온갖 방법으로 나를 애무하지만 결과는 마찬가지다.
윤민자는 이제 인내심이 바닥에 달했는지 각방을 쓰자고 한다.
나도 그게 편하다.
"민자씨, 지금이라도 늦지 않았으니 우리 헤어질까요?"
목구멍까지 이 말이 올라왔으나 정작 나는 이 말을 하지 못하고 윤민자의 행보에만 관심을 기울였다.
윤민자는 갑자기 학교에 사표를 내고 갑자기 서양화를 그린다고 전주에서 그림 도구를 잔뜩 사와 작업실에서 그림만 그린다.
그리고 서양화 모임을 핑계로 전주에 자주 나간다.
윤민자는 바람을 피우는 거 같다.
외박을 하는 날이 잦다.
하지만 나는 그녀를 나무랄 자격이 없다.
화장도 점점 짙어지고, 옷차림은 화려하기가 이루 말을 할 수 없다.
나는 그녀가 원하는 대로 돈을 주었다.
돈 말고 내가 그녀에게 해줄 것이 지금 아무것도 없다.
목포댁 아주머니 입단속을 하고, 나는 나대로 그림에 치중했다.
그리고 윤민자 몰래 나는 목포댁 아주머니에게 부탁해 윤경희 제사도 지낸다.
나는 윤경희를 죽을 때까지 잊지 못할 것 같다.
각방을 쓰고, 다른 남자와 바람을 피워도 눈 감아 주는 날이 이미 2년이 지났다.

윤민자는 이혼을 요구하지 않고 전주에 있는 서양화 학원을 다니면서 우리 집에서 같이 지낸다.
심지어 일요일에는 조신하게 차려입고 교회도 나간다.
나는 윤민자의 속을 알 수 없다.
집에 들어가기 싫어 전주에서 상철이와 동창생들을 만나 나는 다시 술독에 빠져 살았다.
'이 지옥은 언제까지 계속될 것인가? 하지만 내가 신중하지 못하게 윤민자를 선택한 죄로 평생을 책임지라고 하면 또 평생을 이렇게 살아야겠지. 나도 나지만 윤민자는 얼마나 이 혼인생활이 힘들까?'
물과 기름처럼 겉도는 지옥 같은 혼인생활이 지속되었다.
3년이 지난 후, 윤민자는 별거를 선언하고 전주에 방을 얻어 나가 버렸다.
1965년 3월이다.
전혀 꿈에도 예상하지 못했던 일이 생겼다.
윤민자는 편지를 보내와 내가 가장 사랑하는 조카 칠성이와 눈이 맞아 어디론가 같이 떠난다는 편지를 보내왔다.
처음에는 편지 내용을 의심했지만, 윤민자 성향에 얼마든지 칠성이를 유혹할 수 있겠다는 수긍이 갔다.
나는 오히려 칠성이에게 너무 미안했다.
인호형과 형수님에게는 성격 차이로 윤민자와 계속 별거중이라고 얘기했다.
두 분에게도 죄송했다.
"칠성아 신중하지 못하게 저런 방탕한 여자를 아내로 맞은 작은 아버지 땜에 니가 지금 나 대신 악의 구렁텅이에 빠져 버렸구나. 칠성아 정말 미안하다.'
하지만 나는 윤민자가 떠난 그 순간부터 벅차오르는 해방감을 만끽했다.
칠성이와 윤민자에 대한 죄책감은 가슴에 남아 있지만, 윤민자가 없는 집은 숨쉬는 공기마저 상쾌했다.
적어도 칠성이 편지를 받기 전까지는...

1967년 3월이다.

나는 칠성이 편지를 받자마자 마산으로 부리나케 내려갔다.

칠성이가 근무하는 중학교 교문에서 나는 칠성이를 기다렸다.

오후 여섯시가 되어가자, 다림질도 하지 않은 후줄근한 남방셔츠에 점퍼를 입은 칠성이가 걸어 나왔다.

"칠성아, 작은 아버지다."

칠성이의 놀란 눈빛은 처연할 정도다.

"작은 아버지 죄송합니다."

칠성이는 교문 앞에서 털썩 무릎을 꿇었다.

나는 칠성이를 안아 일으켰다.

"칠성아, 니 잘못이 아니란다. 작은 아버지가 진실을 말해주기 위해 지금 마산으로 달려온거야. 일단 우리 너 네 집으로 가자. 아들 이름이 동하라고 했지? 동하가 기다릴 거니까, 일단 집으로 가자."

칠성이 두 눈에는 눈물이 볼을 타고 흘렀다.

지프에 칠성이를 태우고 우리는 집으로 왔다.

동하는 이제 세 살이라고 한다.

똘똘하다.

칠성이가 학교를 나갈 때는 옆집 아주머니가 동하를 돌봐주는 모양이다.

아주머니는 밥상까지 봐주고 갔다.

나는 미리 준비한 소주를 꺼내 칠성이에게 건넸다.

"작은 아버지 저는 내일 출근해야 해서 안 됩니다."

"그래, 그럼 딱 한 잔만 하거라. 사실 맨 정신으로 작은 아버지 이야기를 들으면 너도 힘들테니."
"네. 작은 아버지 그러시면 우리 한잔씩만 해요."
칠성이와 나는 식사를 하기 전에 소주 한잔씩만 했다.
동하는 공책에 연필로 낙서를 하며 혼자 잘 놀았다.
나는 윤민자와 있었던 지난 일을 처음부터 끝까지 이야기 해주고 칠성이에게 무릎을 꿇고 용서를 구했다.
"작은 아버지 왜 이러세요?"
칠성이가 깜짝 놀라 나를 일으켜 세운다.
"칠성아, 나 때문에 이런 일이 생긴 거란다. 작은 아버지는 앞으로도 윤경희를 평생 잊지 못할 것 같다. 그래서 나는 평생 혼자 살았어야 했는데, 나도 혼인 첫날밤에 윤민자와 잠자리를 갖게 되지 못할 줄은 상상도 하지 못했단다. 하지만 윤민자가 집요하게 나를 원하면 원할수록 내 몸은 오히려 돌처럼 딱딱하게 굳어 도무지 반응을 하지 않는 거야. 그리고 그 다음부터는 윤민자 몸이 차가운 뱀 같아 가까이 오면 소름이 끼치더라. 어쩌면 그럼에도 불구하고 나를 사랑한다는 그 이유 하나만으로 삼년이나 혼인생활을 끌고 나간 윤민자가 한편으로 몹시 고맙기도 해. 그리고 작은 아버지는 용기도 없어 윤민자에게 헤어지자는 말도 먼저 하지 못했단다. 세상 사람들 눈이 무서워 한 여자의 불행을 내가 자초한 거야. 지금이라도 나는 윤민자가 정말 좋아하는 남자를 만나 행복하게 잘 살았으면 좋겠어. 그게 너나 나는 아닌 것 같다. 참, 칠성아 그리고 윤민자와 나는 혼인신고도 하지 않았어."
"네. 작은 아버지 알고 있어요. 우리 동하 출생신고 땜에 알게 되었어요."
"이제 너에게 다 말하고 나니 나도 속이 시원하구나. 윤민자는 그 당시 어떤 남자를 만났어도 같이 도망가자고 유혹 했을거야. 우리 집 생활이 지옥이었거든. 그 때 니가 재수 없게 걸려든 거야. 참 여기 마산에서 일덕이 누나 집이 얼마 멀지 않단다. 나는 당장 내일이라도 니가 학교에 사표를 내고 동하와 함께 일덕이 누나 집에 갔으면 좋겠어. 일덕이 누나가 너랑 동하를 얼마나 반겨 주겠니? 남자 혼자 낮에 직장에 다니고, 밤에 꼬맹이를 키운다는 게 얼마나 힘든 일인지 직접 보니 더 알 것 같단다. 그리고 혹시 동하가 아프더라도 온통 생면부지의 사람들밖에 없잖아. 앞으로 어떻게 혼자 살아가겠니?"

소주를 한 잔 해서 그런지 칠성이는 창자가 끊어질 듯 울음소리를 토해낸다. '혼자서 얼마나 서럽고 힘들었을지 저 울음소리만 들어도 다 알 것 같다. 내가 죽일 놈이다.'

"작은 아버지 저는 제가 지은 죄를 동하를 잘 키우는 걸로 대신 하려고 합니다. 이 학교도 아직 계약기간이 남아 있습니다. 그리고 일덕이 누나에게는 아직 부끄러워 가지 못하겠습니다. 제가 아무리 노력해도 혼자 동하를 키우기가 힘들면 작은 아버지에게 꼭 연락드리겠습니다. 그 때 일덕이 누나에게 같이 좀 가 주세요. 저도 혼자 객지에 사는 게 사실 힘이 듭니다. 작은 아버지, 아버지 어머니는 잘 계시죠?"

"응. 두 분은 건강하시단다. 언제라도 힘들면 나에게 연락 하거라. 한달음에 달려올테니."

나는 그 날 칠성이와 동하와 같이 잠을 청했다.
오랜만에 깊게 잠이 들었다.

7화

1974년이다.

내 나이 서른다섯이다.
삼덕이가 우리 집에 오고 난 후 우리 가족은 웃음이 더 잦아졌다.
가끔 삼덕이가 실없는 이야기로 남편과 아이들을 웃기기 때문이다.
어릴 때는 성질만 사납고 공부를 죽기보다 싫어 하는 아이였는데, 성격이 많이 변했다.
삼덕이는 바지런하여 아이들을 깨끗이 씻겨서 학교 갈 준비도 해주고 남편이 먹을 반찬도 맛깔나게 준비해주어 요즘 나는 신이 난다.
오로지 세탁소 일에만 집중하면 되기 때문이다.
아래채 새댁도 그 동안 돈을 많이 모아 집을 사서 나가고, 삼덕이는 이제 아래채에 산다.
그리고 삼덕이가 오고 나서 크게 바뀐 일이 또 하나 있다.
우리도 이제 일요일이면 세탁소 문을 오전에는 닫고 '함안교회'에 나가 예배를 본다.
그동안 남편과 나는 돈을 버느라 교회에 나간다는 것은 생각으로만 그쳤는데, 삼덕이가 일요일마다 성경책을 핸드백에 넣고, 이쁘게 차려입고 예배를 보러가는 모습이 너무 보기 좋아 남편과 나도 과감한 결정을 내린 것이다.
남편도 부산 성냥공장에서 입고 다니던 한 벌밖에 없는 회색 정장 신사복을 챙겨 입고, 나는 함안 장날에 큰 맘 먹고 구입한 연보라빛 한복을 챙겨 입고 우리는 아이들과 함께 예배에 참석한 후 재빨리 오후 한시부터 세탁소 문을 열었다.
처음엔 불평하는 손님이 있었으나 차츰차츰 이해해 주었다.
세탁소는 계속계속 손님이 늘어 우리는 친정집에 빚도 드디어 다 갚고 아이들 학비로 쓸 돈도 차곡차곡 많이 모아 두었다.
남편이 항상 근면성실하고 또 세탁물을 정성을 다해 깨끗이 손질하는 덕분이다.
남편은 솔벤트로 양복 정장바지에 묻은 껌도 제거하고, 얼룩도 제거하다 보니 언제나 손이 엉망이다.
매일매일 일에 치여 고생만 하는 남편이 가엾다.
남편은 손님과 약속한 일자까지 한번도 어기지 않고 딱딱 맞추어 준 덕분에 단골은 하루하루 늘어갔다.
이제 하루 수입이 엄청나다.
그리고 자전거로 저녁에 세탁물을 집까지 배달해 주는 것을 단골들은 엄청 좋아한다.
다음날 아침 입을 옷을 저녁에 집에까지 배달해 주는 가게는 처음 본다며 다들 좋아한다.
나도 자전거를 타고 세탁물을 배달하는 일이 행복하다.
그리고 배달 수입도 짭짤하다.
이제 함안 가야면 주소는 눈을 감아도 어딘지 알 만큼 훤하다.
그리고 배달을 가면 자전거 바구니에 누군가 호박, 가지, 감자, 오이를 넣어둔다.
고맙다.
함안에 살면 살수록 사람들 인정이 느껴져 아마 우리 가족은 평생 이 곳에 살아야만 할 것 같다.

요즘 세탁소 판도가 조금 달라졌다.

마산에 있는 큰 세탁소는 그 비싼 드라이 기계를 들여와 실크나 순모로 된 비싼 제품은 다 드라이를 한다.
여기도 시골이지만 실크나 순모 제품을 맡기는 손님이 점점 늘어난다.
일구씨와 나는 아직 엄청나게 비싼 드라이 기계를 구입하기는 힘이 든다.
그래서 나는 수요일이면 매일 실크나 순모제품이 가득 든 커다란 보따리를 머리에 이고 갔다가 마산 큰 세탁소에 맡긴다.
버스 기사 아저씨는 큰 보따리 때문에 승객을 많이 못 태워 눈을 흘긴다.
나는 골격이 커서 그런지 엄청난 보따리가 별로 무겁지 않은데, 일구씨는 늘 마음 아파한다.
사실대로 말하면 보따리가 무거워 목이 끊어질 듯 아프긴 하다.
마산 '제일세탁소'는 그 비싼 드라이 기계가 다섯 대나 있다.
늘 부럽다.
나는 보따리를 맡기고 적어도 세 시간을 기다려야 한다.
돈이 아까워 항상 가게에서 기다린다.
수요일마다 마산에서 드라이를 하고부터는 손님은 더 많이 늘었다.
요즘도 한 달에 한번 매월 첫 주 5일 장이면 우리 가게에 가야정육점 김 사장님 부부, 선경 참기름집 박사장님 부부, 가야다방 마담아주머니, 밀양댁 언니, 여수댁 언니, 솔약방 진약사님 부부까지 모두 아홉 명이 한명도 빠지지 않고 모인다.
그리고 시장에서 송정세탁소를 하는 송사장님도 작년부터 같이 모인다.
사실 작년부터 우리 가게에 왕래를 하는 송사장님은 첫인상은 다소 험악한 분위기였으나, 인정이 많은 분이다.
우리 진수를 만나면 꼭 용돈도 쥐어 주신다.
우리는 막걸리에 수육 한 접시로 수다도 떨고, 동네 사람들 뒷담화도 하고, 한 시간이 후딱 지나간다.
삼덕이가 대타로 겉절이와 쌈장을 자주 만들어와 이제 내가 받던 사랑을 삼덕이가 받는다.

"아이고 언니를 꼭 닮아 얼굴도 이쁘고, 반찬솜씨가 이리 좋고, 우리 마담 언니가 중매 좀 서 보이소. 다방에 오는 괜찮은 총각 없나예?"
밀양댁 언니가 또 앞서 나간다.
"저는 한번 다녀 왔습니다. 그리고 이제 결혼은 안합니다. 형부랑 언니랑 조카들이랑 지금 얼마나 행복한데요. 이제 미용기술 배워 미장원 열면 그 때 많이 와서 돈 많이 벌게 해주시고 파마 손님 많이 소개해 주세요."
요즘 삼덕이는 토요일마다 마산에 있는 미용학원에 다닌다.
삼덕이가 우리 집에 온 지도 벌써 오년이 되어간다.
"그러고 보니 미장원이 우리 가야읍 사거리에 하나밖에 없네. 나는 여왕미장원 마담 솜씨가 좀 촌스럽더라. 빨리 삼덕씨가 미장원 개업하면 나도 달 드라이 좀 하고, 우리 다방 아가씨들도 다 이용하라고 할께요. 참 요즘 상점에 커피우유가 나와 우리 다방 손님이 많이 끊어져서 나 속상해요."
오늘도 청록색 원피스를 화려하게 차려입은 가야다방 마담 아주머니가 우아하게 말을 꺼낸다.
"지도 커피우유 한번 묵어봤는데, 달달한 게 맛있더라예. 삼덕씨 우리 남자들은 우찌 도와주모 될까?"
김사장님이다.
"남자들은 이발소 가모 되지, 남자들까지 합세 안 해도 삼덕씨는 언니 닮아 야무져서 앞으로 우리 함안 돈은 이 두 자매가 다 쓸어 담겠네예."
얌전한 칠원댁 아주머니가 막걸리를 한 잔 하고 목소리가 살살 커진다.
"니는 머리카락 나는 약은 안 파노?"
오늘도 김사장님은 막걸리를 많이 마셔 목까지 벌개진 채로 대머리 진약사 아저씨를 또 놀린다.
"니는 시끄럽고, 우리 집에 살 빼는 약이나 좀 사가서 먹거라."
"진짜로 그런 약이 나왔어예?"
함안댁 아주머니가 반색을 한다.
"진짜 그런 약이 있나? 있으모 내가 백만원이라도 사먹어야지. 내가 가진 게 돈밖에 더 있나?"
"지금은 없고 제약회사에서 많이들 개발하고 있다더라. 내가 그 약 나오모 니한테 제일 먼저 팔게."
"공짜로 줘도 되는데, 허허허"
함안댁 아주머니 표정이 금방 시무룩하다.
"김사장, 니는 그 말을 믿나? 살 빼는 약이 그리 쉽게 나오것나? 진약사야, 제약회사에 살 찌는 약 좀 개발해라 캐라. 나는 살 좀 찌는 게 소원이다."
박사장님이 막걸리를 한잔 하시고 처음으로 한마디 거든다.
군산댁 아주머니는 오늘도 배시시 웃기만 한다.
여수댁 언니는 친정어머니 생신이라 오늘은 고향에 가고 없다.
남편과 동갑이라 이제 제법 남편과 농담도 주고받는데, 없으니 허전하다.
오늘도 어김없이 정육점 김사장님과 진약사님은 만났다 하면 서로 놀리느라 바쁘다. 우리는 두 분 덕분에 웃음이 끊어지질 않는다.
재미있다.
요즘 나도 모든 걸 내려 놓았다.
내가 하고 싶은 일은 결국 내 가족을 위해 최선을 다하는 것이다.
내 가족이 등 따뜻하고 배 부르면 그걸로 끝이다.
그런 생각을 하고나니 나도 이제 헛헛함은 사라지고 이 사람들과 너무 행복하다.

그렇게 시끌벅적 떠들고 있는데, 세탁소 앞에 작은 아버지가 타고 다니던 시발지프와 똑같은 녹색차가 멈춰 선다.
"언니. 저 차 우리 작은 아버지 차랑 똑같은 차네."
"그러게, 저 색은 흔하지 않은데, 우리 세탁소 손님인가?"
세상에.. 작은 아버지다.
여전히 멋쟁이다.
나와 삼덕이는 누가 먼저랄 것도 없이 뛰어 나갔다.

"작은 아버지"
나와 삼덕이는 작은 아버지를 얼싸 안았다.
남편도 급하게 나와 작은 아버지에게 인사했다.
조수석에서 훤칠하게 잘 생긴 남자가 똘망하게 잘 생긴 꼬마와 함께 내린다.
"누구? 어머나 너 칠성이 아니니?"
"일덕이 누나, 나 칠성이야."
분명 칠성이다.
"칠성이 오빠."
삼덕이와 나는 칠성이를 부둥켜 안고 너무 반가와 엉엉 울었다.
"이산가족 상봉이네요. 근데 부산댁 가족들은 다들 왜 이리 잘 생겼어? 저 분은 작은 아버지가 아니라 오빠로밖에 안 보이네, 함안에서 이렇게 멋지고 잘 생긴 분들은 처음 보네.. 자 자 다들 오늘은 그만 집에 갑시다. 이 집 오늘 이산가족 상봉 진하게 하게"
가야다방 아주머니다.
나는 얼마 전에 밀양댁 언니에게서 가야다방 아주머니 사연을 전해 들었다.
밀양댁 언니는 함안 소식통이다.
아주머니는 서울이 고향이고, 엄청 부잣집 딸이었다고 한다.
대학생 때 하필 아주머니 집 운전기사와 사랑에 빠져 집에서 쫓겨 났다고 한다.
운전기사가 유부남에다 아이까지 있어 부모님 반대가 대단해 한번 헤어졌지만, 사랑이 깊어 부모님 몰래 다시 만나다 아버지에게 완전히 버림을 받았다고 한다.
다행히 어머니가 아버지 몰래 큰 재산을 떼 주어 이 곳 함안에 어머니 친척분이 있어 이 곳에서 정착을 하게 되었다고 한다.
그리고 아버지에게 복수하기 위해 술집을 차리려다가 어머니를 생각해 그나마 다방으로 업종을 바꾼 거라고 한다.
사연을 접하고 난 후 아주머니를 보면 그 화려한 치장이 더 마음에 걸린다.

"부산댁 내일 날 밝으모 이 분들 우리 집에 와서 국밥 한그릇 드시게 하이소, 공짜로 드릴께예."
항상 인심 후한 밀양댁 언니는 작은 아버지와 칠성이에게 눈을 떼지 못한다.
"그라고, 부산댁 친정집이 진짜 부자인갑네. 저 차는 텔레비에서만 보던 건데예.."
김사장님도, 박사장님도, 진약사님도 녹색 지프에서 눈을 떼지 못한다.
함안댁 아주머니와 군산댁 아주머니는 그 와중에도 막걸리 잔이랑 수육 접시를 깨끗이 치우고 있다.
남편과 칠성이는 서로 처음 본다.
"매형 인사 드리겠습니다. 저는 온칠성입니다. 처음 뵙겠습니다."
"나도 처남 이야기는 집사람에게 많이 들었습니다. 참 잘 왔습니다. 누나가 많이 보고 싶어 했습니다."
두 사람은 악수를 했다.
"여보 손아래인데, 말씀 낮추세요. 어머나 귀여운 이 꼬마는 누구니?"
"저는 꼬마가 아니고 온동하입니더."
또랑또랑하다.
"누나, 온동하라고 제 아들이예요. 이제 국민학교 3학년이예요."
"우리 칠성이 아들이라고? 어머 그러고 보니 얼굴이 우리 칠성이 어릴 때 그대로네. 어쩜 이렇게 똘망똘망하게 잘 생겼니?"
"아지매 배고파예."
"동하야 우리는 아지매가 아니고, 나는 큰 고모, 이쪽은 작은 고모란다."
"여보 어서 세탁소 문 닫고 손님 모시고 집으로 갑시더. 아직 저녁도 안 드신 것 같아예."
우리는 다들 집으로 갔다.
삼덕이와 나는 후다닥 저녁상을 차리고 반주로 막걸리도 준비했다.

진수와 진숙이, 진희 진철이도 막내이자 사촌동생인 동하가 귀여워 죽는다.

벌써 진수가 중학교 1학년이다.
진숙이가 국민학교 6학년, 진희가 국민학교 5학년, 진철이가 4학년, 동하가 3학년으로 막내다.
아이들은 다들 공부를 잘 한다.
그런데 얼마 전부터 진숙이는 세탁소에도 잘 오지 않고, 친구들과 지나가다 일구씨를 보곤 아는 체를 하지 않아 남편은 속이 상한다고 했다.
"진숙아 너는 요즘 학교 마치고 세탁소도 자주 오지 않고, 또 아버지 만나면 왜 아는 척도 안 하니?"
진숙이는 한참 머뭇거리며 대답을 회피했다.
"엄마 나는 우리 집이 세탁소 하는 것도 창피하고, 또 아버지가 다리를 절뚝거리는 것도 싫어요."
진숙이가 울면서 대꾸한다.
나는 기가 찼다.
자식들 먹여 살리느라 남편은 그 아픈 다리를 끌고 첫 새벽부터 밤까지 몸이 부서져라 일하는데 진숙이는 그런 남편을 외려 창피해 하다니, 기가 막혔다.
"그런 아버지가 창피하면 진숙이 너는 지금 당장 집을 나가거라. 아버지가 아픈 다리를 이끌고 세탁소 일을 하는 것이 다 누구 때문이라고 생각하니? 다 너네 학교 보내고 먹여 살리려고 하는 일인데, 그게 창피하다면 너는 우리 가족이 될 자격이 없다. 지금 당장 나가거라!"
나는 너무 화가 나 진숙이를 끌고 문 밖으로 밀어냈다.
순간 나는 이상하게 금구에 계신 친정아버지가 떠올랐다.
'어릴 적부터 매번 아버지를 실망시키고 고집만 센 나도 아버지에겐 진숙이와 다를 바 없지 않은가?'
나도 칠성이도 삼덕이도 아버지에겐 그저 불효자이다.
그 날 진숙이는 밤 아홉시까지 대문 밖에 꼼짝없이 서 있었다.
삼덕이가 고집 센 진숙이를 설득해 결국 집으로 들어온 진숙이가 나에게

빌고 빌어 겨우 방으로 들어 갔다.

진숙이는 어릴 때부터 고집이 대단하다.

키도 크고 뼈대가 굵어 나를 빼 닮았다.

진수와 진희는 외탁을 해서 키가 또래들보다 크고 덩치도 있는데 반해 진희와 진철이는 남편을 닮아 키가 또래에 비해 작고 왜소한 편이다.

늘 아이들에게 자상한 남편은 아무 영문도 모른 채 문밖에서 벌을 서고 있는 진숙이를 들어오게 하려고 나에게 생전 하지 않는 애교까지 부린다.

남편의 모습이 귀여워 나는 그만 웃으며 넘어가 주었다.

우리는 밥도 먹고 술도 마시며, 울었다가 웃었다가 하면서 그 간의 회포를 풀었다.

나는 작은 아버지와는 14년 만에, 칠성이와는 18년 만에 얼굴을 본 것이다.

작은 아버지와 칠성이는 많이 야위어 보였다.

저녁상을 다 치우고 난 후 남편과 아이들은 본채에서 먼저 자게 하고 우리는 아래채로 갔다.

동하는 벌써 진수와 진철이랑 친해져서 같이 잔다.

아래채는 방이 두개나 있어 작은 아버지와 칠성이를 재울 방이 있어 나는 행복했다.

우리는 술상을 또 준비했다.

나는 고향에 있는 다른 가족들의 안부를 물었다.

"어머니 아버지는 건강하시죠?"

"이덕이는 시집가서 잘 살죠? 아이는 몇이예요?"

"말순이 언니는 시집 갔나요?"

"필성이 오빠는 목사님 잘 하고 있나요?"

"김씨 아저씨는 장가를 갔나요?"

성질이 급한 나는 질문을 쏟아냈다.

작은 아버지는 옛날과 똑같이 친절하고 차분하게 부모님은 건강하시며,

이덕이는 전주 부잣집으로 시집을 가 아들 둘을 낳고 잘 살고 있으며, 아버지 생일에 남편과 아이들과 함께 꼭 집에 온다고 한다.
말순이 언니와 김씨 아저씨는 서로 눈이 맞아 집 나간지 오래라고 한다.
"작은 아버지 진짜 말순이 언니랑 김씨 아저씨가 같이 도망갔어요?"
삼덕이가 놀란 눈치다.
"동네 사람들이 도망가는 모습을 다들 봤다고 하더라. 차라리 잘 됐지, 우리 집에 있어봤자 말순이는 식모로, 김씨는 평생 마름밖에 더 하겠니?"
작은 아버지 말이 옳다. 나도 그들이 집을 나간 거에 찬성이다.
그리고 필성이 오빠는 목사님으로, 적성에도 맞고 설교도 잘 해 '금구교회' 신도 수가 어마어마하게 늘었다고 한다.
"참, 윤민자 언니, 아니 작은 어머니는 화가를 하신다고 했죠?"
이 질문에 갑자기 두 사람 얼굴이 굳어지고 침묵만 흐른다.
두 사람은 갑자기 술만 벌컥벌컥 마신다.
이유를 알 수 없어 삼덕이와 나는 작은 아버지와 칠성이 술잔에 술을 계속 부었다.
제법 시간이 흐르자, 무거운 침묵을 깨고 작은 아버지가 그간에 있었던 민자언니와의 무서운 진실을 처음부터 끝까지 차분하게 말씀해 주셨다.
칠성이는 고개를 푹 숙이고 눈물을 흘렸다.

"칠성아, 누나도 사실 할 말이 있단다. 작은 아버지는 이미 알고 계시지만, 아마 삼덕이도 처음 듣는 이야기 일거다. 나 사실 고등학교 때 몸이 아파 부산 이모 집에 내려온 게 아니라 임신을 해서 어쩔 수 없이 내려왔단다."
"일덕이 언니 그게 참말이야? 나는 처음 들어. 그럼 아기는? 아기 아빠는 누구야?"
삼덕이가 놀라 질문을 쏟아 붓는다.
"아기는 낳자마자 죽었고, 아기 아빠는 지금도 나는 말하기 싫어. 이해해

줘. 나는 지금 형부가 세상에서 가장 좋아. 내가 정말 존경하는 사람이야. 근면성실하고 아이들에게도 좋은 아빠이고, 나를 너무 예뻐해 주고, 하나님이 나에게 좋은 남편을 보내주어서 나는 너무 감사하고 있어. 칠성아! 누나도 실수를 했다고 지금 말하는 거야. 사람은 누구나 실수를 하게 되어 있어. 하지만 그 실수로 평생 너 자신을 갉아 먹지는 말라는 거란다. 분명 새로운 인생이 너에게 어느 날 따뜻하게 말을 건네고 자신을 받아달라고 손을 내밀거야. 그러면 너는 그 때 모른 척 받아주면 돼. 그리고 이제 그런 나쁜 사람은 잊어버리고 동하랑 우리 집에서 같이 살자! 마침 아래 채에 삼덕이 밖에 없어. 방도 하나 비어 있잖아."
"일덕아, 고맙다. 그러지 않아도 일덕이 니 말처럼 이 집에 같이 살게 하려고 칠성이랑 동하를 오늘 데려 온 거야. 내가 이렇게 데리고 오는 데 딱 팔년 걸렸단다."
"누나 제가 그래도 될까요?"
"그럼, 아이들도 동하를 저렇게 좋아하고, 동하도 너랑 둘이 사는 것보다 이 집에서 사는 것이 훨씬 좋을 거야. 당장 내일이라도 이사를 오렴."
"그러지 않아도 요즘 동하가 엄마를 자주 찾아요. 죽었다고 해도 잘 믿지를 않는 눈치예요. 저번에 학교 재단 측에 알아보니까, 마침 우리 학교가 함안재단과 같은 계열이라 저를 여기 함안에 있는 중학교나 고등학교로 발령을 낼 수 있다고 하네요. 그 동안 일덕이 누나랑 삼덕이도 많이 보고 싶었어요."
나는 다시 한번 칠성이 아픔이 사무치게 와 닿아 칠성이 눈물을 닦아주고 칠성이를 꼬옥 안아 주었다.
'이 녀석은 어릴 때부터 삶이 왜 이렇게 힘들지? 하지만 칠성이 너도 분명 앞으로 활짝 웃으면서 행복하게 살 날이 꼭 올거야.'
삼덕이도 칠성이를 안았다.
"오빠, 내가 동하를 내 아들처럼 귀하게 키워 줄 테니 얼른 이사와요."
작은 아버지는 흐뭇하게 우리를 바라보았다.

며칠 후 나는 필성이 오빠에게 전화를 걸어 칠성이와 동하가 다 우리 집에 같이 지낸다고 전하고, 오랜만에 어머니와도 길게 통화를 했다. 어머니도 삼덕이와 칠성이와 동하가 많이 보고 싶다고 한다.

1977년이다.

내 나이 서른 여덟이다.

올해는 아버지와 시아버님 두 분이 다 별세하신 슬픈 해이다.

1월이다.

사촌리에 사는 시아버님이 별세했다.

우리는 늦게 연락을 받아 저녁 여덟시쯤 부랴부랴 택시를 타고 온 식구가 사촌리로 갔다.

그 동안 세탁소를 하느라 우리 가족이 사촌리에 가는 것은 실로 오랜만이다.

어머님은 눈물바람으로 내려와 우리를 반긴다.

동서 둘은 문상객에게 음식을 나르느라 정신이 없다.

나도 팔을 걷어 부치고 일을 도왔다.

출가한 아가씨들도 눈물바람이다.

첫째 서방님과 둘째 서방님은 문상객과 인사하느라 우리에게 눈길도 주지 않는다.

우리는 상복도 입지 못하고 음식만 부지런히 나르다 쓸쓸히 집으로 돌아왔다.

월촌댁 아주머니와 어머님만 우리를 배웅해준다.

어머님은 동구 밖까지 저고리 고름으로 눈물을 훔치며 우리를 배웅했다.

"애비야 이 곳까지 오느라 고생했다. 미안하다. 상복도 한번 입지 못하고."

"어머니 괜챦습니더. 어머니 몸 잘 추스르야 합니더."

월촌댁 아주머니도 손을 흔든다.

남편과 나는 씁쓸한 마음을 삼키고 돌아왔다.
남편은 그 날부터 이상하게 밤마다 막걸리를 두병이나 마시고, 교회도 자주 빠졌다.
매일밤 이부자리에서 나를 어루만지던 손길도 뚝 끊어졌다.
'남편이 형제도 없이 혼자 외로워서 저런가 보네. 그나마 계시던 의붓아버지가 돌아가셨는데, 장례식에 상복도 입지 못하고.'
나는 남편을 이해했다.
남편은 나에게도 아이들에도 생전 내지 않던 짜증을 내었다.
"나도 감정이 있습니다. 나도 자존심도 있습니다. 아버지 장례식인데, 사촌리 동생들은 지가 상복도 못 입게 합니더. 의붓아버지는 아버지가 아닙니꺼? 이번에 장례식장에서 그런 냉대를 받을 줄은 몰랐습니더. 나는 사촌리 아버지를 진짜 내 아버지라고 생각하며 지냈습니더. 사촌리 형제들도 다 친형제라고 생각해서 외롭지도 않았는데… 나는 이제부터 고아가 맞습니더. 이제서야 깨달았습니더. 여보 나는 왜 이렇게 세상 사는 것이 힘이 듭니꺼? 처갓집에서 매번 돈을 빌어 속이 상했지만, 이제 다 갚아 마음이 좀 편안해지는가 했습니더. 그런데 사촌리 형제들이 나를… 여보 나는 이번만큼은 참기가 힘이 듭니더."
항상 묵묵하게 일하던 남편은 처음으로 술이 잔뜩 취해 자신의 감정을 토로했다. 나는 남편을 조용히 안아 주었다.
"나는 당신이 지금까지 얼마나 참고 살아왔는 지 다 알아요. 앞으로는 이렇게 저한테라도 속이 상하면 상한다라고 표현을 하세요. 제가 다 받아 줄께요."

1977년 10월이다.
이제 아래채에는 칠성이와 동하, 삼덕이가 같이 사는 것을 남편은 마치 자신의 형제가 같이 사는 것처럼 진심으로 좋아해 주었다.
아버님이 돌아가신 후 한 달이 지나면서 남편은 예전의 모습을 되찾았다.

동하는 이제 엄마를 찾지 않고 우리 집 아이들과 너무 잘 지낸다.
학교를 다녀오면 꼭 세탁소에 들러 인사를 한다.
"고모부 학교 잘 다녀왔습니더."
동하도 남편을 잘 따르고, 남편도 동하를 좋아한다.
동하가 세탁소에 올 때마다마다 남편은 동하 머리를 쓰다듬고, 동전을 꼭 건네준다.
동하는 동전을 들고 신이 나서 '봉진상회'로 달려간다.
눈깔사탕은 동하가 가장 좋아하는 군것질이다.
여수댁 언니는 늘 돈보다 넉넉하게 사탕을 준다.
고맙다.
동하는 특히 막내 진철이와 한살 차이여서 그런지 학교도 꼭 같이 가고 놀러가도 꼭 같이 붙어 다닌다.
칠성이도 동하가 안정이 되어 그런지 처음보다 살도 좀 오르고 가끔 미소를 보이기도 한다.
칠성이는 학교에서 퇴근하면 늘 창고에서 그림을 그린다.
가끔 창고에 가서 그림을 들여다보면 신비롭다.
목이 긴 아름답고 우아한 여자 그림이 대부분이다.
대부분 너무 슬프고 우울한 표정이다.
그래서 그런지 이상하게 그림만 봐도 우울해진다.
칠성이는 아직 서른여섯 살로 빼어난 미남이라 그런지 여자 고등학교에서 인기가 많다.
삼덕이는 드디어 친정어머니가 시집갈 때 몰래 주신 돈과 패물로 솔약방 옆에 조그맣게 '삼덕미장원'을 오픈했다.
나는 남편과 상의하여 삼덕이에게 돈봉투를 건넸다.
"언니 이러지 마. 나 돈 많아. 그리고 칠성이 오빠도 어제 돈봉투 줬어."
"삼덕아 많이 못해줘서 미안해."
미장원이 우리 세탁소와 바로 마주보이는 위치여서 너무 좋다.

삼덕이가 미장원 개업식을 하는 날이다.
우리 '함안상인회'는 또 시끌벅적 모임을 가졌다.
삼덕이는 비싼 인절미와 팥시루떡을 해서 주변 상가에 다 돌렸다.
"부산댁보다 동생이 더 손이 크네예. 언니보다 더 부자 되것습니더. 이거 오늘 수육 먹을 때 싸서 먹으라꼬 지가 많이 준비했습니더."
밀양댁 언니가 겉절이를 한 양푼 들고 와서 접시에 담는다.
늘 고맙다.
밀양댁 언니 남편은 경찰이라고 하는데, 내성적이어서 도통 이런 자리에 얼굴을 내밀지 않는다. 저번에 얼핏 봤는데 체구가 밀양댁 언니보다 작고 얼굴이 번데기처럼 주름이 많아 얼핏 보면 나이가 들어 보인다.
그런데, 둘은 동갑이라고 한다.
"뜨끈뜨끈한 수육 갖고 왔습니더."
정육점 김사장님이 연신 한 손으로 땀을 닦으며 등장한다.
사모님은 오늘은 누런 금니까지 드러내며 환하게 웃고 오신다.
"오늘 내 옷 좀 봐 주이소. 새로 맞춘 옷입니더."
강렬한 자주빛 원피스다.
"언니, 옷이 너무 이쁘네예. 그래서 아까부터 금니까지 드러내고 웃고 오더니마는 다 이유가 있었네예. 함안댁 언니는 오늘 이리 이쁜 새 원피스 입고 기분이 좋아서 웃음이 절로 나지예?"
밀양댁 언니가 칭찬을 아끼지 않는다.
"밀양댁아 니는 눈도 좋다 내한테 이 색깔이 좀 어울리나? 그런데 내 금니가 그리 표가 많이 나나?"
"언니는 금이 어울린다예. 근데 언니는 매일 새 옷 해 입고 이리 빛이 나는데, 우리 김사장님 옷은 언제 해 줍니꺼? 맨날 저 옷이다예. 단벌신사."
"우리 집 양반은 저리 땀을 흘리싸서 새 옷 못 해준다. 그라고 우리 집 옷장에 남편 양복이 울매나 많은지 모른다."
"나는 함안에 시집와서 김사장님 양복 입은 거 한 번도 못 봤어요. 밀양댁

아 나도 저런 자주색 원피스가 어울릴까? 나도 입고 싶다."
여수댁 언니가 부러워한다.
"여수댁 언니는 함안댁 언니보다 더 날씬해서 아무래도 더 잘 어울리겠네예."
함안댁 아주머니는 밀양댁 언니 이야기를 듣고 또 샐쭉하다.
"그런데 여수댁 언니는 노랭이라 도통 옷을 해 입어야 말이재, 언니는 그 돈 다 모아 뭐 할껍니꺼?"
"함안에 고층 빌딩 올릴거야. 남편 이름으로."
여수댁 언니는 아직도 남편을 많이 사랑하는 모양이다.
"빌딩이 뭐꼬?"
김사장님이다.
"아이고 무식하다. 건물을 영어로 빌딩이라 안 하나? 김사장 니는 공부 좀 해라."또 진약사님이 놀린다.
"아이고 그래 진영수 니 똥 굵다. 나는 영어 한 개도 몰라도 함안 재벌이다."
"두 분 고마 하이소. 여수댁 언니, 봉진빌딩 고것도 이름이 괜찮네예, 그라모 그 빌딩에 우리 국밥집 가게도 하나 주이소."
"내가 우리 밀양댁 동생 맨 먼저 줄게, 호호호 생각만 해도 기분 좋다."
멸치를 한 박스나 들고 온 박사장님은 삼덕이에게 큰 인심을 쓴다.
군산댁 아주머니도 금방 짠 참기름을 두병이나 갖고 왔다.
진약사 아저씨와 칠원댁 아주머니는 여전히 막걸리를 들고 온다.
송사장님은 벌써 술을 한잔 했는지 얼굴이 빨갛다.
"김사장, 이 집 진수가 그리 공부를 잘한다면서, 김사장 니는 한턱 내라. 우리 막내 경호가 진수랑 같은 반인데, 전교 1등이라 쿠더라. 진수는 인사성도 우짜모 그리 밝은지, 김사장은 장사만 잘하는 줄 알았는데, 아가들도 우짜모 그리 잘 키웠노? 비결이 뭐꼬?"
"송사장님, 오랜만이예요. 어머 오늘 술 한잔 하셨네요. 요즘 우리 다방에는 통 발걸음을 안 하시더니 혹시 저한테 삐졌나요?"

브라운색 아이 섀도우에 브라운색 벨벳원피스를 입은 마담 아주머니는 큼지막한 목걸이로 오늘도 화려하다.
"내가 갈 때마다 우리 갑장 마담이 없더마는, 요새 바쁩니꺼? 애인이 생겼나?"
"제 애인은 서울에 있어요. 여기 함안 시골에는 애인 안 키워요."
"마담 언니 저 짝 좀 보이소. 이 집 남동생이 화분을 들고 오네예. 그런데 꼭 영화배우가 걸어오는 것 같네예. 나는 저런 남자와 하룻밤만 데이트 해 보모 여한이 없것다. 우리 경자 아부지는 월급도 따박따박 갖다 주고, 바람도 안 피우고 다 좋은데, 얼굴이 꼭 대추씨같이 생겨서 쯧쯧.."
밀양댁 언니의 찰떡같은 비유에 다들 한바탕 큰소리로 웃는다.
감색 양복을 말쑥하게 차려입은 칠성이가 분홍색 꽃이 핀 축하화분을 들고 온다.
밀양댁 언니 말처럼 사랑하는 여자에게 마치 사랑을 고백하러 오는 멜로 영화 속 남자 주인공 같다.
내 동생이지만 아직 죽지 않았다.
참 잘 생겼다.

시끌벅적 개업을 축하하고 있는데, 전보가 왔다.
아버지가 돌아가셨다고 한다.
필성이 오빠가 보낸 전보다.
우리 가족은 혼비백산하여 정신이 없다.
다들 집으로 달려와 검은 옷을 챙겨 입었다.
아이들도 학교에서 오는 대로 검은 옷을 입혀 우리는 버스를 타고 금구 고향집으로 갔다. 물론 칠성이와 삼덕이와 동하도 함께 갔다.
아버지 연세가 올해 예순 한살이다. 그 동안 세탁소 일하느라 아버지 만나는 일은 늘 뒤로 미루었던 나 자신이 너무 미웠다. 열일곱에 아버지를 떠나, 나는 한 번도 아버지를 뵙지 못한 불효를 저질렀다. 아버지는 언제

나 내가 마음만 먹으면 언제든지 볼 수 있는 강한 존재라고 나는 철석같이 믿었다.
'온일덕 너는 장녀면서 친정에 도움을 준 일이 한번이라도 있었니? 늘 도움만 받는 식충이 같은 존재가 너 아니니?'
버스를 타고가면서 나는 흐르는 눈물을 멈출 수 없었다.
옆자리에 앉은 남편이 손수건을 꺼내 눈물을 닦아 주었다.
"여보, 너무 울지 말아예. 머리 아픕니더. 나도 장인어른을 직접 뵙지 못한 게 한이 됩니더. 우리가 작년 아버님 생신에라도 꼭 참석해야 했는데, 그까짓 돈이 뭐라고.. 당신한테 정말 미안합니더."
이제 남편이 펑펑 운다.
"당신까지 이러면 제가 무너져요. 당신이 우리 식구를 위해 고생하는 거는 땅이 알고 하늘이 다 압니다. 이제 저도 울지 않을 테니, 당신도 그만 우세요."
장례식장은 고향 집이다.
동네 사람들이 마당에서 막걸리와 수육을 먹으며 떠들썩하다.
안방에 빈소가 차려져 있다.
어머니가 검정색 상복을 입고 있고, 필성이 오빠와 세 아들도 모두 검정 양복을 차려 입고 있다. 올케는 검정 치마 저고리를 입고 있다.
항상 쾌활한 작은 아버지도 검정양복을 입고 넋을 놓고 앉아 계신다.
빈소는 꽃으로만 차려져 있고 제사상은 없다. 아버지가 원하는 대로 기독교식 장례식이다.
우리는 가볍게 목례를 했다.
"엄마, 저예요. 일덕이예요. 혼자 힘드셨죠? 죄송해요. 제가 더 빨리 와서 생전에 아버지 얼굴을 만나 뵈었어야 하는데.. 진짜 진짜 죄송해요."
"아니다 일덕아 다 먹고 살려고 그런 건데, 아버지는 편하게 가셨단다. 마지막에 일덕이와 삼덕이 그리고 칠성이를 찾으시더라. 칠성아 이리 와라 우리 이게 얼마만이니?"

어머니는 우리를 번갈아가며 안았다.
우리는 셋 다 엄청 울었다.
셋 다 아버지 속을 너무 썩여 드렸기 때문이다.
우리는 병풍 뒤에 있는 아버지 관을 어루만지며 실컷 울었다.
잠시 후, 삼덕이는 아버지 영정사진을 쓰다듬으며 또 운다.
"아버지, 막내 삼덕이가 왔어요. 죄송해요. 시집가서 조용히 잘 살아야 하는데, 이렇게 애만 먹이고.. 정말 죄송해요.."

아이들은 외할아버지 사진은 처음 보는 것이라 멀뚱멀뚱 쳐다보기만 한다.
남편이 아이들에게 자상하게 설명을 해 주자, 그제서야 아이들과 동하도 울기 시작한다.
"칠성아, 얘가 니 아들이니?"
"네. 어머니, 그 동안 정말 죄송해요. 얘가 제 아들 동하예요."
어머니는 동하도 꼭 안아 주었다.
우아하게 머리를 틀어 올린 여자분이 나에게 다가왔다.
"일덕이 언니 나 이덕이야. 언니 진짜 보고 싶었어."
내 동생 이덕이다.
어릴 때 모습은 온데 간데 없다.
우아한 사모님이다.
이덕이는 부잣집 사모님답게 상복을 입고 있어도 귀티가 난다.
제부와 이덕이 두 아들도 처음 보았다.
제부도 단정한 검은 양복을 차려입고, 두 아들도 부잣집 도련님답게 검은 양복을 차려입어 귀티가 나 보인다.
순간 조금 부럽다는 생각이 든다.
이제껏 살면서 처음 느끼는 감정이다.
이모와 이모부도 오랜만에 봤다.
성냥공장이 잘 되어 두 분은 얼굴이 좋았다.

여전히 금슬도 좋아 보인다.
진수와 진숙이와 진희와 진철이를 오랜만에 봐서 엄청 반가와 하셨지만, 안타깝게도 아이들은 기억이 나질 않는 눈치다.
남편과 이모부는 서로 끌어안고 한참을 서 있다.
"김일구, 진짜 오랜만이다. 세탁소 한다는 이야기는 전해 들었는데, 장사는 잘 하고 있재? 니가 성실해서 내 하나도 걱정은 안 한다. 참 세탁소 일이 힘들지는 않나? 너거 집 아가들은 착하고 공부도 다 잘한다쿠던데 참 말이가?"
이모부는 질문을 끝도 없이 했다.
남편은 이모부 손을 맞잡고 하나하나 상세하게 대답을 한다.
정씨 아저씨와 금촌댁 아주머니도 많이 늙었다.
두 분은 우리 집에서 3대째 아래채에서 지내며 우리 집 일을 도와주고 있다.
"아이고 일덕이 아가씨 너무 오랜만이네요. 그 동안 잘 지냈지요? 우리 일덕이 아가씨 아직도 곱디 곱네요."
"아저씨 진짜 오랜만이예요. 아직도 곱기는요? 고생을 해서 얼굴이 엉망이 되어 버렸어요. 금촌댁 아주머니도 정말 반가와요."
"일덕이 아가씨 도대체 이게 몇 년 만이예요? 왜 그동안 친정에 한 번도 안 오셨어요?"
두 분과 나는 얼싸안았다.
그리고 그 분들에게 남편과 아이들을 소개했다.
남편은 검정 바지에 검정색 와이셔츠를 입고 왔다.
남편은 검정 쟈켓이 없어 쟈켓도 없이 그냥 달려왔다.
아이들도 되는대로 검정색 옷만 급하게 입혀 검정양복을 멋지게 챙겨 입은 조카들과 비교가 되었다.

오랜만에 만난 동네아주머니들은 그래도 나를 잊지 않고 다들 반겨 주었다.
"알덕이 아가씨 살아있으니 이렇게 보네요. 우리 일덕이 아가씨는 여전히 이쁘네요. 남편분도 미남이고, 아이들도 다 잘 자랐네요."
목포댁 아주머니다. 나는 목포댁 아주머니가 반가와 먼저 껴안았다.
아버지가 돌아가신 슬픔도 깊었지만, 고향 어른들을 만나는 반가움도 있다.
"아주머니도 여전하시네요. 그 동안 하나도 늙지를 않으셨네요."
목포댁 아주머니는 여전하다.
입술은 좀 더 두꺼워지신 것 같다.
목포댁 아주머니와 금촌댁 아주머니가 음식을 나르느라 바쁘다.
나와 삼덕이도 같이 거들었다.
하지만 이덕이와 올케는 우아하게 앉아 있거나 문상객만 받고 있다.
빈소에서 너무 슬프게 우는 소리가 들려 달려갔더니, 작은 아버지다.
작은 아버지는 마치 부모님이 돌아가신 양 한참을 서럽디 서럽게 운다.
나도 다시 슬퍼져 작은 아버지 옆에서 또 한참을 울었다.

갑자기 검은 양복과 검은 옷을 차려 입은 문상객들이 무리를 지어 우루루 들어온다.
왁자찌껄 하다.
세상에'함안 상인회'멤버이다.
검은 양복에 검은 넥타이까지 챙겨 입은 김사장님, 박사장님, 진약사님과 검은색 옷을 차려입은 함안댁, 군산댁, 칠원댁 아주머니와 밀양댁, 여수댁 언니 그리고 검은 정장 원피스를 차려입은 가야다방 마담 아주머니다.
"여기를 어떻게 아시고…"
나는 정말 놀랐다.
"내가 원래 똑똑하잖아, 이전에 자기한테 고향이 금구라고, 집이 금구교회 바로 옆이라고 들은 게 딱 기억나더라."
역시 밀양댁 언니다.
"너무 감사합니다. 생각지도 않았는데.."
"생각지도 않았다니 섭섭합니더."

오늘도 땀을 삐질삐질 흘리는 김사장님은 양 손에 수육과 떡을 들고 왔다.
다른 분들도 바라바리 박스를 들고 왔다.
김사장님 트럭과 박사장님 트럭에 다들 나누어 타고 왔단다.
우루루 빈소에 가서 문상을 하고 나온 '함안상인회'분들은 마당에서 동네 분들과 인사도 나누고 같이 술도 마시고 잘 어울린다.
"나는 태어나서 경상도 분들은 처음 봅니다."
"그래예? 지도 전라도 분들이 이렇게 많이 있는 건 처음 봅니더. 우리가 준비한 수육도 한번 들어보이소. 참으로 맛납니더. 둘이 묵다가 하나 죽어도 모른다 아입니꺼."밀양댁 언니의 거친 경상도 억양에 다들 자지러진다.
"박사장, 니나 내나 운전땜시 술 한잔 못하것네 그쟈?"
"두 분은 술 마시모 큰 일 납니더."
평소 소심한 칠원댁 아주머니가 술을 제지한다.
아버지가 돌아가신 초상집에 웃음소리가 나는 것이 나는 의아했지만 남편은 시골 인심은 호상이면 떠들썩해야 되는 것이라고 설명한다.
비록 아버지는 돌아가셨지만 함안에서 올라온 세탁소 이웃 분들 덕분에 마음이 훈훈하다.
'함안상인회'분들이 돌아가시고 난 후, 나는 다시 빈소에 갔다.
어머니 혼자 아버지 영정을 물끄러미 바라보고 있다.
"어머니 피곤하실텐데 좀 쉬세요."
"아니다. 일덕이 니가 먼 곳에서 오느라 힘들텐데, 좀 쉬거라. 아버지 올해 예순 하나라 좀 일찍 가시긴 해도 심근경색이어서 오랫동안 고통을 받지는 않았단다. 일덕아 나도 벌써 예순 셋이다."

누군가 빈소를 들어온다.
어머니 표정이 갑자기 어둡다.
나주댁 아주머니다.
그리고 그 옆에는 검정색 양복을 챙겨 입은 멋진 신사분과 훤칠하게 생긴 청년이 빈소에 같이 나타났다.
"저 사람들은 아버지 빈소에 왜 왔니? 안 오는 게 아버지 위하는 거지.."
"어 시진이 왔구나. 고맙다."
시진이 오빠다...
나는 한동안 멍하니 서 있었다.
시진이 오빠는 아버지께 헌화하고 필성이 오빠와 한참 이야기를 나누었다.
나는 나주댁 아주머니와 같이 온 시진이 오빠 아들로 보이는 청년에게 음식을 날랐다.
"아주머니 그동안 잘 지내셨어요? 저 일덕이예요."
"어머나 일덕이 아가씨 정말 오랜만이예요. 이 일을 어쩌나."
나주댁 아주머니는 내 손을 덥썩 잡고 갑자기 큰 소리로 울기 시작했다.
"아가씨 때문에 우리 시진이가 지금까지 얼마나 고생한 줄 아세요?"
나는 당황했다.
시진이 오빠와 청년이 급하게 달려와 울고 있는 나주댁 아주머니를 모시고 우리 집 마당을 빠져 나간다.
"어머니 고정하세요. 여기서 이러시면 어떡해요?"
"할머니 갑자기 왜 이러세요? 할머니 무슨 일인지 몰라도 일단 진정하세요."
나는 시진이 오빠에게 고맙다는 인사라도 하려고 밖으로 나갔다.
그리고 나주댁 아주머니가 나에게 왜 그러시는지 그 이유도 알고 싶었다.
밖에는 달빛에 반짝거리는 까만 승용차가 서 있고 후다닥 운전기사가 승용차 문을 열어준다.
'시진이 오빠가 성공했구나 잘 됐다 하느님 감사합니다.'
시진이 오빠는 아주머니를 차에 태워 드리고 나에게 왔다.
갑자기 심장이 쿵 내려 앉는다.
오빠는 예전 모습 그대로이다.
깔끔하게 올려 빗은 짧은 머리에 까만 양복이 너무 잘 어울린다.
옛날보다 살이 빠져 몸은 더 탄탄해 보인다.

"시진이 오빠 오랜만 이예요."
"그래 일 일덕아 오빠가 반말해도 되겠니? 그 그동안 잘 잘 지냈니? 우리 진짜 오랜만이다. 나는 살아 생전 너를 볼 거라고 상상도 하지 못했는데.."
오빠는 상기된 얼굴로 말까지 더듬는다.
"네 당연히 반말해도 되죠. 시진이 오빠 언니는 같이 안 오셨나요? 아 참 사모님이라고 불러야 되나? 나는 오빠가 어떤 분이랑 결혼했는지 궁금했는데.. 아이는 아까 그 잘생긴 아드님 한 분이예요? 또 없어요?"
"어 그렇지 뭐.."
"일덕아 들어가자."
어머니다.
나는 오빠와 더 이야기를 나누고 싶었지만 어머니에게 끌려 들어왔다.
시진이 오빠가 달려와 손에 뭔가를 쥐어주고 차로 뚜벅뚜벅 걸어갔다.
명함이다.
어머니는 내손에 쥐어진 명함을 낚아채 갈기갈기 찢는다.
이렇게 화나고 사나운 모습을 한 어머니 모습은 처음이다.
나는 그런 어머니에게 아무 소리도 하지 못했다.
'어머니는 그 옛날 사건으로 아직도 시진이 오빠를 미워하는구나..'
나는 어머니 마음이 충분히 이해되었다.
어머니가 최애하던 장녀가 그 먼 경상도 땅에까지 내려가 고생하는 모습을 어머니는 다 지켜보았고, 지금도 그 고생은 계속되고 있으니 속이 타 들어 갈 것이리라..
장례식이 끝난 후 어머니는 언제 준비 하셨는 지 나와 칠성이, 삼덕이에게 정성껏 지은 한복과 두루마기를 한 벌씩 챙겨 주었다.
나는 함안상인회 분들이 너무 고마워 시간만 나면 삼덕이와 함께 겉절이를 만들어 자주 댁으로 갖다 드렸다.
그리고 설이나 추석에는 손으로 직접 만든 시루떡과 송편도 해마다 갖다 드렸다.

1978년이다.
내 나이 서른아홉이다.
우리 부산세탁소에도 드디어 그 비싼 드라이 기계를 샀다.
밤 여덟시쯤 다른 날보다 일찍 세탁소 문을 닫고 남편과 나와 삼덕이, 칠성이, 그리고 아이들과 동하까지 모두 모여 우리는 가게에서 조촐한 축하 파티를 했다.
진수가 드라이 기계를 쓰다듬고 또 쓰다듬는다.
"아버지 이 기계가 기름만 부으면 때가 쏙 빠지는 드라이 기계라예?"
진수가 이렇게 흥분한 모습은 처음 본다.
"그렇지, 진수야 이제 너거 엄마 마산에 보따리 이고 다니지 않아도 된다. 그래서 아버지가 얼마나 기분 좋은지 모른다."
"아버지 우리 이제 부자 되는 거라예?"
애교도 많고 고집도 센 진숙이가 남편의 등에 폴짝 뛰어 업혀 질문을 한다.
"진숙이 말이 맞다. 우리 이제 부자 될끼다."
진수는 이제 마산고등학교 2학년이고, 진숙이는 마산여고 1학년이다. 둘 다 돈이 아깝다고 마산에서 하숙이나 자취를 하지 않고 버스 통학을 한다.
내성적인 진희는 그저 남편 손만 만지작만지작 거린다.
진철이는 어릴 때부터 삼덕이를 잘 따라 계속 삼덕이 옆에 붙어있다.
진희와 진철이와 동하는 '부자''부자'를 외치면서 남편을 가운데 두고 뱅글뱅글 돈다.
"고모부 저는 공부를 못하니까 나중에 고모부 세탁소에서 일을 해도 되죠?"

동하는 지금도 남편에게 다림질을 이따금 배운다.
"고모부야 좋지 우리 동하같이 야무진 얘가 세탁소 일을 물려 받으면야 아무 걱정이 없지. 그런데 우리 칠성이 처남이 기분 나쁜건 아니쟤?"
"매형 저야 우리 동하가 본인이 좋아하는 일을 평생 할 수 있으면 제일 좋죠."
칠성이는 모든 면에서 깨어 있다.
매일 절약만 하던 나는 처음으로 시장 치킨가게에서 치킨을 두 마리나 사왔다.
아이들은 신이 났다.
사실 우리는 치킨은 처음 먹어본다.

부자인 밀양댁 언니가 5년 전, 1972년에 연속극 '여로'를 본다고 TV를 사서 가게에 설치했다.
저녁 일곱 시만 되면 '여로'를 보겠다고 손님들이 밀양집으로 몰려들었고, 우리 아이들도 공짜로 '여로'를 보러 다녔다.
우리도 얼마 전에 드디어 삼덕이가 TV를 샀다.
아이들은 TV에 나오는 치킨 광고를 보고 진짜 한번은 꼭 먹고 싶었다고 저마다 아는 척을 한다.
오늘은 과묵한 칠성이도 자주 웃는다.
삼덕이 미장원은 너무 잘되어 삼덕이도 얼굴에서 웃음이 떠나지 않는다.
함안 장날에는 할머니와 아주머니들이 서로 먼저 퍼머를 하겠다고 꼭두새벽부터 줄을 선다.
너무 행복하다.
닭고기를 조각조각 식용유에 튀겨낸 치킨은 너무 맛있다.
아이들은 서로 많이 먹으려고 난리가 났다.
음식에 진심인 나도 양 손에 치킨을 들고 정신없이 먹었다.
입에서 살살 녹는다.

고소한 껍질이 기가 막히다.
입이 짧은 남편과 칠성이는 한 조각만 먹고 벌써 느끼하다며 막걸리를 한 잔씩 한다.
남편은 카메라를 가져와 또 아이들의 모습과 가족들의 모습을 찍느라 바쁘다.
남편은 노랭이 중에 노랭이지만, 사진을 인화하는 데는 돈을 아끼지 않는다.
집에 가족 앨범이 벌써 몇 권인지 모른다.
남편은 세탁소 다음으로 카메라를 좋아한다.
이제 아이들은 남편이 카메라만 대면 포즈가 자동이다.
그 때 누군가 세탁소 문을 쾅쾅 두들긴다.
가끔 늦게 오는 손님이 있어 나는 반갑게 문을 열었다.
뜻밖에 나주댁 아주머니다.
"아 아주머니 이 늦은 밤에 함안까지 웬일이세요?"
"휴우 여기가 일덕이 아가씨 가게가 맞네요. 제가 제대로 찾아왔네요. 제가 일덕이 아가씨에게 꼭 할 말이 있어 우리 시진이 몰래 기사아저씨랑 같이 왔어요."
"나주댁 아주머니 안녕하세요?"
"아이고 삼덕이 아가씨 칠성이 도련님도 어떻게 여기 다 계시네요. 제가 실례를 무릅쓰고 일덕이 아가씨에게 긴히 드릴 말씀이 있어서 이렇게 왔습니다. 죄송합니다."
"아니에요. 아니에요. 지금 다방은 문을 닫았을 거고.."
"언니 우리 미장원에서 이야기하면 되겠네."
삼덕이가 미장원 열쇠를 주었다.
미장원에서 나는 나주댁 아주머니에게 믹스커피를 타 주었다.
나주댁 아주머니는 김이 모락모락 나는 커피를 마시고 시진이 오빠 몰래 오느라고 애를 먹었다는 이야기를 시작으로 기나 긴 이야기를 쏟아냈다.

제일 큰 충격은 아버지 장례식에 같이 온 그 청년이 내가 부산 이모집에서 낳은 나의 아들이라는 사실이다.
갑자기 온몸에 전율이 일었다.
"아주머니, 그 때 같이 온 청년이 제 아들이라고요?"
나는 이제 손발도 덜덜 떨렸다.
"네. 일덕이 아가씨 제가 맹세해요. 우리 귀영이가 태어나자마자 제가 부산 이모님 댁에서 핏덩이를 데리고 와 우리 시진이랑 동네 젖동냥을 하러 다니며 지금까지 키웠어요."
아이 이름은 '온귀영'이다.
"아 아주머니 제가 부산에 내려오고 얼마 되지 않아 오빠가 결혼을 하고 또 아들까지 있다는 소리를 어머니께 듣고 저는 오빠가 저를 배신하고 다른 여자랑 결혼해서 아들을 낳은 줄 알았어요. 그리고 제가 전주로 직접 가서 나주댁 아주머니가 아이를 업고 있는 것도 이 두 눈으로 확인했어요. 그럼 그 아이가 제 아들인가요?"
나는 머리를 망치로 얻어 맞은 것처럼 충격이 가시지 않는다.
"네 그 때 제가 부산에 작은 주인나리랑 같이 가서 핏덩이를 데리고 왔어요. 그리고 우리 시진이는 지금도 아가씨를 잊지 못해 결혼도 한번 하지 않았어요. 아무리 제가 등을 떠밀어도 여자는 쳐다보지도 않아요."
도대체 이게 무슨 일이란 말인가?
그 때 분명 어머니는 아기가 죽었다고 하지 않았던가?
이모와 이모부도 아기를 같이 산에 묻었다고 하지 않았던가?
다 거짓말이란 말인가?
'그럼 내가 전주에 갔을 때 나주댁 아주머니가 업고 있던 그 아이가 정말 내 아들이란 말인가?'
나는 너무 혼란스러워 이제 아무 말도 나오지 않았다.
"아가씨 제가 여기까지 찾아온 것은 우리 귀영이가 가엾어서 왔어요. 아가씨 가정을 깨려고 온 것도 아니고, 그 아이가 지금은 대학생이라 내색은 하지 않지만 엄마가 얼마나 그립겠어요? 그래서 염치 불구하고 이렇게 찾아 왔어요. 아가씨가 우리 귀영이를 한번만 만나주면 제가 죽어도 여한이 없을 것 같아요. 저도 우리 죽은 영진이처럼 심장이 좋지 않아 살 날이 얼마 남지 않아 이렇게 부랴부랴 내려온 거예요. 작은 주인나리께 아가씨 주소를 알려달라고 부탁했어요."
"네 영진이가 죽었다고요?"
"네 우리 귀영이를 데리고 오기 전 영진이와 영감이 같은 해에 모두 하늘나라로 가 버렸죠. 아가씨를 임신시켰다고 주인나리가 우리 가족을 다 쫓아내어 우리는 전주에서 겨우 방을 한 칸 얻어 살았어요. 우리 영진이는 약값이 없어 그만.. 흑흑.."
아주머니는 끝내 눈물을 보인다.
철없는 나의 행동 하나로 그동안 시진이 오빠 가족이 받은 고통이 엄청나다는 사실을 알게 된 나는 정신을 차릴 수가 없다.

'이렇게 긴 세월동안 나는 가정을 이루어 나름 행복하게 살았는데, 혼자 나의 아들까지 키우며 살아온 시진이 오빠에게 얼른 가서 용서를 구해야겠다.'
그리고 사실 아들도 만나고 싶다.
"아주머니 죄송해요, 제가 너무 철이 없어 영진이도 그렇고, 아저씨도 그렇고, 너무너무 죄송해요."
"다 오래전 일이라 이제 저는 괜찮아요. 다만 제가 죽기 전 아가씨와 우리 귀영이가 한번 만났으면 좋겠어요. 저는 그것밖에 바라는 게 없어요. 우리 시진이는 쫓겨난 후 이를 갈고 일만 해서 그나마 지금 간장공장 사장이예요. 돈은 벌만큼 벌었어요. 저는 마음이 급해 지금이라도 아가씨가 저 차를 타고 같이 갔으면 좋겠어요."
"아주머니 아무리 그렇다고 해도 지금 바로 가는 건 어려울 것 같아요. 제가 남편에게 양해를 구해 며칠 내로 꼭 갈 께요. 아주머니 몸도 약한데,

지금 바로 댁으로 가실 수 있겠어요?"
"저는 괜찮아요. 그럼 아가씨 제 소원이니 꼭 이 주소로 한번 찾아와서 우리 귀영이 한번 만나주세요. 그럼 그렇게 알고 저는 가겠습니다."
그렇게 나주댁 아주머니는 떠났다.
'이건 꿈 일거야. 어떻게 이런 일이 생기지? 그 때 시진이 오빠는 분명 결혼도 하고 아들도 있다고 어머니가 이모에게 편지를 보내왔는데...'
나는 너무 혼란스럽다.
아주머니가 떠난 후 나는 속 깊은 칠성이에게 나주댁 아주머니가 찾아온 연유를 다 일러주었다.
"누나 나는 웬지 직감이 좋지 않아요. 누나가 가지 않았으면 좋겠어요. 저렇게 훌륭한 매형에게 괜한 상처 주지 마세요."
칠성이는 단호했다.
2주일을 혼자 고민하다가 나는 아들이 너무 보고 싶어 남편에게 어머니 몸이 좋지 않아 친정에 다녀온다고 거짓말을 했다.
"그 때 오신 아주머니가 장모님 때문에 오신겁니꺼? 진작 얘기하지예. 장모님이 많이 편찮으신가예?"
"아무래도 아버지 돌아가시고 몸이 좀 약해졌나 봐요. 빨리 다녀올께요. 혼자 세탁소 일은 다 할 수 있겠어요?"
"아무 걱정 말고 다녀오면 됩니더. 내가 같이 못 가 미안합니더. 장모님께 죄송하다고 전해 주이소."
"네 다녀올께요."
나는 삼덕이에게도 거짓말을 했다.
삼덕이도 미장원 문을 닫을 수가 없어 어차피 같이 갈 수 없다.
나는 가지고 있는 옷 중에서 가장 깨끗한 한복을 챙겨 입고 머리에 비녀도 꽂았다.
그리고 함안에서 유명한 한복집 '가야주단'에서 나주댁 아주머니 한복과 시진이 오빠 한복 그리고 귀영이 한복을 꼼꼼하게 사이즈를 맞추어 선물을 준비했다.
버스를 타고 나주댁 아주머니가 적어준 주소로 찾아갔다.
시진이 오빠 집은 소나무가 마당에 서있고 잔디가 깔려 있고 영화에서나 봄직한 으리으리한 이층 주택이다.
초인종을 누르고 잠시 심호흡을 했다.
나주댁 아주머니가 달려 나왔다.
거실에 들어선 순간 도우미 아주머니가 나타나 반갑게 인사를 하곤 차와 과일을 내어 왔다.
"아이고 일덕이 아가씨 약속을 지켜주어 감사해요. 이 늙은이가 함안에 다녀온 후 이제나 저제나 오매불망 기다리고 있었어요. 지금 오후 다섯 시니까, 한 시간 쯤 있으면 귀영이도 학교에서 올 거고, 시진이는 제가 전화를 넣을께요. 이 녀석이 아마 기절할거 같아요."
"이거 한복이예요. 별거는 아니지만 잘 맞을까 모르겠어요."
"아이고 아가씨 그냥 오시지.. 한복이 비쌀텐데.."
아주머니와 집 구경을 하고 있는데, 심장이 요동을 친다.

오후 여섯시, 온귀영이 먼저 왔다.
심장이 떨린다.
"귀영아 인사 드려라. 아버지 고향 후배분이란다."
"안녕하세요? 저번에 금구 초상집에서 뵌 분 맞죠?"
"그 그래... 잘 지냈니?"
심장이 또 다시 요동을 친다.
눈이 큼지막하니 나를 닮았다.
체구는 시진이 오빠를 닮아 키가 엄청 크다.
"전북대 다니니? 참 말 놓아도 되지?"
"당연하죠. 네 전북대 다녀요. 그 때 참 이쁘시다는 생각을 했어요. 하하하"
아이가 유쾌하다.

"고맙다."
"귀영아 아빠 오시면 우리 같이 저녁 먹을 거니까 편한 옷으로 갈아입고 오너라. 참 아니다. 아가씨가 니 선물로 한복 준비하셨다니까 한복으로 갈아입고 오너라."
"네 할머니 저도 한복 한번 입고 싶었는데, 감사합니다."
"아주머니 귀영이 올해 나이가?"
"스물 둘이예요. 우리 귀영이 생일이 57년 6월 15일이예요."
어렴풋이 유월에 이 아이를 낳은 기억이 있다.
잠시 후 시진이 오빠가 정신없이 달려왔는지 호흡이 거칠다.
"일덕아 어떻게 우리 집을 알고 이렇게."
"시진아 일전에 내가 너 몰래 일덕이 아가씨가 하는 부산세탁소에 다녀왔단다. 귀영이에게 내가 세상을 떠나기 전 생모를 알려주고 싶어 아가씨에게 한번 오시라고 부탁을 했단다."
"어머니 그런 큰일은 저하고 상의를 하셔야죠. 일덕이가 지금 얼마나 곤란하겠어요? 그리고 귀영이도 마음의 준비도 없이 얼마나 놀라겠어요?"
"시진아 이 어미 심장이 요즘 좋지 않아 마음이 급하단다. 그래서 내가 너에게 의논할 여유가 없었단다."
"그래도 어머니…"
시진이 오빠는 안절부절이다.
오빠는 베이지색 양복에 하얀 와이셔츠에 곤색 땡땡이 무늬 넥타이를 하고 보석이 하나 박힌 넥타이 핀을 하고 있다.
'대부'에 나오는 말론 브란도 같다.
멋지다!
연한 물빛 한복에 연회색 조끼를 입은 귀영이는 마치 조선시대 도련님 같다.
"아이고 우리 귀영이 한복이 너무 잘 어울리네."
"참 곱네요."
"어머니 웬 한복이예요?"

"아가씨가 우리 셋 다 선물로 한복을 준비하셨어. 일덕이 아가씨는 어릴 때부터 한복을 그렇게 좋아하더니만, 그리고 내가 바느질을 가르칠 때도 일덕이 아가씨는 이덕이 삼덕이 아가씨보다 훨씬 솜씨가 좋았지. 시진이 너도 지금 한복 한번 입어보렴."
"아 아니에요. 나중에 입을께요. 일덕이 오느라 시장할텐데, 어머니 우리 식사부터 하죠."
네 명이 식탁에 앉아 식사를 했다.
귀영이는 한복을 입고와 본인 마음에 쏙 든다고 계속 감사하다고 인사를 한다.
식사를 한 후 커피를 마신다.
"아주머니 오늘 주무시고 가세요."
온귀영이다.
성격이 한없이 밝고 싹싹하다.
"아가씨 지금 많이 늦었는데 오늘 우리 집에서 자고 가요."
"어머니 왜 자꾸 어머니답지 않게 이런 큰 실례를 하세요?"
"내가 답답해서 그런다. 우리 귀영이가 생모가 살아있다는 사실은 알려줘야지, 너는 귀영이가 가엾지도 않니? 오늘 우리 집에서 주무시고 가세요."
"어머니 그건 아니에요. 제가 금구까지 데려다 주면 됩니다."
"나는 이제 도저히 더 이상 답답해서 못 참겠다. 귀영아 잘 들어라. 지금 니 앞에 계시는 이 분이 사실 니 엄마다! 니를 세상에 나오게 해주신 생모란다."
나주댁 아주머니는 직격탄을 날린다.
순간 귀영이 큰 눈이 더 커진다.
"네? 이 분이 제 엄마라고요?"
온귀영은 입을 벌리고 한참 멍하니 있다.
나는 아무 말을 할 수 없었다.
한참 시간이 흐른 후, 시진이 오빠가 귀영이에게 그동안의 사연을 담담하게 이야기 해 주었다.

"그럼 지금 함안에 따로 가정이 있어 우리 집에서 같이 살 수도 없는 거예요?"

"귀영아 미안하다. 그때 내 나이가 열여덟이었고, 니가 태어나자 마자 나는 하늘나라로 갔다고 잘못 알고 있었단다. 또 시진이 오빠는 다른 여자를 만나 아들을 얻은 걸로 오해하고 있어 이런 일이 생겼단다."

"그럼 저는 이제 아주머니를 뭐라고 불러요? 혹시 어머니라고 불러도 되나요?"

온귀영이 눈물을 뚝뚝 흘린다.

나도 눈물이 멈추지 않는다.

시진이 오빠도 나주댁 아주머니도 눈시울이 붉어진다.

"응 어머니라고 불러도 된단다. 그런데 내가 엄마라고 불릴 자격이 있는지 모르겠다."

"어머니."

나는 온귀영을 꼬옥 안아 주었다.

귀영이는 제 방으로 달려가서 스케치북을 들고 온다.

"이거는 제가 어릴 때부터 엄마가 보고 싶을 때마다 상상해서 어머니 모습 그린 거예요. 희한하게 어머니를 닮았어요."

그림에는 날짜도 하나하나 기록되어 있다.

귀영이 말처럼 그림속의 여자는 나를 많이 닮아 있다.

시진이 오빠와 아주머니 모두 눈물이 뚝뚝 떨어진다.

귀영이는 내 곁에서 한참 재잘거린다.

"나는 사실 그림에 재주가 많은데, 아버지와 할머니는 아버지 간장공장을 물려받으라고 하세요. 저는 그림을 전공해서 반드시 프랑스로 유학을 가고 싶어요. 프랑스 루브르 박물관에 근무하는 그림 해설사가 제 꿈이거든요. 그래서 지금 영어와 불어를 부전공으로 열심히 배우고 있어요. 지금 전공은 아버지가 원하는 경영학이라 아무 재미도 없어요."

'이 아이도 호랑이를 그리는 할아버지를 닮은 것일까? 작은 아버지도 칠성이도 다들 그림을 좋아하는데, 역시 피는 물보다 진하다는 옛말이 틀리지 않구나.'
"귀영아 나는 니가 니 꿈을 꼭 이루었으면 좋겠어. 아버지도 언젠가 니 꿈을 이해해줄 날이 반드시 올 거야. 사실 우리 할아버지도 그림을 잘 그리고, 작은 아버지는 동양화 화가란다. 남동생도 서양화 전공에 미술교사란다."
"아 그래서 제가 그림을 좋아하는 거네요. 아버지는 항상 그림을 좋아하는 나를 이상하다고 하셨지만 이제 이해가 되네요. 그럼 어머니는요?"
"나는 그림에는 재주가 없는 것 같단다."
"그럼 쉬는 날에는 뭐하고 지내세요?"
"그러고 보니 나는 취미생활도 없구나."
순간 또 헛헛하다.
시진이 오빠는 나를 2층으로 데려갔다.
오빠 방 옆에 또 하나의 방이 있다.
"일덕아 평생 너를 잊은 날이 하루도 없단다."
방에는 여자 한복과 드레스와 평상복과 화장품, 그리고 보석까지 화장대 위에 놓여져, 아주 이쁘게 꾸며져 있다.
"오빠 이 방은 누구 방이야?"
"이쁜 옷만 보면 니 생각이 나 한 벌씩 사고, 수입이 많아질 때부터는 니가 좋아하는 한복도 사고, 니 생일 때마다 보석도 하나씩 사서 모아 두었단다. 여기 화장품과 향수도 있단다."
"오빠 내가 한복 좋아하는 거는 어떻게 알았어요?"
"니가 전주여고 일학년 때 학교에서 예절 실습한다고 한복을 입고 하숙집으로 온 적이 있어. 기억나니?"
어렴풋이 기억의 한 편에 그런 장면이 떠오른다.
"그 때 니가 얼마나 이쁘든지, 꼭 하늘에서 내려온 천사 같았거든. 그래서 나중에 돈 많이 벌면 너에게 형형색색의 한복을 다 해주고 싶었어."

나는 오빠의 정성과 나를 사랑하는 마음이 진심으로 느껴져 눈물이 또 나왔다.
"내가 오빠에게 정말 몹쓸 짓을 했어요. 오빠 미안해요."
"아니다. 다 오해에서 빚어진 일인걸 어떡하니? 이렇게 만나서 다행이고, 또 귀영이 존재도 알게되어 나는 이제 여한이 없어."
시진이 오빠는 나의 뺨을 타고 흐르는 눈물을 닦아주었다.
나는 오빠가 골라준 보랏빛 드레스를 입고 태어나 한 번도 한 적이 없는 진주 목걸이도 했다.
마치 서양 영화나 서양 그림책에 나오는 우아한 귀부인 같다.
그 순간 우아하고 부터 나보이던 이덕이와 올케인 김희연이 생각났다.
우리는 거실에 내려갔다.
귀영이가 카메라를 들고 와 오빠랑 나랑 있는 모습도 찍고 또 나주댁 아주머니와 나랑 있는 사진도 찍었다.
오빠가 귀영이와 나도 같이 찍어주었다.
귀영이는 아직도 한복을 입고 있다.
나주댁 아주머니는 펑펑 운다.
"일덕이 아가씨 나는 이제 제 소원을 풀었어요. 오늘처럼 기쁜 날이 세상에 또 있을까요?"
귀영이는 할머니 눈물을 닦아 드린다.
아주머니와 귀영이는 하룻밤 자고 가기를 신신당부했으나 나는 남편이 떠올라 그럴 수 없었다.
오빠는 진주목걸이를 선물했다.
나는 그것마저 뿌리칠 수는 없었다.
그리고 사실 갖고 싶은 마음도 조금 있었다.
오빠가 까만 세단에 나를 귀부인 모시듯 귀하게 귀하게 차에 태워 고향집에 데려다 주었다.
'시진이 오빠와 새 출발하면 나도 이덕이나 올케처럼 이렇게 우아한 귀부

인으로 살아갈 수 있을까?'
친정에서 하룻밤을 보내고 함안으로 왔다.
나는 어머니에게 그동안 나를 감쪽같이 속인 사실을 따져 묻고 싶었으나, 진숙이와 진희를 키워서 그런지 어머니 마음이 꼭 집어 말할 수는 없으나 이상하게 이해가 되었다.
그리고 어머니와 같이 일을 꾸민 이모와 이모부도 용서가 되었다.
결국 나는 어머니에게 아무 말도 하지 않았다.

남편에게 많이 미안했지만, 마음이 진정되지 않는다.
진주 목걸이는 안방 옷장 서랍 깊숙이 넣어 두었다.
나는 나주댁 아주머니 집을 다녀온 후 반쯤 넋이 나갔다.
감기몸살을 핑계로 집에 들어와 사흘을 누워만 있었다.
사실 세탁소에 나가 남편 얼굴을 보기 힘들다.
아이들 얼굴도 양심에 찔러 보기 힘들다.
하지만 나의 이성과는 달리 머리 속에는 온통 온귀영과 시진이 오빠 얼굴만 춤을 춘다.
진수가 방문을 열고 진지하게 질문한다.
"어머니 담임선생님은 저보고 서울대 가라고 하는데, 저는 우리 집 형편 때문에 진주 국립대에 가서 장학금을 받고 수학교사가 되고 싶어요."
"진수야 니가 하고 싶은대로 하렴."
나는 건성으로 대꾸했다.
칠성이에게 내 마음을 말했다.
"누나 저는 누나를 존경해요."
싸늘하고 냉담한 칠성이다.
칠성이는 월급날마다 서점에서 화가들의 작품집과 소설책을 한 무더기 사 들고 온다.
나는 귀영이가 보고 싶을 때마다 작품집을 보며 마음을 달랬다.

칠성이가 사 온 작품집은 컬러가 선명해 봐도 봐도 진력이 나지 않고 황홀하다.
마티스의 '춤'이 내 맘을 확 잡아끈다.
작품집과 막걸리가 그런대로 흔들리는 내 맘을 다잡아준다.

8화

1979년 10월이다.

영화배우로 입문하게 된 것은 순전히 돈 때문이다.

친정아버지와 어머니가 돌아가신 후, 네 명의 오빠들은 재산싸움으로 난리가 났다.
나는 오빠들 협박으로 재산포기각서를 썼다.
나는 사람들이 돈 때문에 서로 생채기를 내고 싸움을 하는 것이 너무 싫다.
'돈은 먹고 살 만큼만 있으면 되는 거 아닌가? 무덤에까지 돈을 싸들고 갈 것도 아니지 않은가?'
온칠성과 온동하가 지긋지긋해진 나는 회사 총각인 '김기현'과 사랑에 빠져 서울로 날랐으나 그 사람과도 일 년을 채우지 못하고 헤어졌다.
그리고 주변에 널린 다른 남자들과 사랑에 빠졌으나 결국 나는 항상 먼저 남자 곁을 떠났다.
오빠들에게 재산을 모두 양보했지만, 그나마 인정이 티끌만큼 남아있던 큰오빠가 서울에서 낡은 빌라 한 채를 사주어 집은 해결되었지만 생활비가 없다.
나는 생활비가 없어 서울에서 조그만 극단에 입단했다.
돈의 소중함을 조금 느꼈지만, 그렇다고 해서 재산포기각서를 쓴 것에 후회는 하지 않는다.
아무것도 생각하지 않고 대사를 부지런히 외워 7개월 동안 열심히 연습

하여 무대에 서는 일은 남자와 연애하는 일상보다 훨씬 심장을 뛰게 하여 좋다.
단역이지만 전단지를 붙이면 한 달 생활비는 유지된다.
세월이 흘러 이제 나에게도 제법 큰 역할이 들어온다.
어느 날 영화감독이 와서 우리 연극을 보고 영화배우를 제의하여 나는 흔쾌히 승낙했다. 영화감독은 나의 연기력이 독특해서 맘에 든다고 한다.
단역이지만 영화를 열심히 찍었다.
영화감독이 결국 나에게 원한 것은 연기력이 아니라 나의 몸뚱아리였다.
'죽어 썩어 없어질 육신 까짓거 원하면 다 가져라.'
나의 인생 모토이다.
수십 명의 남자를 거쳐도 나에게는 항상 이상하게 이 남자만 가슴 속에 남아 있다.
'온인호'
도대체 이 남자는 무슨 매력이 있길래 항상 가슴이 아릿하게 보고 싶기도 하고 또 항상 그리움에 목이 메이는 지 그 이유는 나도 모른다.
'살면서 유일하게 나를 위로해주고 진심으로 안아준 사람이라 그런가? 아니면 꼭꼭 숨겼던 나의 고단함을 처음이자 마지막으로 알아준 사람이라 그런가?'
TV에서 나, 윤민자와 영화감독과의 스캔들이 연신 나오지만 나는 전혀 개의치 않는다.
나는 예명을 쓰지 않고, 본명 그대로 연극판에 데뷔했다.
내가 다섯살부터 애타게 기다리던 사람이 혹시 나를 찾아올 수도 있다는 실낱같은 희망 때문이다.
오히려 이 스캔들로 영화판에서 나에게 출연제의가 쇄도하여 이제 제법 조연까지 한다.
이제 생활비 걱정은 없다.
거리에서 사인해 달라는 사람도 있다.

나는 이 생활이 썩 마음에 든다.
나는 매일매일 발성연습과 연기 연습도 매니저와 죽을 만큼 열심히 하여 연기도 제법 잘한다고 업계에서 인정도 받기 시작하고, 드디어 나는 영화제에서 상도 더러 받는다.
TV 드라마 조연도 가끔 한다.
재미있다.
'커리어우먼이 뭐 별건가? 배우도 커리어우먼이 아닌가? 자기 직업에서 전문성을 갖추면 그게 다 커리어우먼이지. 그리고 내가 심장이 떨리는, 진심으로 좋아하는 일을 하면 그것이 성공한 인생 아닌가? 나는 지금이 내 인생에서 가장 행복하다.'

9화

1981년이다.

윤민자가 TV에 자주 나온다.
화려하기가 이루 말을 할 수 없다.
영화배우란다.
물론 아직 단역에만 나온다.
윤민자는 벌써 또 유부남 감독과 스캔들이 터져 연기보다 스캔들로 이름을 날리고 있다.
윤민자 소식만 접하면 나는 항상 술을 찾는다.
죄책감이 나를 사로잡는다.
인수형이 떠나고 나서 나는 이제 필성이에게 재산 관리를 모두 맡기고, 산수화도 이제 더 이상 그리기 싫어 빈둥빈둥 시간만 죽이고 산다.
재미가 없다.
그래서 나는 전주에 2층 건물을 구입해 '온 갤러리'를 운영한다.
전주에 멋진 정원이 딸린 주택도 하나 구입했다.
'온 갤러리' 2층에는 아버지 호랑이 그림 50점을 모두 상설 전시하고 1층은 신예작가들의 작품을 4주에서 8주 간격으로 전시한다.
관람료는 물론 공짜이다.
생각보다 사람들이 많이 찾아와 나는 다시 생기를 되찾았다.
나는 갤러리 운영에 흥미를 느껴 최선을 다한다.
2층 갤러리에 상설로 전시된 아버지가 그린 호랑이 그림은 작품성을 인정받아 미술 전문가들과 애호가들이 많이 찾아온다.
사람들 사이에서 입소문도 났는지, 서울에서 기자들이 자주 이곳까지 취재하러 온다.
그리고 각종 신문에도 아버지 호랑이 그림이 실린다.
뿌듯하고 기쁘다.
갤러리를 운영하기 잘 한 것 같다.
윤민자는 칠성이와 같이 집을 나간 후 나에게 간간이 편지를 부쳐온다.
별 내용은 없고, 그저 찍고 있는 영화 이야기가 전부다.
그래도 윤민자 편지가 너무 뜸하면 나는 또 궁금하다.
윤민자는 저렇게 방탕하게 살다 노후에는 어떻게 살려고 그러는지 궁금하다.
도대체 몇 명의 남자와 사랑에 빠지고, 몇 명의 남자와 동거를 하는지..
아직 TV에는 항상 싱글로 나온다.
나는 가끔 윤민자 근황이 궁금하긴 하다.
같이 살 때는 윤민자가 지긋지긋했는데, 왜 궁금한 지 그 이유는 나도 모른다.

1982년이다.

내 나이 마흔 셋이다.
시진이 오빠 집에 다녀온 후 귀영이 얼굴이 많이 어른거리고 보고 싶었지만, 칠성이의 차갑고 이성적인 충고와 세탁소 일이 바빠 나는 억지로 그 아이를 머릿속에서 밀어내려 참 부단히도 노력한다.
남편이 요즘 세탁소 일을 엄청 힘들어한다.
그리고 갑자기 사물이 두개로 겹쳐 보인다고도 한다.
나는 병원에 가지 않을려고 고집을 피우는 남편을 진수와 같이 부축하여 갔다.
진수는 올해 스물 두살로 소신대로 서울대를 가지 않고 지금 진주 국립대 사범대 3학년이다.
수학교육과를 다닌다.
진숙이는 스물 한살로 진주교대 2학년이고, 진희도 스무살로 진주교대 1학년이다.
대학생이 세 명이다.
하숙비와 자취방 방세가 비싸다며 아이들은 셋 다 함안역에서 진주역까지 가는 기차를 타고 다니며 통학을 한다.
나는 아이들에게 늘 고맙다.
다들 연년생이라 세탁소 수입이 아무리 많아도 아이들 등록금으로는 턱없이 부족하다.

하지만 아이들은 어려운 환경에서도 공부를 열심히 해 장학금을 탔고, 또 삼덕이와 칠성이가 많이 도와주어 크게 힘들지는 않다.
남편과 나는 알뜰하여 돈을 많이 모아 두었다고 생각했지만 생각보다 대학은 돈이 많이 들었다.
'가야의원'에서 아무래도 남편의 뇌에 문제가 있다며 마산 큰 병원에 가 보라고 한다.
진수와 나는 화들짝 놀라 남편을 택시에 태우고 마산병원에 갔다.
마산병원에서는 '뇌종양'이라고 한다.
하지만 또 부산 큰 병원으로 가라고 한다.
몸이 덜덜 떨린다.
그래도 장남 진수가 옆에 있어 그나마 마음이 든든하다.
우리는 버스를 타고 부산으로 갔다.
부산병원에서도 남편은 '뇌종양'이라고 한다.
가끔 남편이 머리가 아파 진통제를 먹는 걸 대수롭지 않게 여긴 나 자신이 너무 미웠다.
의사선생님은 내일 바로 수술날짜를 잡는다고 한다.
한없이 불안하다.
평생 일만 죽도록 한 남편인데, 한번 편하게 쉬지도 못하고 이런 몹쓸 병에 걸렸다고 생각하니 너무너무 속이 상해 눈물이 줄줄 흐른다.
"어머니 울지 마세요. 우리 아버지는 강한 분이어서 반드시 수술이 잘 될 겁니더."
진수가 오히려 나를 위로한다.
남편은 뇌종양 이라는 사실을 알고부터 말이 별로 없다.
"여보 아무 걱정 마세요. 의사선생님이 서울에서도 명성이 자자한 분이래요. 그러니 오늘은 우선 푹 자도록 해봐요."
"나 아무래도 예감이 좋지 않습니다. 요즘 매일 꿈에 돌아가신 아버지가 나타나서 불안합니더."

"아니에요. 내일 수술하면 깨끗해질거예요."
"네 아버지, 어머니 말씀이 맞습니더. 아무 걱정 마시고 주무세요."
 집에 전화해 삼덕이에게 남편의 수술을 전했더니, 눈물바람이다.
아이들과 지금 부산으로 오겠다고 했지만 일단 내일 수술경과를 보고 부르기로 했다.
수술은 성공리에 끝났다.
남편은 2인실에 왔다.
회복속도도 빨라 나는 하느님께 감사했다.
삼덕이와 아이들과 칠성이, 동하도 문병을 와 우리는 모두 안심을 했다.

수술 후 일주일, 퇴원수속을 하라는 의사선생님 말씀에 나는 너무 기뻐 원무실에 달려갔다.
수술비는 많이 나왔으나 삼덕이와 칠성이가 미리 봉투를 준비해 다 해결할 수 있었다.
늘 동생들이 고맙다.
집으로 온 남편은 갑자기 기침을 하기 시작한다.
날이 갈수록 기침소리가 더 심해진다.
'가야의원'에 갔다.
폐렴이라고 한다.
약을 처방받았다.
남편이 새벽에 갑자기 고통을 호소한다.
아래채 칠성이를 불러 택시를 타고 마산병원 응급실에 갔다.
남편은 의사선생님이 손을 쓰기도 전에 숨을 거두었다.
이제 겨우 남편나이는 쉰하나이고, 나는 마흔 셋이다.
하늘이 빙글빙글 돈다.
나는 그 자리에서 정신을 잃었다.
눈을 떠보니 수액을 맞고 있다.

"칠성아 일구씨는?"
"누나 정신이 들어요? 매형은 지금 영안실에 있어요.."
나는 다시 까무라쳤다.
남편의 시신을 함안 집으로 옮겨와 우리는 집에서 장례식 준비를 했다.
아이들과 동하는 울음을 그치질 않는다.
삼덕이와 칠성이는 장례식 준비로 슬퍼할 겨를도 없다.
나는 이를 악물고 덜덜 떨리는 몸을 버티어 냈다.
'쓰러지더라도 남편 장례식은 잘 치루어 주어야지. 그게 남편에 대한 도리지.'
나는 억지로 밥을 국에 말아 후루룩 삼켰다.
'함안 상인회'분들이 검은 옷을 챙겨 입고 우루루 오셔서 모든 장례절차를 다 도와준다.
"부산댁 이게 무슨 일입니꺼? 김사장 나이가 이제 쉰하나지예? 이거 믿기지가 않습니더."
김사장님, 박사장님, 진약사님은 모두 혀를 차며 어이가 없어 넋이 나간 표정이다.
"부산댁 힘을 내고 밥도 꼭 챙겨 먹어요. 내가 먼저 겪어봐서 부산댁 지금 심정 다 알아요."여수댁 언니다.
나는 여수댁 언니를 껴안고 참았던 울음이 터졌다.
"부산댁 그만 울어요. 이러다 병원 실려가요."
마담 아주머니도 나를 꼬옥 안아주고 눈물을 닦아준다.
밀양댁 언니도 반쯤 넋이 나갔다. 함안댁 아주머니, 군산댁 아주머니, 칠원댁 아주머니는 벌써 문상객을 대접할 음식을 장만하러 시장에 갔다고 한다.
장례식은 5일장이다.
정육점 김사장님은 선산 근처에 일구씨가 묻힐 산을 급하게 하나 내주었다.
돈도 받지 않겠다고 한다.

감사하다.
남편 친구들도 빨리 도착했다.
사촌리에 트럭으로 우리를 실어주었던 석진씨와 남편 단짝 영철씨가 제일 먼저 왔다.
"제수씨 얼마나 상심이 큽니꺼? 이 자슥은 평생 고생하다 이제 좀 호강하나 싶더니만, 이렇게나 갑작스럽게 떠날 줄을 누가 알았습니꺼?"
석진씨 위로에 눈물이 또 줄줄 흐른다.
진수가 나를 안아준다.
진숙이와 진희와 진철이와 동하가 우루루 몰려와 나를 꼭 껴안는다.
나는 아이들을 보고 용기를 내어 눈물을 훔치고 상복으로 갈아입었다.
아이들도 상복을 입었다.
나와 삼덕이는 기독교식으로 제사상은 생략하기로 했다.
대신 국화꽃으로 헌화를 하게끔 준비했다.
가야다방 마담 아주머니가 화장하지 않은 모습은 처음 봤다.
함안댁 아주머니와 군산댁 이주머니, 칠원댁 아주머니가 시장 본 것들을 이고 들고 정신없이 들어왔다.
이제 마담 아주머니와 여수댁 언니와 밀양댁 언니까지 합세하여 모두들 문상객 대접할 음식을 장만하느라 분주하다.
김사장님은 일꾼들을 불러 마당에 천막 치는 것을 주도했다.
참기름집 박사장님과 솔약국 진약사님은 친한 동네 분과 친척분들에게 부고장을 돌렸다.
'함안교회' 목사님과 성도들이 와서 예배를 본다
나는 빈소에 앉아 남편에게 혼자 넋두리를 했다.
'여보 몇 년 전에 잠시나마 제가 딴 생각을 품었던 거 다 용서해 주세요. 아이들은 아무 걱정 마시구요. 저에게는 삼덕이도 칠성이도 있으니까요. 당신 지금까지 참 많이 고생했어요. 이제라도 좀 편하게 쉬세요. 제가 많이 사랑해요.'

사촌리에서 어머님과 시동생, 동서와 아가씨도 도착했다.
어머님은 병풍 뒤에 있는 관으로 달려가 남편이 잠든 관을 쓰다듬으며 서럽게 운다.
"일구야 내가 일곱 살인 어린 너를 두고 재가를 해서 정말 미안타. 그동안 울매나 고생이 많았노? 그 아픈 다리로 세탁소 일을 하느라 울매나 힘들었노? 이제라도 편하게 쉬거라. 애미도 곧 따라 갈끼다."
나는 어머님을 안아 드렸다.
"애미야 니도 우리집에 시집와서 이게 무신 벼락이고? 아이고 전주 부잣집 귀한 아가씨가 뭐 하러 우리 아들하고 결혼해갖고 이 고생을 하는지 나는 우리 며늘 아가한테도 늘 미안타. 니가 맴이 고와서 항상 고맙고 또 미안타. 아이고 우리 일구야 일구야 혼은 이승에서 떠돌지 말고 후딱 저승에 가서 편하게 쉬거라."
어머님은 끝내 까무라쳤다.
냉수를 몇 사발이나 들이키고 어머님은 정신을 차리신다.
"애미야 이건 아니다. 와 우리 아들 제사상이 없노? 저승 가는 길에 우리 아들 배불리 먹게 해줘야지. 니가 교회에 다니는 모양이라 이러는데, 그래도 이건 아니다. 내가 지금이라도 장에 가서 제사상을 차려줄란다."
어머님의 고집에 함안댁 아주머니와 군산댁 아주머니가 부랴부랴 다시 장에 가 제사상을 준비했다.
낮 열두시쯤 친정어머니와 필성이 오빠, 올케와 조카들도 도착했다.
작은 아버지는 맹장 수술로 어제 병원에 입원해 같이 오지 못했다고 한다.
친정어머니도 반쯤 넋이 나갔다.
"우리 일덕이 앞으로 어떡하니? 아이고 우리 일덕이랑 우리 손주들은 앞으로 어떻게 살라고, 김서방 천국 가는 길이 뭐가 그리 급해 이리 빨리 떠났나? 아이고 김서방..."
나는 친정어머니를 안아드렸다.
그날 밤, 이모와 이모부, 이덕이와 제부도 오고 조카들도 왔다.

"일구 이 놈은 황천 가는 길이 뭐가 급하다고 나도 아직 안 갔는데, 지가 먼저 가모 우짜노?"
이모부가 빈소에서 한참 혼자 넋두리를 한다.
이모부가 얼마나 남편을 아꼈는지 그 마음을 알기에 나는 더 마음이 아프다.
이렇게 힘이 들 때 가족이 얼마나 큰 힘이 되어주는 존재인지 나는 다시 한번 느낀다.
밤에는 뜻밖에 시진이 오빠와 나주댁 아주머니와 귀영이가 왔다.
나주댁 아주머니는 다행히 저번보다 얼굴이 좋아 보인다.
지금은 시진이 오빠도 나는 안중에 없다.
하지만 귀영이에게는 감정이 닫히지가 않는다.
나는 귀영이를 보고 꼬옥 안고 위로를 받고 싶었으나 사람들 앞이라 꾹 참고 문상객 대하듯 했다.
귀영이는 자꾸 나와 눈을 맞추려 했으나, 나는 애써 그 아이의 눈을 피했다.
하지만 그 아이는 달려와 나를 안았다.
"아주머니 몸은 괜찮아요?"
아주머니라는 호칭에 깜짝 놀랐지만, 한편으론 안심이 되었다.
귀영이는 나를 한참동안 안고 등을 쓰다듬어 주었다.
그리고 귓속말을 했다.
"엄마 나 사실 그동안 군대 다녀왔어요. 슬프더라도 밥 꼭 챙겨드세요. 이제 한 번씩 엄마 보러 제가 함안에 몰래 올께요."
아이의 품이 참 따뜻하다.
인생은 참 얄궂다.

시진이 오빠와 아주머니와 귀영이는 문상만 하고 떠났다.
배웅을 하고 싶었으나 마음뿐이다.
밤에 문상객이 거의 없자, 함안 상인회 분들이 빈소에 들어와 다들 다시 나를 위로한다.

"부산댁 힘 내이소. 우리가 있다 아닙니꺼?"
김사장님이다.
"우리가 있으니까, 부산댁은 앞으로 아무 걱정 하지 마이소."
박사장님이다.
"아이고 김일구 사장은 황천 가는 길이 뭐가 급하다고 이리 고운 아지매를 두고.."
마음 약한 진약사님이 눈물을 훔친다.
밀양댁 언니는 아직도 황망한지 그 말 많던 언니가 눈물바람으로 멍하니 앉아만 있고, 가야다방 아주머니와 함안댁, 군산댁, 칠원댁 아주머니는 돌아가며 계속 내 등을 쓰다듬는다.
여수댁 언니는 남편과 동갑이라 더 기가 찬지 병풍 뒤에서 아직도 눈물바람이다.
여수댁 언니도 남편이 많이 생각나는 모양이다.
아래채에서 세 들어 살던 대산댁과 대산댁 남편과 아들 철희도 문상을 왔다.
나는 너무 고마워 대산댁 손을 잡고 한참을 울었다.
키가 훌쩍 큰 철희는 벌써 중학교에 다닌다고 한다.
고맙다.
문상객들은 시끌시끌 밤을 샌다.
석진씨와 영철씨와 남편 친구들도 5일을 꼬박 같이 있어 주었다.
다들 고맙다.

2일째,
갑자기 어머님과 친정어머니가 날을 세운다.
놀라 뛰어 갔더니 유교식 장례와 기독교식 장례 문제로 날을 세운다.
두 분은 결국 유교식 장례와 기독교식 장례를 절충하기로 합의를 봤다.
상주인 나와 진수에게는 한마디 의논도 없이...
그래도 겨우 중재가 끝나 한시름을 놓았다.

또 다시 밖이 시끄럽다.

나는 놀라 빈소에서 밖으로 뛰쳐나왔다.

문상객으로 온 동네사람들이 일제히 일어나 한쪽을 바라보고 있다.

검은색 옷만 입었을 뿐, 진한 화장으로 화려하게 장식한 윤민자 언니다.

나는 깜짝 놀랐다.

사람들은 영화배우가 왔다고 난리다.

"민자언니 여기는 어떻게 알고?"

"쉿 오랜만이야. 사람들이 알면 시끄러워져. 일덕아 많이 힘들지?"

민자언니는 빈소로 들어와 남편에게 국화꽃을 헌화했다.

아이들과 동하도 같이 목례를 했다.

동하는 아무것도 모르는 눈치다.

민자언니도 아이들에게 아무 관심도 없이 밖으로 나갔다.

"전주에 촬영하러 갔다 우연히 목포댁 아주머니를 만나 니 소식을 들었단다. 그래서 부랴부랴 매니저에게 알아봐 달라고 부탁했지. 나 여기 오는 거 실례 아니지?"

"그럼요. 잘 왔어요."

"일덕아 나 배 고파서 밥 한 그릇 먹고 바로 갈게. 또 영화 스케쥴이 있어서. 참 인호씨는?"

뜻밖에 민자언니는 칠성이 대신 작은 아버지를 찾았다.

"맹장 수술땜에 병원에 계신대요."

나는 머릿속이 복잡했다.

'칠성이가 보면 어떡하지? 그리고 우리 동하는 또 어떡하지?'

문상객들은 잠시 초상집도 잊고 민자언니를 보느라 이리 우루루 저리 우루루 몰려 다니느라 정신이 없다.

민자언니는 사람들은 안중에도 없이 세상 우아하게 밥을 먹는다.

그러고도 한참을 머물다 민자언니는 매니저와 같이 떠났다.

함안상인회 멤버들도 눈이 빠져라 민자언니를 목을 빼고 보고 있다.

하지만 남편의 장례식이라 그 누구도 윤민자에 대해 묻지는 않는다.
민자언니는 충분히 여유있게 사람들의 관심을 즐기는 눈치다.
칠성이는 다행히 보이지 않는다.
동하도 아무것도 모른 채 아이들과 계속 빈소를 지키고 있다.

민자언니가 가고난 후 사람들은 다시 제 자리를 지키고 앉아 삼삼오오 음식을 먹기도 하고 떠들썩하게 화투판을 벌이기도 한다.
목사님은 하루도 빠짐없이 오셔서 예배를 주도했다.
5일장이 끝나고 발인식이다.
날씨는 구름 한 점 없이 좋다.
목사님이 와서 발인예배를 드리고, 우리는 어머님이 주장하는 유교식 장례절차를 따랐다.
꽃상여에 남편을 태우고 50분이나 되는 거리를 곡을 하며 장지까지 계속 계속 걸었다.
평소 몸이 약한 진희가 힘들어 걱정이 되었으나 진희는 끝까지 남편 마지막 길에 쓰러지지 않고 합류했다.
그 와중에도 꽃상여는 너무 아름답다.
석진씨와 영철씨와 부산에 사는 남편 친구 네 명, 모두 여섯 명이 꽃상여를 운구했다.
남편의 관이 미리 준비한 무덤 속에 들어가고 흙으로 무덤을 덮을 때 나는 다시 까무라쳤다.
남편에게 마지막 인사도 하지 못했다.
눈을 떠니, 가야의원이다.
수액을 맞고 있다.
삼덕이와 칠성이와 어머니가 곁을 지키고 있다.
아이들은 기진맥진 집에서 쉬고 있다고 한다.
함안상인회 분들이 문상오신 친척분들에게 노잣돈을 챙겨 드리고, 남편 친구들에게도 노잣돈을 다 챙겨드리고 빈소정리도 다 끝냈다고 한다.
시댁 식구들도 다 떠나고 친정 식구들도 다 떠났다.
고맙게도 친정어머니는 한 달을 더 같이 있다 떠났다.
'함안상인회 분들과 형제들이 없었으면 나 혼자 이 일을 어쨌을까?'
생각만 해도 아찔하다.
어려운 일을 당할 때마다 얼마나 큰 힘이 되는지...
나는 과연 죽을 때까지 이 분들에게 은혜를 다 갚고 살 수 있을까?

이렇게 나는 남편을 떠나 보내고, 이제 혼자 세탁소 일을 끌고 나가야만 한다.
매일매일 남편이 생각난다.
아이들 몰래 많이 운다.
삼덕이가 연탄화로를 준비하는 일이 이제 형부 없이 언니 혼자 힘들다며 칠성이와 같이 최신식 스팀 다리미로 바꾸어 주었다.
처음 보는 스팀다리미 성능은 대단하다.
연탄화로에 일일이 굽는 쇠다리미보다 훨씬 가볍고 주름도 잘 펴져 일이 한결 수월하다.
한 가지 아쉬운 점은 겨울에 남편은 연탄화로를 일부러 가게밖에 내놓아 거지들에게 쉼터를 제공했는데 이제 그럴 수가 없다는 점이다.
남편은 "나도 노숙자 생활을 몇 달 해 봤습니더. 가장 힘든 게 겨울에 밖에서 자는 겁니더. 툭하면 얼어 죽습니더."라며 겨울마다 거지들에게 연탄화로를 제공했다.
남편 말처럼 겨울 새벽에는 연탄화로 옆에 담배꽁초도 수북히 쌓여 있고 옷가지도 널부려져 있어 거지들이 쉬고 간 흔적이 난무했다.
이제 스팀다리미로 바뀌어 연탄화로를 내놓을 수 없어 이번 겨울에는 거지들이 어떻게 겨울을 날지 나는 벌써 걱정이다.
삼덕이는 미장원 일이 잘 되어 상가도 하나 사고 주택도 하나 샀지만 우리 집에 아직 같이 살고 있다.
"언니 나는 언니와 평생 같이 살아야 될까봐.. 아이들과 정이 들어 새집으로 이사도 못 가겠어. 언니는 아이가 많으니까 진희는 내가 양딸로 하면 안될까?"
"쓸데없는 소리 말고 참기름집 박씨 아저씨와 잘해 봐라. 벌써 너에게 구혼한지 몇 년이니? 이제 너도 결혼해 행복한 가정을 꾸려야지."
"언니 나는 평생 결혼 안 할거야. 남자라면 다 지긋지긋해. 거짓말 절대 안하고 솔직한 건 차라리 돈이야. 나는 돈을 많이 벌어 노후에 외국으로 여행이나 다니며 살거야."
삼덕이도 칠성이도 결혼하려는 생각이 추호도 없다.

칠성이는 처음 함안에 와서 여고에 나갈 때부터 여학생들이 줄을 섰다.
그 무리중에서도 인형같이 이쁘게 생긴 여고생 한명이 지치지도 않는지 아침 저녁으로 대문 앞에 와 있었다.
1년동안 한 번도 빠짐없이 대문 앞에 서 있던 여고생은 어느 날 보이지 않았다.
이제 그 아이도 지쳐 제풀에 나가 떨어졌다고 우리는 생각했다.
알고 보니, 칠성이에게 친절하게 아들까지 있다는 말을 해버린 삼덕이의 오지랖에 여고생은 유서를 남기고 수면제를 복용해 칠성이와 나랑 병원에 급하게 간 적이 있다.
다행히 아이는 살아 있다.
잠이 든 눈치다.
우리는 아이의 어머니를 만나 사과 했다.
"윤희 어머니 죄송합니다."
"이게 무슨 선생님 잘못 인가예? 우리 윤희가 늦둥이라 오냐오냐 키웠더니만, 철도 없이 이런 끔찍한 일을 저지르고, 지가 정말 죄송합니더. 다행히 약은 몇 알 안 묵었어예. 위세척인가 그것도 필요 없답니더. 윤희 저지지배가 글쎄 유서를 머리맡에 놓아두고 약을 묵어서 우리가 울매나 놀랐든지, 남편은 남사스럽다꼬 아예 병원에도 안 옵니더."
아이가 살아나서 그런지 어머니는 생각보다 말을 많이 한다.
"미술 선상님이 참말로 미남이네예. 고마 가보이소. 와주셔서 감사합니더. 그런데 이 새댁은 미술선상님 사모님이라예?"
"아닙니다. 누나예요."
"그렇지예? 우리 지지배가 미술선상님이 미혼이라고 하더라꼬예. 그런데 누님도 미인이네예."
누군가 달려 온다.
하얀 가운을 입은 남자와 여자다.
진약사님과 칠원댁 아주머니다.
"미숙아 우리 윤희는 괜찮나?"
"오빠 약을 겨우 세알 묵어서 아무 문제도 없다고 합니더. 우리 윤희 지금 자고 잇습니더."
"아가씨, 걱정 많이 했지예? 지가 수면제만 넣어두는 장을 분명히 잠그고 열쇠를 챙겼는데, 우째 이런 일이 쯧쯧 아가씨 이거 우황청심원인네, 이거 묵고 진정하이소."
"아이고 언니 그런 거 안 묵어도 됩니더. 지금 윤희 자는 거랍니다. 이 지지배 일어나모 내가 가만 안 둘끼라예."
"아이고 우리 윤희가 좋아한다던 선상님이 칠성씨라예?"
윤희가 무사하다는 사실을 확인한 진약사님이 그제서야 우리를 알아본다.
"그런갑네예. 그렇지 않고서야 우리 윤희 병원에 부산댁과 칠성씨가 뭐하러 오겠습니꺼? 하기사 칠성씨가 너무 잘 생겨서 문제라예. 우리 윤희 눈이 그래도 쓸만하네예."
칠원댁 아주머니가 조곤조곤 할말을 다해 우리는 다 같이 웃었다. 세상은 참 좁다.
그 후에도 칠성이는 같은 학교 음악선생님이 한 동안 따라다녀 곤욕을 치루기도 했지만 이번에도 삼덕이가 나서서 해결했다.
칠성이는 아예 여자 생각이 없는 지 항상 이런 일에 담담하다.

참기름집 박씨 아저씨는 박사장님 동생이다.
삼덕이 미장원 개업식에서 삼덕이를 처음 보고 홀딱 반해 그날부터 지금까지 삼덕이에게 지극 정성이다.
박씨 아저씨는 결혼 삼년 만에 부인과 사별했다.
아이도 없다.
농촌지도소에 다니고 있어 직장도 든든하다.
나이도 삼덕이보다 네살 많아 딱 좋은데, 삼덕이는 결혼 자체가 별로란다.
요즘 동하가 학교를 마치고나면 매일 세탁소에 와서 세탁소 일을 배운다.
"고모 저는 공부를 너무 못해 세탁소 일이나 배울랍니다. 고모부에게 그동안 짬짬이 일을 배워 드라이 기계도 사용할 줄 알고, 미싱도 좀 할 줄 압니더."
동하는 칠성이를 닮아 하얀 얼굴에 이목구비도 뚜렷하고 키도 장대같이 커서 여고생들이 동하를 보고 자주 세탁소에서 탄성을 지른다.
눈이 하트로 변한다.
동하 덕분에 여고생 손님이 부쩍 늘었다.
요즘은 나에게 다림질을 배우는데, 눈이 빠르고 손재주도 좋아 나보다 주름을 더 잘 잡는다.
동하가 있어 남편의 빈 자리가 많이 느껴지지 않는다.

칠성이는 민자언니가 다녀가서 그런지 몰라도 요즘 좀 우울해 보인다.
세월은 참 빨리도 흐른다.
벌써 1984년이다.
벌써 동하는 고등학교를 졸업하고 대학진학은 포기하고 아예 세탁소 일을 전담했다.

젊은 아이라 경영이 달랐다.

유리에 세탁소 세탁비용을 큰 글씨로 선명하게 시트지로 표시하고 명함을 파서 거기에다가 세탁비용을 인쇄하고 세탁소 전화번호와 집 전화번호까지 넣었다.

일요일 오전에 세탁물을 급하게 찾는 손님은 집전화로 호출하여 서로 편하다.

그리고 세탁물 배치도 기역 니은 순서대로 해서 옷 찾기가 그렇게 편할 수 가 없다.

배달 서비스도 양 쪽 다 제공한다. 세탁물을 집까지 받으러 가고 또 다 된 세탁물은 가져다 드리기도 한다.

손님들 만족도가 크다.

동하는 윤민자가 엄마라는 사실을 이미 알고 있다.

윤민자가 장례식에 다녀가고 남편의 장례식이 끝나고 얼마 지나지 않은 어느 날, 학교를 다녀온 동하가 세탁소에 있는 나에게 와서 서럽디 서럽게 울었다.

"큰고모, 고모부도 보고싶구요. 그리고 우리 엄마 때문에 서러워서 그래요."

나는 놀라 동하를 안아 주었다.

"큰고모, 나는 이제 이 세상에 엄마는 없다고 생각할래요. 그냥 죽었다고 생각하기로 했어요. 우리 아버지가 너무 불쌍해요. 그래서 저는 제가 엄마 존재를 알고 있다는 사실을 아버지가 몰랐으면 해요. 그 여자는 제 엄마가 될 자격이 없어요. 나는 나중에 결혼하더라도 자식은 절대 낳지 않을래요. 큰고모 제 몸 반쪽에도 그 여자 피가 흐를 거 아니에요? 저도 나중에 그 여자처럼 자식을 버리면 어떡해요? 큰고모 영화배우 '윤민자'가 제 엄마라는 사실을 고모부 장례식 때 삼덕이 고모에게 들었어요.."

동하는 윤민자의 존재를 알고 있었다.

동하는 그 날 이후로 한 번도 윤민자 이야기를 꺼내지 않았다.

나는 이제 다림질에서는 손을 떼고 주로 옷수선과 배달 일을 한다.
남편이 죽고 난 후 답답한 마음이 자전거를 타고 냅다 달리면 많이 풀린다.
진철이는 전교 1등을 쭉 차지하더니, 진주에 있는 국립대 의대로 진학했다.
"부산댁아 진철이 앞으로 의사 될껀데, 입 싹 닦을 거는 아니재? 한턱내야 된다."밀양댁 언니가 선수를 친다.
"당연하죠. 다들 날짜만 잡으세요. 제가 집에 있는 금송아지를 팔아 대접할께요."
이번에는 세탁소가 아닌 '밀양집'에서 잔치를 했다.
동하가 세탁소에서 잔치를 하면 음식냄새가 옷에 배어 질색을 하기 때문이다.
녀석은 보면 볼수록 남편만큼 세탁소를 사랑한다.
밀양집에서 우리는 국밥에 막걸리, 수육으로 잔치를 했다.
우리 가족 모두 참석하고, 함안상인회 분들도 다 참석했다. 박씨 아저씨도 참석했다.
"이 집 장남 진수는 군대 갔다면서?"
마담 아주머니다.
오늘도 에머랄드빛 드레스로 세상 화려하다.
또 함안댁 아주머니는 질투를 한다.
"언니는 어울리지 않는 원피스가 없더라. 이거 비싼 거지예?"
"함안댁 언니는 뚱뚱해서 안됩니더. 아이구 이 원피스가 터진다 터져."
입 빠른 밀양댁 언니가 직진한다.
함안댁 언니 얼굴이 빨개졌다.
"밀양댁 니는 우리 마누라 보고 와 그라노? 우리 마누라도 이런 원피스 입으모 잘 어울린다. 나는 이 중에서 우리 마누라가 제일 곱다."
김사장님이 진심으로 함안댁 아주머니를 칭찬한다.
아주머니 얼굴이 꽃처럼 피어난다.
"여보 당신도 내한테 저렇게 좀 해보이소. 울매나 보기 좋습니꺼?"

칠원댁 아주머니가 진약사 아저씨에게 애교 섞인 목소리로 말을 건넨다.
"내 눈에는 이 중에서 당신이 제일 못생겼는데, 우째 거짓말을 하노?"
"뭐라꼬예?"
칠원댁 아주머니는 속이 상해 가게 밖으로 달려 나가버린다.
진약사 아저씨와 여수댁 언니가 달래려고 따라 나선다.
다들 한바탕 웃는다.
박씨 아저씨와 박사장님, 군산댁 아주머니와 삼덕이가 테이블에 같이 앉아 밥을 먹고 있다.
"자 우리 진철군 일어나서 의대 들어간 소감 한마디 해 보이소."
김사장님이 막걸리에 거나하게 취해 진철이에게 한마디 하라고 한다.
"지는 우리 아버지 돌아가실 때부터 결심 했습니다. 꼭 뇌종양으로 아픈 전국에 있는 환자들 다 살려낼라꼬 의대로 진학 했습니다."
"진철아 의대 간 것이 너는 진심으로 행복하니?"
나도 진철이에게 물었다.
"어머니 그럼요. 내가 너무너무 하고 싶은 일입니더. 그래서 얼마나 노력을 했는지 어머니도 잘 아시지 않습니꺼?"
본인이 원하는 일을 찾았고, 그것을 위해 매진하고 또 이루어낸 진철이가 멋지다.
진철이의 두 눈은 초롱초롱 빛이 났다.
사람들은 다들 박수를 쳤다.
항상 그랬듯이 내성적인 칠성이는 오늘도 참석하지 않았다.
칠성이는 무조건 학교만 마치고 오면 그림삼매경이다.
진숙이와 진희도 졸업을 해 둘 다 국민학교 교사가 되어 월급을 받아 동생 학비에 보탠다고 의지를 불태운다.
나는 이제 아무 소원이 없다.
내가 못 이룬 꿈을 진숙이와 진희가 대신 이루어주었다.
국민학교 선생님이 된 것이다.

"우리도 발표 하나 하겠습니더."
박씨 아저씨다.
"삼덕미장원 사장님 온삼덕씨와 저는 올해 안에 결혼하기로 약속 햇습니더. 축하해 주이소."
삼덕이 얼굴이 빨개졌다.
나는 진심으로 기뻤다.
'이 자리에 남편도 있었으면 얼마나 좋을까?'
갑자기 남편 생각이 났다.

3개월 후, 나는 삼덕이에게 '함안주단'에서 신랑 신부 한복과 원앙금침을 최고급으로 해 주었다.
그리고 '가야금방'에서 패물도 엄청 많이 해주었다.
"일덕이 언니 너무 무리하는 거 아니에요?"
"삼덕아 나는 너에게 항상 더 많이 해주고 싶단다. 니가 우리 집에 와서 이 언니는 얼마나 든든하고 행복한지 몰라."
"나도 일덕이 언니가 있어 지금까지 살아있는 거야. 언니 아니었으면 나 그냥 죽었을지도 몰라..."
삼덕이는 나를 끌어안고 운다.
삼덕이는 재혼이 창피하다며 친정식구에게는 절대 연락하지 말라고 한다.
그래도 나는 어머니께 전화를 했다.
어머니도 삼덕이 재혼이 남사스럽다며 참석하지 않겠다고 한다.
서운하다.
'초혼이든 재혼이든 혼자 살던 딸이 결혼한다고 하면 축하해줄 일이 아닌가...'
삼덕이는 중국집에서 초라하게 결혼식을 했다.

시진이 오빠는 세탁소로 한 달에 한 번씩 편지를 보냈지만 나는 절대 답장을 하지 않았다.
생일날도 잊지 않고 선물을 보냈다.
기사 아저씨가 세탁소로 가져왔다.
주로 비싸 보이는 보석과 화장품이다.
나는 그것들을 다 되돌려 보냈다.
천국에 있는 남편에게 미안하기 때문이다.
'일구씨 저는 절대 당신을 배신하지 않을거예요. 그러니 안심하고 천국에서 편히 쉬어요.'
남편도 매일 그립지만, 나는 온귀영도 매일매일 그립다.
그나마 나는 지난 해, 나주댁 아주머니 장례식에 삼덕이와 들렀다가 군복 차림의 귀영이를 한번 보았다.
군대생활이 힘든지 살이 빠져 보여 걱정을 했는데, 오히려 귀영이는 살이 쪘다고 한다.
의젓하다.

1990년이다.
내 나이 쉰하나다.
세월이 많이 흘러 진수는 이제 서른 살이다.
같은 학교 국어교사와 결혼하여 마산에서 살고 있다.
아직 자식은 없다.
진숙이도 결혼하여 딸이 한명 있다.
진희는 첫사랑에 실패하여 아직 싱글이다.
첫사랑은 교대에 같이 다니던 '진성호'라는 아이다.
성호 집에서 우리 진희의 몸이 약하다고 반대를 심하게 해서 그 녀석도 결국 부모님 의견을 꺾지 못하고 중매결혼을 했다고 한다.
진희는 한동안 방황했으나 마산에 아파트도 하나 장만하고, 방학때마다 여행을 다니며 남편 카메라로 사진을 찍는다.
진철이는 인턴 1년차이다.
칠성이도 벌써 마흔 아홉이다.
하지만 아직도 여고생들이 집 앞에 꽃을 들고 찾아온다.
동하는 스물 일곱살로 본인보다 한 살 많은 밀양댁 언니 막내딸 영자와 목하 열애중이다.
삼덕이는 이제 결혼한 지 육년이 지났지만, 아직 아기가 생기지 않아 주변에서 걱정을 많이 하지만 정작 둘은 깨소금이 쏟아진다.
둘은 금슬이 좋아 제부는 항상 퇴근시간에 집으로 와 저녁밥을 지어놓고 삼덕이 미장원 닫을 시간에 미장원에 매일같이 간다.

제부는 삼덕이와 함께 신혼집으로 와 꼭 같이 저녁밥을 먹는다. 기특하다.
제부는 삼덕이와 결혼하고부터 교회도 다닌다.
삼덕이 얼굴에도 이제 그늘이 사라지고, 행복한 미소가 늘 가득하다.
하지만 삼덕이가 없는 우리 집은 요즘 조금 쓸쓸하다.
본채에는 나랑 진철이가 살지만, 진철이는 진주에 자취방을 얻어 한 달에 한번쯤 온다.
아래채에는 칠성이와 동하가 같이 살 뿐, 정원에 있는 감나무에 감이 홍시가 되어도 따먹을 사람이 하나도 없다.
창고에는 늘 칠성이 그림이 차고 넘친다.
칠성이는 늘 똑같은 여자의 얼굴만 그리고 있다.
마치 할아버지가 호랑이만 그린 것처럼...
그 그림 속의 여자는 묘하게 민자 언니와 나를 반반씩 닮아 있다.
칠성이는 이제 국전에 두 번이나 입선한 화가이다.
항상 특선을 꿈꾼다.
시진이 오빠는 지치지도 않는지 한 달에 한번 씩 아직도 꼬박꼬박 편지를 보낸다.
생일선물은 이제 보내지 않는다.
나는 세탁소 배달 일을 마치고 혼자 안방에 있으면 어김없이 온귀영이 떠오른다.
시진이 오빠 편지에는 결국 오빠 뜻대로 귀영이는 군대를 제대하고 간장공장 일을 돕고 있다고 한다.
"우리 귀영이가 얼마나 프랑스를 가고 싶어 하는데, 시진이 오빠는 집도 부자라면서 왜 우리 귀영이를 프랑스로 유학보내지 않을까? 걔가 간장공장 일만 하고 있으면 분명 답답할텐데."
그래도 올해 초에 드디어 귀영이는 그토록 원하던 프랑스로 배낭여행을 갔다.
귀영이는 결혼은 아직 꿈도 꾸지 않는다고 한다.

귀영이가 전주에 있을 때는 견딜만 했는데, 외국에 가 있다고 생각하니 너무너무 보고 싶다.
하지만 지금 그 먼 프랑스에 있으니 볼 수도 없지 않은가?
귀영이 나이가 벌써 서른 네 살이다.
요즘 밤마다 남편도 너무 그립다.
늘 그림만 그리고 있는 창고로 칠성이를 찾아갔다.
"칠성아 우리 막걸리 한잔 할래? 오늘따라 너네 매형이 많이 보고 싶네... 목사님이 술은 절대 먹지 말라고 하시지만 너네 매형과 나는 이 약속은 지킬 수가 없더라. 세탁소 일로 몸이 너무 피곤하면 밥이 잘 넘어가지 않아, 칠성아 그런데 희한하게 막걸리는 넘어가더라, 막걸리 먹은 날은 잠도 잘 오고."
"누나 나도 요즘 막걸리를 한잔씩 해요. 저도 밤에 잠이 잘 안 와서요."
우리는 막걸리를 한잔씩 했다.
"칠성아 너는 외롭지 않니? 우리 동하도 이제 밀양집 영자랑 연애해서 곧 결혼할텐데."
"누나 나는 그림만 그리면 아무 생각이 없어요. 외롭지도 않고 되려 행복해요."
나는 이해할 수 없는 감정이다.
"너는 진짜 이렇게 혼자 살다 죽을 거니?"
"그런다니까요. 나는 그림속의 이 여자와 진즉에 결혼했어요."
너무 진지한 칠성이 말에 나는 남편이 죽고 난 후 실로 오랜만에 웃음을 터뜨렸다.
"누나 뭐가 그렇게 우스워요?"
칠성이는 진지하게 물어본다.
"니가 이 그림 속 여자와 결혼했다니까 너무 우습지 뭐야? 그림 속 여자와 어떻게 결혼을 하니?"
"제가 생각해도 웃기긴 해요. 그래도 누나 웃는 모습을 보니까 저도 기분이 좋네요."
나는 결국 칠성이에게 온귀영이 그립다는 이야기도 했다.
칠성이는 선뜻 이번 겨울방학에 같이 프랑스로 온귀영을 보러 가자고 했다.
"어떻게? 그 아이가 있는 곳을 어떻게 알아?"
"시진이 형한테 온귀영 이메일 주소를 물어보세요. 요즘은 세계 어디에 있든 이메일로 연락할 수 있어요. 그리고 참 누나 이번 기회에 우리 여권도 만들어요. 나도 죽기 전에 미술교사로서 프랑스 루부르 박물관은 꼭 가고 싶어요."
칠성이는 외국인과 영어로 소통 정도는 할 수 있다며 아무 걱정 말라고 한다.
나는 급한 마음에 처음으로 칠성이 오빠 공장 사무실에 전화를 걸어 오빠에게 이메일 주소를 물어 보았다.
오빠는 내가 전화를 해서 그런지 흥분한 목소리다.
'OKO 0615 @ chollian.net'
'어떻게 프랑스에 있는 아이에게 이메일을 보내면 바로 답장을 받을 수 있을까? 참 신기한 세상이다!'
나는 칠성이 방에 있는 컴퓨터에서 귀영이 이메일을 볼 수 있었다.
나는 칠성이에게 졸라 이메일 보내는 방법을 열심히 배워 1주일에 한 번씩 귀영이와 이메일을 주고 받았다.
귀영이도 나를 엄청 보고 싶어 한다.
칠성이가 여권도 만들고 비행기 표도 미리 끊어 우리는 프랑스에 갈 준비를 마쳤다.
삼덕이는 둘만 간다며 질투를 하지만 미장원을 오래 비울 수 없어 같이 가지 못한다.
아이들도 적잖이 놀라는 눈치다.
나는 칠성이가 프랑스에 가는 김에 나를 데리고 간다고 둘러댔다.
나는 욕심이 많아 귀영이 한복을 세벌이나 준비했다.

드디어 겨울방학이다.
칠성이와 나는 드디어 공항에 갔다.
태어나 공항은 처음 와 보았다.
태어나 금구, 전주, 부산, 함안 외에 다른 도시는 가 본적이 없다.
그런데 프랑스에 간다고 생각하니 실감이 나지 않는다.
나는 가지고 있는 한복 중 가장 비싼 비단 한복에 두루마기를 꺼내 입고 비행기를 탔다.
잿빛 치마에 다홍색 저고리에 하얀색 동정이 달려있는 연분홍 두루마기를 입었다.
아버지 장례식이 끝나고 친정어머니가 건네주신 한복이다.
칠성이는 거추장스럽지 않느냐며 질색했지만 나는 원래 한복을 좋아하고 즐겨 입어 아무런 불편함이 없다.
쪽진 머리를 하고 친정어머니가 선물로 주신 비취색 비녀도 꽂고 갔다.
공항에서 사람들이 자꾸 나를 쳐다본다.
한복을 입고 쪽진 머리로 비녀를 꽂은 사람은 공항에 나밖에 없는 것 같다.
나는 비행기를 처음 탔지만 신기하고 즐거웠다.
아마 나의 아들 온귀영을 볼 수 있기 때문일 것이다.
온귀영은 이메일에 유럽 다른 도시는 거의 다 돌고 프랑스 루부르 박물관에 푹 빠져 지금 루부르 박물관 근처에 숙소를 정하고 매일 루부르 박물관 투어를 하고 있으면서 우리가 올 날만 손꼽아 기다린다고 한다.

파리 샤를드골 국제공항이다.
외국사람들이 나를 쳐다보고 다들 엄지손가락을 든다.
"뷰티풀"
"원더풀"
무슨 뜻인지 몰라도 좋다는 칭찬인 것 같다.
어떤 외국인은 성큼성큼 걸어와 나의 사진을 찍으려고 칠성이에게 양해를 구했다.

나는 다소곳이 외국인에게 사진도 찍혔다.

밤에 도착한 우리는 공항에서 택시를 타고 귀영이가 머물고 있는 루부르 박물관 근처 '호텔 에펠 센'에 숙소를 잡았다.

12월 25일, 크리스마스여서 그런지 전구로 장식한 트리가 가는 곳마다 반짝반짝 아름답다.

우리는 피곤해서 곯아 떨어졌다.

다음날 오후 두시에 우리는 겨우 일어나 호텔 커피숖으로 갔다.

귀영이가 훤칠한 키를 자랑하며, 검정 점퍼와 검정색 진바지를 입고 배낭을 메고 나타났다.

올 블랙이다.

햇빛에 그을린 구리빛 피부가 건강해 보인다.

나는 어제 입은 한복을 그대로 입고 나갔다.

프랑스 사람들이 또 다들 쳐다본다.

"엄마 오늘 한복이 너무 잘 어울리세요. 뷰티풀"

귀영이도 장난스럽게 뷰티풀을 외친다.

"귀영아 너무 오랜만이다."

나는 온귀영을 꼭 껴안았다.

"그쵸? 우리 십년이 넘게 못 봤어요. 하지만 저는 그동안 자주 함안 세탁소에 가서 엄마를 몰래 훔쳐 봤어요. 지금 저는 너무 행복해요. 파리에 있다는 사실도 행복하고 이렇게 엄마를 봐서 너무 행복해요. 엄마랑 같이 루부르 박물관을 볼 수 있다니 마치 꿈을 꾸는 것 같아요."

귀영이는 너무 행복해 보인다.

이제 스물이 된 대학생 같다.

이 아이가 아무도 몰래 이 어미가 그리워 함안에 자주 왔다는 사실에 마음이 아프다.

"참 외삼촌으로 부르면 되죠? 안녕하세요? 저는 온귀영입니다."

"아 네 저는 온칠성입니다."
"칠성아 니가 외삼촌이니까, 귀영이가 편하게 반말로 하렴."
"외삼촌 말씀 낮추세요. 근데 외삼촌은 저랑 좀 닮은 것 같아요."
귀영이 말처럼 둘이 나란히 앉으니 둘은 외모가 많이 닮아 있다.
마치 친형제 같다.
칠성이도 싹싹한 온귀영이 마음에 드는 눈치다.
"엄마 외삼촌 우리 카푸치노와 케익 하나씩 먹고 바로 루부르에 가요. 제가 미리 표를 예매했어요."
카푸치노는 시나몬 향기가 살짝 나고 맛있다.
달콤한 케익도 맛있다.
나는 생각보다 외국여행이 편하다.
낯선 프랑스에 올 생각에 열흘 전부터 잠을 설쳤지만 오로지 귀영이를 볼 생각으로 첫 외국여행에 대한 두려움도 떨쳤는데, 지금은 즐겁기만 하다.
지나가던 외국인들은 또 나를 보고 뷰티풀 원더풀을 외치며 사진을 마구 마구 찍는다.
"우리 엄마가 키가 크고 이뻐서 프랑스 사람들도 다들 놀랐나 봐요. 그리고 엄마 한복이 유니크한가 봐요. 다들 멋지대요."
나는 아들 앞에서 더 으쓱해졌다.
온귀영은 나의 팔짱을 끼고 씩씩하게 걸어갔다.
박물관은 엄청 넓었다.
우리는 레오나르도 다 빈치의 '모나리자'를 먼저 보았다.
모나리자 앞은 인산인해다.
하지만 이상하게 모나리자보다 훨씬 더 나의 눈길을 끄는 그림이 한 점 있다.
16세기 이태리 화가 '주세페 아르침볼도'가 그린 봄, 여름, 가을, 겨울 연작 그림 앞에서 나는 걸음을 뗄 수가 없다.
먼저 봄은 사람의 볼이 분홍빛으로 되어 있고, 모자부터 목까지 모두 꽃으로 되어 있다. 입술과 코도 꽃으로 장식되어 있어 너무너무 신기하다. 심지어 몸은 식물로 되어 있다.

이 사람은 미소를 짓고 있다. 강렬하다.

여름은 붉은 색이다. 기분이 좋은 지 치아를 드러내고 웃고 있다. 얼굴에 과일과 채소가 있고 마늘도 보인다. 이마는 갈색 껍질의 양파이고 코는 오이로 되어있다. 치아는 완두콩으로 보인다.

역시 강렬하다.

가을은 주렁주렁 포도와 낙엽으로 머리카락을 만들었고, 호박모자를 쓰고 있다.

코는 달콤한 배로 되어있고 귀는 버섯으로 되어 있다. 기발하고 또 기발하다.

몸은 와인을 만드는 오크통으로 되어 있다.

겨울은 얼굴이 울퉁불퉁 고목으로 되어있고 머리카락은 아이비 식물로 되어있고, 이번엔 입이 버섯으로 되어 있다.

나는 이 그림을 보고 자리를 뜰 수 없어 칠성이와 귀영이에게 다른 전시관으로 갔다 오라고 하고 나는 하루종일 이 그림만 보았다.

분명히 이 그림속에 존재하는 얼굴에 있는 눈동자가 나를 잡아 끄는 것 같아 루부르 박물관에서 나는 다른 그림을 더 볼 필요가 없었다.

내가 좋아하는 마티스도 이 순간 한 번도 떠오르지 않는다.

그리고 처음으로 이 그림 앞에서 나는 할아버지나 작은 아버지나 칠성이처럼 그림을 그리고 싶다는 욕구가 아주 희미하게 생겼다.

나는 파리에 있는 내내 귀영이와 칠성이와 함께 루부르 박물관에 가서 '봄, 여름, 가을, 겨울'만 보았다.

"누나 여기까지 와서 다른 그림도 좀 봐요. 여기 작품이 3만 5천점이나 된대요. 제발 다른 그림도 구경하세요. 외젠 들라크루아의 '민중을 이끄는 자유의 여신'도 멋지고, 보디첼리의 '비너스의 탄생'과 루벤스의 '파리스의 심판'도 같이 보러 가요."
"외삼촌 그냥 두세요. 저도 신기하게 여기 처음 와서 봄 여름 가을 겨울 이 작품 앞에서만 일주일을 보냈어요. 그리고 또 묘하게 이 그림 앞에만 오면 늘 만나는 프랑스 아가씨가 있어요. 일주일 후 그 아가씨와 데이트를 하기로 약속했어요. 그림을 무척 좋아하는 아가씨예요. 그리고 이쁘구요."
귀영이는 볼이 상기되어 이야기한다.
사랑스럽다.
데이트 하기로 한 프랑스 아가씨도 한번 보고 싶다.
나는 파리에 머무는 열흘 내내 온귀영의 얼굴과 봄 여름 가을 겨울 작품에 있는 얼굴만 보았다고 해도 과언이 아니다.
열흘이 지나고 귀영이가 하도 졸라 우리는 에펠탑도 보러 갔다.
귀영이도 드디어 한복을 입고 나도 한복을 입어 우리는 가는 곳마다 사진이 찍혔고, '원더풀' '뷰티풀'을 사정없이 들었다.
칠성이가 마치 파파라치처럼 우리 둘 사진을 계속 찍어 주었다.
에펠탑은 엘리베이터를 타고 올라갔다.
파리 시내가 다 보인다.
'다음에도 꼭 우리 귀영이와 파리에 또 오고 싶다.'
귀영이는 파리의 세느강, 레스토랑, 박물관, 베르사이유 궁전, 노틀담 대성당 그 어디를 가도 나와 손을 꼭 잡고 다닌다.
그 아이의 체온이 고스란히 느껴져 나는 참 좋다.
나는 온귀영과 함께 아무것도 하지 않고 그냥 파리에서 같이 살고 싶다.
칠성이는 미술교사답게 매번 공책과 볼펜을 들고 그림을 연구하는 학생처럼 항상 다른 공간으로 이동해 스케치도 하고 일기 형식으로 작품 평도 썼다.
정확하게 보름이 지난 후 우리는 한국으로 가야만 했다.
나는 파리에 있는 동안 온귀영과 같은 방을 썼다.
온귀영은 서른 네 살이었지만, 마치 아기처럼 나를 꼭 안고 잠이 들었다.

그 아이가 잠이 들면 나는 살며시 내 침대로 와서 잤다.
나는 평화롭게 잠이 든 온귀영의 얼굴을 보면 너무 행복하다.
파리에 있는 동안 나는 너무너무 행복해 칠성이에게 고맙다는 말을 매일 했다.
"누나가 진짜 행복해보여 나도 기분 좋아요. 그리고 귀영이가 너무 밝고 싹싹해 나도 계속 보고 싶어요. 그러니 누나는 오죽하겠어요?"
"칠성아 누나는 지금 너무 행복하단다. 그리고 또 한가지 고백할 게 있어. 한국에 돌아가면 나도 너처럼 그림을 한번 그려보고 싶어."
"누나 듣던 중 반가운 소리예요. 저는 늘 사람은 죽기 전에 반드시 본인이 좋아하는 일을 찾아야 한다고 생각해요. 그 일이 생계를 유지하는 일과 겹친다면 더없이 좋겠지만, 그런 조건이 되지 않는다면 취미로라도 꼭 해야 해요. 우리는 누구에게나 인생을 풍요롭게 살 자격이 있다고 책에서 봤어요. 아마 모르긴 몰라도 누나에게도 그림을 그리는 재능이 숨어 있을거예요. 누나가 한복으로 멋을 낼 때 색감이 예사롭지 않거든요. 제가 기초는 탄탄하게 잡아 드릴께요."
"칠성아 고맙다."
온귀영은 공항에까지 와서 우리를 배웅해 주었다.
"엄마 외삼촌 조심해서 가시구요. 저는 파리여행이 끝나면 또 다른 곳으로 여행을 갈 거예요. 외삼촌 엄마 저에게 이메일 자주 주세요. 저도 바로 바로 답장 할께요. 외삼촌 저는 간장공장 사장은 정말 하기 싫어요. 외삼촌 사실 제 꿈도 화가예요. 외삼촌은 국전에서 두 번이나 입선했다면서요? 너무 부러워요."
"그렇긴 한데, 귀영아 입선은 낮은 등급이란다. 외삼촌도 꿈이 국전에서 특선을 한번 하는 거란다."
"아 그런거예요? 저는 입선이 끝인 줄 알았어요."
"그랬구나. 귀영아 건강하게 여행 잘하고 한국 돌아오면 함안에 꼭 들러라. 외삼촌이 맛있는 밥 사줄게 알겠지?"

"그럼요. 꼭 갈께요. 이제 함안에 가도 혼자 외롭지 않아도 되겠네요. 저 많이 먹습니다. 각오하세요."
귀영이는 나를 꼭 안아주고 공항을 빠져 나갔다.
서운하다.
하지만 아들과 보름동안 같은 방에서 지냈으니 아무 소원이 없다.
공항에서 또 한바탕 나는 외국인들에게 사진이 찍혔다.

함안에 돌아오자, 함안상인회 분들이 세탁소에 몰려와 난리법석을 떤다.
"불란서는 사람들 머리에 뿔이 달렸다고 하던데, 부산댁 어떻습니꺼?"
김사장님이 유머를 던진다.
"뿔이 없던데요."
"부산댁은 동생을 잘 둬서 불란서도 가보고 부럽네요. 나도 아직 외국 한 번 못 가봤어요. 나도 책에서 본 파리가 그렇게 가고 싶던데.."
가야 다방 아주머니가 진심으로 부러워한다.
"우리 바깥 사돈이 참 멋지다 아닙니꺼? 영어도 잘 하시고 누나 여행비도 척척 내주시고예. 얼굴은 우찌 그리 잘 생겼는지 나는 우리 영자 결혼식날 바깥사돈이 신랑인 줄 알았습니더. 그라고 우리 영자가 시집가자 마자 분가시켜 줬다고 울매나 좋아하는지 모릅니더."
밀양댁은 칠성이 자랑에 열을 올린다.
"또 또 밀양댁은 자랑 좀 그만해라. 자식이 없어 사돈도 없는 사람은 서러워 살겠니?"
요즘 들어 더 깡마른 여수댁 언니다.
"그래도 우리는 태국을 한번 다녀 왔습니다."
진약사 아저씨와 칠원댁 아주머니는 의사인 아들과 며느리가 작년에 태국을 보내 주었다.
"진약사 니는 의사 며느리 두어서 좋것다. 태국도 보내주고, 우리 제수씨도 외국 엄청 가고 싶어 하던데, 여보 우리도 제수씨랑 올해는 외국 한번 가뿌자."
박사장님이다.
군산댁 아주머니가 고개를 끄덕인다.
"사돈 내 선물은 어디 있노?"
밀양댁 언니의 질문에 다들 웃는다.
원래 사돈지간이 어려운 사이인데, 떡하니 반말을 해서이다.
나는 귀영이가 준비해준 화장품을 꺼내 나누어 드렸다.
"아이고 우리도 불란서 화장품 한번 써보는 기가? 이거 바르모 주름이 세탁소 다리미로 다린 것 마냥 쫙쫙 펴지나?"
함안댁 아주머니다.
우리는 또 한번 웃음이 터졌다.
나에게 항상 힘을 주는 고마운 분들이다.
나는 동하 결혼식에도 신랑과 신부 한복과 최고급 원앙금침, 그리고 패물도 최고급으로 해주고 자그마한 단독주택도 마련해주어 밀양댁 언니는 나만 보면 항상 고마워 한다.
칠성이도 내색은 않지만 누나 덕분에 사람 구실은 하고 산다고 술만 마시면 고맙다는 표현을 자주 한다.

1998년이다.

내 나이 이제 쉰아홉이다.

나는 파리 여행 후 시간이 날 때마다 틈틈이 칠성이에게 뎃생을 잠깐씩 배우기 시작했다.

칠성이도 파리여행 후 그림에 대한 열정이 더 생겨 이전보다 더 열심히 그림에 치중했다.

이제 꽃도 그린다.

드디어 칠성이는 국전 특선도 했다.

나는 칠성이의 탁월한 지도력으로 뎃생의 대가가 되어가고 있었다.

칠성이가 자주 칭찬을 해준다.

세상에 태어나서 요즘이 가장 행복하다.

드디어 나도 내가 하고 싶은 일을 찾은 것이다!!!

나는 요즘 세탁소에서 수선 일도 손을 떼고 자전거 배달만 한다.

여전히 배달자전거 바구니에는 통통한 감자와 쑥쑥 자란 대파, 길다란 오이와 싱싱한 상추가 담겨져 있다.

마음이 따뜻해진다.

이 곳 함안이 내가 태어난 고향같다.

자전거 배달만 하면 뎃생에 시간을 많이 투자할 수 있다.

영자와 결혼한 동하는 전보다 더 세탁소 일에 열심이다. 수선은 이제 영자 차지다.

둘은 알뜰살뜰 세탁소도 잘 운영하고 돈도 잘 모으고 있다.

기특하다.
이제 올해만 지나면 나도 뎃생 수업을 끝내고 드디어 유화로 들어간다.
동하와 영자 덕분에 시간이 비교적 여유로운 나는 칠성이와 전주에 있는'온 갤러리'에 가기로 했다.
칠성이 그림이 다음 달에 온 갤러리 1층에 전시되기 때문이다.
작은 아버지는 우리 가족 작품이 1, 2층 다 전시된다고 무척 들떠 있다.
작은 아버지는 늙지도 않고 그대로다.
이제 일흔이 다 되어 가는데도 멋지다.
전시회 이름으로 둘은 고심을 한다.
나는 무심결에 칠성이가 그린 여인의 그림이 한결같이 우울한 표정이어서 낙엽이 지는 우울한 가을이 떠올라 즉흥적으로'가을을 닮은 여인'이라고 하면 어떠냐고 조심스럽게 얘기했다.
두 사람은 동시에 손뼉을 치며 좋아했다.
2층은 할아버지가 그린'조선의 호랑이'가 전시되고, 1층은 칠성이가 그린 '가을을 닮은 여인'이 전시된다.
칠성이 전시회는 사람들로 인산인해를 이루었고 전시작품 50점 중 40점이나 팔렸다.
칠성이는 팔린 그림을 많이 아쉬워 했다.
"작은 아버지 제 그림은 그냥 전시만 하고 팔지는 말 걸 그랬어요. 마음이 너무 허전해요."
"칠성아 그건 아니란다. 창고에 그림이 너무 많이 쌓여 있으면 그림을 그릴 욕구가 많이 생기지 않는다고 하더라. 창고가 싹 비워져야 또 채우려고 그림에 열정을 많이 쏟는다고들 하더라."
작은 아버지는 이제 갤러리 베테랑이다
문득 나도 1층에 내 그림을 전시해 보고 싶은 욕심이 생겼다.
우리는 전주에 온 김에 금구에 들렀다.
어머니는 이제 너무 많이 늙어 우리 말소리를 잘 듣지 못했다.

어머니가 이제 여든 넷이다.
마음이 아프다.
나는 온 갤러리에 다녀온 후 그림으로 밤을 샌 적이 수없이 많다.
이제 나는 유화에 집중한다.
나는 우선 사과나 화병 그리고 꽃을 소재로 그림을 그렸다.
나는 실력이 아주 많이 늘면 다음에 꼭 인물화를 그리고 싶다.
나는 사람의 얼굴에서 느껴지는 희로애락을 이전부터 표현하고 싶었다.
마치 주세페 아르침볼도처럼...
그리고 나는 인물화를 그릴 때 꼭 곱디고운 한복을 입은 모습도 그리고 싶다.
유화는 밑그림을 그릴 때부터 힘은 들었지만 그 무지막지하게 황홀한 색감은 나를 너무 행복하게 만들어 나는 캔버스에서 붓을 뗄 수가 없다.
심지어 꿈을 꿀 때도 그림을 그리는 꿈만 꾼다.
"누나 이러다 우리 집에서 피카소가 나오는 거 아니에요?"
칠성이가 놀린다.
"나는 피카소도 좋지만 특히 마티스가 더 좋아, 그 원색의 느낌이 너무 좋단다."
"누나 마티스도 알아요?"
"칠성아 나 사실 틈틈이 니 작업실에서 화가들 작품집 꺼내서 자주 보고 있단다. 어릴 땐 작은 아버지 서재에서도 많이 보고, 내가 볼 때 서양화가들은 되게 원색을 많이 쓰고 우리나라 화가들은 차분한 색감을 많이 쓰더라. 그리고 우리나라 작품 중 나는'가을의 어느 날' 그 작품이 선명한 색을 써서 참 좋더라. 그리고 특히 누나는 마티스 작품 중'춤'과 '기타치는 여인'이 눈에 들어오더라."
"와 우리 누나 멋지네요. 그동안 작업실에서 화가들 작품집 보고 있는 줄 몰랐어요. '가을의 어느 날'은 우리나라 이인성 화백의 작품 이예요. 그 분도 고등학교 교사였어요. 저도 좋아해요."

"이인성화백 꼭 기억할게. 나는 그냥 원색의 화려한 그림을 보고 있으면 아무 잡념이 생기지 않더라. 칠성이 너는 누가 좋으니?"
"저는 이태리 화가 모딜리아니를 좋아해요. 모딜리아니의 '파란 눈의 여인'과 '귀걸이를 한 여인' 두 작품이 제일 좋아요."
"나도 그 작품을 본 기억이 있단다. 근데 나는 그 그림에 눈동자가 없어 조금 무섭더라."
"아 그럴 수도 있겠네요. 그 여자는 모딜리아니가 사랑했던 쟌느예요. 누나 쟌느가 누구랑 많이 닮은 것 같지 않아요?"
칠성이는 흥분해서 책까지 들고 와서 보여준다.
나는 칠성이가 말하지 않아도 쟌느를 닮은 사람이 민자언니라는 사실을 알고 있다.
목이 길어 쟌느와 민자언니는 실제로 이미지가 흡사하다.
하지만 나는 칠성이에게 아무 말도 하지 않았다.

2000년이다.

내 나이 이제 예순 하나다.

밀레니엄 시대가 열려도 세상은 망하지 않고 잘 돌아만 간다.

나는 그림 솜씨가 많이 늘어 마티스 작품을 그대로 베끼면서 유화를 시작했고 요즘 칠성이에게 칭찬을 많이 듣는다.

나는 남편이 남겨놓은 가족 사진을 보고 그림을 그리기도 한다.

그리고 시진이 오빠 집에서 귀영이와 찍은 사진도 보내달라고 해서 그 사진도 그림으로 그린다.

가족 사진을 보며 그림을 그리는 일이 엄청 행복하다.

특히 한복 입은 사진이 많아 내 그림은 자연스럽게 한복을 표현한 작품이 많다.

한복의 그 오묘한 색감을 표현하느라 힘은 들었지만 만족감과 보람이 더 크다.

동하는 이제 세탁물 배달 일은 하지 말라고 하지만 자전거를 타고 세탁물을 배달하는 일은 아직까지 나는 너무 즐겁다.

그리고 동하에게 조금이라도 도움이 되는 것 같아 손을 놓기 싫다.

동하와 영자네는 아직 자식이 없다.

둘은 자식 없이 둘만 행복하면 된다고 한다.

나는 동하 속마음을 알기에 마음이 아프다.

두 달에 한번 정도 세탁소 정기 휴일에 나는 전주로 올라가 시진이 오빠와 친구처럼 관광도 다니고 점심도 같이 먹는다.

오빠에게 이전부터 나는 좋은 사람과 결혼을 하라고 권유했지만 오빠는 지금이 자유롭고 편하다고 한다.
앞으로도 본인의 인생에서 결혼은 없다고 한다.
우리는 커피숍에서 젊은 사람들과 어울려 커피도 마신다.
우리는 가끔 영화도 같이 본다.
시진이 오빠도 이제 나에게 쿨한 친구처럼 지내자고 한다.
나도 찬성이다.
귀영이는 한국으로 잠시 귀국했다 드디어 그토록 원하던 프랑스 유학 중이다.
시진이 오빠가 많은 양보를 했다.
시진이 오빠에게는 이야기 하지 않고 이메일로 나에게만 이야기한다며 루부르 박물관에서 만난 프랑스 아가씨와 지금 동거 중이라고 한다.
이름이 '아네스'라고 한다.
순수하다는 뜻이란다.
나는 귀영이가 아직 결혼도 하지 않고 외국을 혼자 방황하는 것보다 프랑스 아가씨와 같이 동거중이라고 이메일을 보내와 기분이 좋다.
귀영이는 불어도 잘 해 그토록 원하던 그림 해설사가 되어 루부르 박물관을 제 집 드나들 듯이 드나든다고 너무 행복해 한다.

2000년 12월 4일이다.
잊을 수 없는 날이다.
나의 인생에서 가장 슬픈 날이다.
시진이 오빠에게서 밤 열두시에 전화가 왔다.
나는 잠에 취해 정신이 덜 깬 상태로 전화를 받았다.
"일덕아 놀라지 말고 잘 들어. 우리 귀영이가 파리에서 교통사고로 지금 위독하단다. 지금 나는 공항으로 급하게 가고 있단다. 파리 가서 연락할게."
오빠 목소리가 떨린다.

나는 몸이 덜덜 떨려 잠이 오지 않는다.
눈 뜬 눈으로 밤을 샜다.
드디어 새벽이다.
나는 아래채에 달려갔다.
"칠성아"
"누나 이 새벽에 웬일이세요?"
"칠성아 아이고 우리 귀영이가 교통사고를 당해 지금 위독하단다."
"네? 누님 정말이예요? 어떻게 아셨어요?"
"칠성아 나 몸이 너무 떨려 정신을 못 차리겠다. 어제 밤 늦게 시진이 오빠가 공항 간다며 전화가 왔어."
"누님 우선 여기 앉아요. 제가 따뜻한 물 한잔 떠올께요."
칠성이는 괜찮을거라며 안심을 시켰지만 나는 목에 물 한방울도 넘어가지 않는다.
나는 다시 칠성이 부축을 받아 안채에 가서 누웠다.
칠성이는 흰죽을 끓여 머리맡에 두고 출근했다.
"누님 저 학교 출근했다 일찍 올테니까 이거라도 좀 드세요. 귀영이는 꼭 괜찮을 거예요."
"알았다. 고맙다. 학교 다녀와."
머리가 빙글빙글 돈다.
나는 잠에 빠졌다.
칠성이가 벌써 퇴근을 하고 집에 왔다.
내가 꼬박 몇 시간을 잤단 말인가? 우리 귀영이는 지금 사경을 헤매고 있는데...
"누님 걱정이 되어 조퇴하고 왔어요. 우선 일어나서 죽이라도 한술 들어요."
죽이 넘어가지 않는다.
오후 여섯시가 넘어서야 집전화가 울린다.
시진이 오빠다.

"오빠 우리 귀영이 어때요? 괜찮죠?"
오빠는 한동안 말이 없다.
"일덕아 놀라지 말고 잘 들어라. 우리 귀영이가 오늘 천국에 갔다."
나는 까무라쳤다.
정신을 차려보니, 나는 가야의원에서 수액을 맞고 있고, 칠성이와 삼덕이가 옆에 있다.
"일덕이 언니 무슨 일이야? 어디 많이 아픈 거 아니야?"
삼덕이는 급하게 연락을 받았는지 미장원에서 입는 앞치마 그대로 와 있다.
"삼덕아 나 이제 괜찮아. 미장원 손님들 기다릴테니 얼른 가 보렴."
"언니 진짜 괜찮지? 나 그럼 간다. 오늘 함안 장날이라 바빠."
삼덕이는 미장원으로 달려갔다.
"칠성아 나 어떡해야 하니?"
"누님 일단 시진이 형한테 다시 전화가 올 거예요. 그 때 어떻게 할지 계획을 세우자구요. 누님 내가 누님와 같이 갈 테니까 누님 힘을 내요. 그래야 우리 귀영이도 천국에서 슬퍼하지 않죠.."
귀영이 소리에 나는 또 가슴이 답답하고 눈물이 줄줄 흐른다.
"시진이 오빠가 사람을 잘 못 본 거는 아닐까? 우리 귀영이가 죽을 리가 없잖아. 이제 한국에 나오면 우리 아이들에게도 사실대로 이야기해서 서로 한번 보게 할려고 했는데.. 이럴 수는 없어. 하느님이 존재한다면 나에게 이런 시련을 또 주실 리가 없단다."
나는 수액을 다 맞고 집으로 칠성이와 왔다.
시진이 오빠가 전주 집에서 귀영이 장례식을 치룰거라고 연락이 왔다.
나는 칠성이와 버스를 타고 시진이 오빠 집으로 급하게 갔다.
칠성이는 학교에 연가를 신청했다.
시진이 오빠는 이미 넋이 나가 회사 사람들과 시진이 오빠 친구들이 대신 일을 하고 있다.
귀영이 빈소가 차려져 있다.

나는 귀영이 영정 사진을 보자, 또 정신이 아득해진다.
"누나 지금 정신을 잃으면 안돼요. 귀영이 마지막 가는 길을 우리가 지켜줘야 해요."
칠성이 말이 옳다.
나는 정신을 바짝 차리고 귀영이 가는 길에 끝까지 함께 하고 함안으로 왔다.
귀영이는 수목장을 했다.
장례식장에서 필성이 오빠도 만났다.
필성이 오빠는 우리가 온 사실에 의아해 했지만, 우리는 대충 얼버무리고 함안 집으로 겨우 돌아왔다.
나는 집으로 돌아와 열흘 동안 어지러워 좀체 일어날 수 없었다.
매일매일 칠성이가 퇴근 후 죽을 쑤어 안채로 날랐다.
칠성이가 없었으면 나도 천국으로 갔을 지도 모른다.
차라리 천국으로 가서 귀영이와 함께 있고 싶다.
"누님 진수, 진숙이, 진희, 진철이도 누님 자식이예요. 제발 정신 좀 차리세요. 진희랑 막내 진철이 결혼은 시켜야죠."
나는 칠성이 말을 듣고 열흘이 지나 겨우 자리에서 일어나 죽도 먹고, 아이들을 떠올리며 기운을 차리려고 안간힘을 썼다.
그제서야 시진이 오빠가 생각나 전화를 했다.
오빠도 큰 일을 치루고 쓰러져서 병원에서 치료를 받고 어제 겨우 집에 왔다고 한다.
나는 그 날부터 세탁소 배달 일도 접고 시간만 나면 온귀영 얼굴을 캔버스에 그렸다.
귀영이와 다녔던 파리여행 사진이 많아 소재는 무궁무진했다.
나는 이렇게라도 하지 않으면 숨을 쉴 수가 없었다.
귀영이를 그리고 있노라면 그 아이와 함께 있는 것 같아 슬프지도 않았다.
어느 날은 3일동안 꼬박 한숨도 자지 않고 귀영이만 그렸다.

파리에서 한복을 입은 귀영이와 나를 그리고 있노라면 어느새 눈물이 볼을 타고 줄줄 흐른다.
하지만 고맙게도 칠성이가 억지로 끌고 들어가 막걸리라도 먹이는 바람에 나는 겨우 술기운으로 잠이 들 수 있었다.
그 후로도 나는 눈만 뜨면 귀신처럼 작업실에 앉아 오로지 귀영이만 그렸다.
원색으로 과감하게 그림을 그리면 이상하게 답답했던 마음이 풀어진다.

2008년이다.
내 나이 예순 아홉이다.
나는 이제 친정어머니도 천국으로 보내 드렸다.
어머니는 주무시다 돌아가셨다.
진철이도 이제 결혼을 하고 마산병원에서 신경외과 의사로 근무한다.
시진이 오빠와는 예전처럼 한 번씩 얼굴을 보고 지낸다.
가끔 귀영이 생각은 나지만 그림을 그리는 것으로 많이 치유가 된다.
TV에서 영화배우 윤민자가 항암치료를 받고있다는 연예가 뉴스가 나온다. 민자언니는 요즘 유명하다.
나는 민자 언니가 궁금하다.
작은 아버지와 칠성이가 연결되어 있지 않으면 한번 찾아가 보고 싶다.
그 옛날 하숙집에서 나에게 얼마나 잘해 주었던가?
민자언니에게서 나는 여자가 주체가 되는 삶을 살아야 한다는 사실도 처음으로 배웠다.
뉴스에는 윤민자가 병원비도 없어 힘들다는 이야기도 나온다.
요즘 나의 일과는 밥만 먹고 남는 시간은 오로지 그림을 그리는 일밖에 없다.
아이들은 맞벌이를 하지만 나에게 손주를 맡기지 않는다.
나를 닮아 독립적이다.
나는 설, 추석에만 아이들과 손주를 본다.
진수도 이제 아들과 딸 하나씩 있고, 진숙이와 진철이는 딸만 한명 있다.

진희는 목하 열애중이다.
첫사랑인 진성호가 작년에 사별하여 다시 만나서 같이 여행을 다닌다고 모처럼 얼굴이 환하다.
진성호는 중학교에 다니는 아들이 한명 있다고 한다.
나는 진희가 좋다면 결혼도 찬성이다.

집 전화가 울린다.
민자 언니의 매니저란다.
'민자 언니랑 텔레파시가 통했나?'
민자언니가 나를 보고 싶어 한다며 서울 집주소를 불러 준다.
칠성이가 싫어할까 봐 조심스럽게 민자언니 보러 서울에 다녀오겠다고 했다.
의외로 칠성이는 같이 가자고 한다.
"같이 가도 괜찮겠니?"
"그게 언제적 일이예요? 누님 혼자 보내면 내가 불안해요. 나도 사실 윤민자가 궁금하기도 해요."
언제부터인지 칠성이는 나를 누님으로 부른다. 나도 이제 늙기는 늙은 모양이다.
버스로 가는 것보다 칠성이가 운전하는 승용차로 가는 것이 나도 훨씬 편하다.
칠성이는 퇴직을 하고서야 삼덕이가 엄청나게 조르는 바람에 차를 샀다.
나는 칠성이 입에서 민자언니 안부가 궁금하다는 이야기는 처음 들었다.
깜짝 놀랐다.
'이 녀석이 그린 그림도 그렇고, 칠성이는 혹시 아직도 민자언니를 사랑하고 있나?'
칠성이는 이제 정년퇴직을 하고 집에만 있다.
우리는 둘 다 그림만 그린다.

민자 언니는 서울 종로구 비탈진 곳에 위치한 조그만 빌라에 살고 있다.
민자언니는 그 길고 윤기 나던 머리카락도 다 자르고 거의 민머리다.
항암치료로 머리카락이 다 빠진다고 한다.
그래도 아직 얼굴 이목구비는 뚜렷해 미인이다.
민자언니는 난소암을 앓고 있다고 한다.
"일덕아 여기는 어떻게 알고 왔어? 인호씨는 같이 안 왔어? 인호씨는 나 보고 싶어 하지 않아?"
민자언니는 잔인하게도 칠성이 앞에서 작은 아버지 안부를 궁금해 했다.
다행스럽게도 칠성이는 동요가 없다.
속은 몰라도 평온한 얼굴이다.
"저는 알아 보시겠요?"
"그럼 너는 온칠성. 내가 항암치료를 받는 거지, 치매는 아니거든."
"우리 아들은 기억해요?"
"칠성아 너 왜 그러니? 민자언니는 환자야."
"환자라도 자기 아들은 기억하겠죠. 기억해요?"
"그럼 나 윤민자야. 유일하게 너랑만 자식을 낳았으니까."
"그 아들은 지금까지 한 번도 궁금하지 않았어요? 그 아이 이름은 온동하예요. 그리고 지금 동하는 결혼도 했어요."
"온칠성 제발 그만해 지금 내 나이가 일흔이야. 그런 시시콜콜한 이야기 알아서 어쩌려고, 나는 이렇게 살다 죽을 거야. 그리고 나 너랑 살 때 얼마나 숨 막히고 답답했는지 너는 모르지? 나는 애기 낳고 퉁퉁 불은 몸을 매일 밤 저주했어. 그런데 너는 애기타령, 반찬타령만 하고 나를 한번 제대로 봐주기나 했어? 온칠성 잘 들어, 내가 이 세상에서 유일하게 사랑한 남자는 온인호 밖에 없어. 그 남자는 진심으로 사람을 위로할 줄 아는 남자거든. 이제 죽을 날이 얼마 남지 않아서 나의 비밀을 털어 놓아도 되겠네. 사실 나 첩의 딸이야. 오빠들과는 엄마가 달라. 다섯 살 때 생모는 아버지 바람기와 오빠들 어머니 눈 먼 질투에 나를 버리고 나갔어. 나는 어릴 때부터 그 사실을 알고 얼마나 치열하게 살아왔는지 몰라. 오빠들은 툭하면 나를 집에서 나가라고 두들겨 팼어. 아프지만 엄마가 다시 돌아올까 봐 나는 꾹꾹 눌러 참았어. 결국 오빠들 어머니가 전주 하숙집으로 쫓아내듯 비웃으며 나를 보냈지. 그 부잣집에서 달랑 등록금과 하숙비만 부쳐주고 끝이야. 나는 알량한 자존심에 죽어라 과외를 해서 사고 싶은 책이랑 용돈을 벌었어. 사람들에게 첩의 딸이라는 사실을 들키지 않으려고 얼마나 안간힘을 썼는지 몰라... 이를 악물고 4년 장학생으로 학교를 다녔고, 3학년 때부터 인호씨와 데이트하면서 용돈을 챙겨주어 얼마나 행복했는지 몰라! 인호씨 덕분에 처음으로 돈 걱정하지 않는 삶도 살아보았지. 참 행복하더라! 너랑 같이 살던 마산집도 다 온인호 돈이야. 하지만 윤경희 때문에 우리의 신혼도 산산조각나 버렸지. 부모 복이 없는 년은 남편복도 자식복도 없다는 옛말이 딱 맞아. 그리고 나 영화배우로 활동하면서 예명을 쓰지 않고 촌스러운 내 이름 윤민자를 그대로 쓴 이유가 있어. 혹시 나를 낳아준 엄마가 윤민자가 기억나 나를 찾아오라고... 하지만 세상에 기적은 없더라. 그 누구도 나를 찾지 않았어. 일덕아 물 좀 줘. 나 힘들어..."

민자언니는 물을 마시고 계속 광기를 띤 눈으로 힘들게 이야기를 이어나갔다.

"일덕아 나는 아버지에게 버림받은 엄마가 불쌍해 세상 남자들에게 복수하고 지금껏 살았어. 항상 내가 먼저 만나자고 다가가고 내가 먼저 차버렸어. 사실은 엄마처럼 남자에게 먼저 버림받을까 봐 항상 겁을 집어먹은 건 나지만... 나는 나를 버린 생모를 평생 원망하고 살았지만, 나 역시 동하를 결국 버렸어. 하지만 후회하지 않아. 이게 팔자인거야. 아무리 발버둥쳐도 안되는 게 있어. 온칠성 나는 너를 한순간도 사랑한 적 없어. 사실 온인호를 안달 나게 만들려고 너에게 접근한거야. 하지만 재수없게 덜컥 임신을 해버렸지. 일덕아 지금이라도 나를 온인호에게 제발 데려다 줘, 죽기 전에 그 사람을 꼭 한번 만나고 싶어..."

나는 민자언니의 비밀을 듣고 깜짝 놀랐다.
'그렇게 하숙집에서 당당하던 민자언니가 저렇게 힘든 삶을 살아왔다니...'
칠성이는 굳게 입을 다물었다.
민자언니는 끝까지 우리에게 작은 아버지 곁에 자기를 데려다 달라고 소리까지 고래고래 지른다.
칠성이는 핏기 하나 없는 얼굴로 쓰러지기 일보 직전의 모습으로 바들바들 떨고 서 있다.
나는 칠성이를 부축하여 차에 태우고, 칠성이는 겨우겨우 운전하여 함안 집으로 왔다.
칠성이는 생전 안 마시는 소주를 열병이나 사 왔다.
"누님 오늘 나랑 같이 술 마셔요. 나 맨 정신으로는 지금 죽을 것 같아요."
자신의 감정을 한 번도 드러내지 않던 칠성이가 오늘은 감정이 극에 달했다.
나는 칠성이가 가엾다.
누나인 나는 오늘에서야 이 아이의 속마음을 알았다.
이 아이는 민자언니를 지금까지 계속 사랑하고 있었던 것이다.
언젠가 민자언니가 아들 동하를 보러 올 걸로 기대하고 있었던 것이다.
하지만 오늘 민자언니는 오로지 지금까지 작은 아버지 한분만 사랑한다고 그리고 끝까지 작은 아버지 곁으로 가고 싶다고 폭탄 선언을 한 것이다.
칠성이 마음은 지금 갈기갈기 찢겨 그 어떤 것으로도 상처 난 마음을 치료할 수 없을 것이다.
'칠성아 오늘만큼은 니가 마실 수 있는 만큼 다 마셔라. 누나가 절대 말리지 않을게.'
나는 막걸리를, 칠성이는 소주를 마셨다.
"누님 나는 윤민자를 지금까지 기다렸어요. 아들 동하가 있어 언젠가 꼭 제 곁으로 올 줄 알았어요. 사실 매형 장례식에서도 나는 윤민자를 봤어요. 그 때 윤민자를 보고 다시 한번 제 감정을 재차 확인했어요. 나를 보러온 줄 알고 너무 좋아 심장이 떨려 감당을 할 수 없었거든요. 그 날 윤민자가 나를 찾지 않고 그냥 가버려도 무슨 사정이 있겠거니 생각했어요. 언젠가 꼭 다시 나와 동하를 만나러 올 거라고 확신했죠. 그래서 나는 캔버스에 계속 윤민자만 지금까지 그렸어요. 언젠가 나타나면 다 보여 줄려고 더 열심히 그렸어요. 그래야 나도 숨을 쉬고 또 희망으로 버틸 수 있으니까요. 그런데 이게 뭐예요? 윤민자는 그저 온인호, 온인호 밖에 없어요. 누나 이제 저도 윤민자를 깨끗이 잊을래요. 나는 이제 아무 미련도 없어요. 그냥 오늘이라도 저는 죽고 싶어요. 세상을 살아갈 이유가 단 한 가지도 없어요."
"너만 바라보는 동하는 어떡하고? 칠성아 바보 같은 소리 하지 마라."
나는 칠성이를 안아 주었다.
칠성이는 짐승이 울부짖듯 계속 고함을 지르며 울었다.
칠성이는 소주 여섯 병을 마시고 고꾸라졌다.
나는 칠성이 이불을 덮어주고 작업실에 갔다.
칠성이와 나는 요즘 창고를 개조하여 작업실 공간을 둘로 나누어 하나는 내가 쓰고, 하나는 칠성이가 쓰고 있다.
작업실에서 나는 계속해서 귀영이를 그렸다.
나도 술만 취하면 귀영이 생각이 나서 주체가 되지 않았다.
나는 작업실에서 잠이 들었다.
다음날 술이 깬 칠성이는 다행히 아무 일도 없는 듯 일상으로 돌아가 그림에 집중했다.
한 달도 채 지나지 않아 결국 민자언니는 수면제 과용으로 혼자 쓸쓸히 죽었다고 TV에서 연일 뉴스로 나온다.
슬프다.
칠성이와 동하는 침묵으로 일관한다.

작은 아버지는 일흔 아홉의 나이에도 아직 정정하다.

칠성이 생일에 오랜만에 함안에 내려오신 작은 아버지는 칠성이 새 작품을 꽃을 감상했다.
작업실을 둘러보던 작은 아버지는 갑자기 나의 작품을 보고 엄청나게 감동받은 표정으로 한참 서있다.
작은 아버지는 갑자기 내 그림이 너무 독특하고 색감도 완벽하다며 이번에는 나의 작품도 온 갤러리에 전시하자고 제의한다.
순식간에 일어난 일이다.
나는 정말 생각지도 못한 일이다.
하지만 기분은 너무 좋다.
나는 심사숙고하여 전시회 제목을 '온귀영'으로 했다.
우리 집 아이들은 전시회장에서 온귀영이 누구냐며 궁금해 했다.
나는 당황하여 증조 할아버지라고 거짓말을 했다.
아이들은 정장차림에 손주까지 데리고 와 축하를 해주었다.
"어머니가 이렇게 그림을 잘 그릴 줄은 정말 몰랐습니더. 매일 세탁소에서 아버지와 일하는 것만 봤으니까요."
진수다. 싹싹한 큰 며느리도 꽃다발을 든 채 생글생글 웃는다.
"우리 엄마 오늘 한복도 멋지네예!"
"장모님이 최고라예!"
진숙이와 정서방이다.
진희는 결국 첫사랑 진성호와 결혼하여 행복하게 산다.
진희만 행복하면 된다. 나는 그걸로 끝이다.
본처 소생 아들과도 잘 지낸다고 한다.
진성호는 엄청난 크기의 장미 꽃다발을 안겼다.
베이지색 원피스를 챙겨 입은 진희도 모처럼 밝고 건강해 보인다.
"장모님. 축하합니더. 진희는 지가 잘 케어할테니, 아무 걱정 마이소."
씩씩하다.
"할머니 파이팅."손주들이다.

"나는 우리 엄마가 이렇게 사고를 한번은 칠 줄 알앗습니더. 우리 엄마가 세탁소만 할 인물은 아니지예."
진철이가 너스레를 떤다.
"참 함안상인회 분들도 같이 왔습니더. 저기들 오시네예. 동하가 봉고를 하나 렌트해서 다 같이 옵니더."
진철이보다 키가 훌쩍 큰 작은 며느리가 꽃다발을 건넨다.
이제 다방 일을 접고 전원생활을 즐기는 마담아주머니는 여든여덟의 나이에도 아직 꼿꼿한 걸음걸이로 오늘도 화려한 금빛 스팽글 원피스를 입고 빨간 립스틱을 바른 채 화려하게 나타나 장미 꽃다발을 안겨 주었다.
"어머나 나는 부산댁이 이런 재주가 있는 줄 몰랐네. 이제 온일덕 화백이라고 불러야겠죠? 온화백 전시회 축하해요. 나는 오늘에야 부산댁 이름이 온일덕인줄 알았어요 그림 속에 한복 입은 청년이 너무 잘 생겼다! 누구예요? 참 그리고 부산댁이 우리한테 맨날 행복하냐고 물어보더니 그래 지금 본인은 행복해요?"
나는 미소를 띠운 채 고개를 끄덕였다.
"실례가 안 된다면 저도 마담 아주머니 성함을 알고 싶어요."
"나는 임현정, 우리 도대체 얼마 만에 서로의 이름을 알게 된 거죠? 참 우리나라 이런 풍습이 문제가 있긴 해요."
씁쓸하다. 마담 아주머니 말처럼 우리는 도대체 만난 지 얼마 만에 서로의 이름을 알게 된 것인가?
김사장님이 몇 해 전에 지병으로 돌아가시고 혼자가 된 함안댁 아주머니는 여전히 순금으로 치장하고, 주황색 저고리에 연한 분홍빛 치마를 차려 입고 오셨다.
박사장님을 불과 작년에 떠나보낸 얌전한 군산댁 아주머니는 연한 남색 저고리에 물빛 치마를 입고 사이좋게 오셔서 꽃다발을 건네주었다.
"부산댁 축하합니다."
그리고 제부와 삼덕이는 꽃다발과 돈봉투도 건넸다.

"언니 축하해요. 우리 집에서 나만 그림을 못 그리나?"
"당신은 대신 머리 만지는 솜씨가 예술입니더."
항상 애교가 많은 제부다.
터질듯한 빨간 원피스로 화려하게 차려입은 밀양댁 언니와 드디어 4층짜리 '봉진빌딩'소유주로 너무 말라 바람이 불면 날아 갈듯한 여수댁 언니도 멋진 블랙 원피스에 진주 목걸이를 하고 나타났다.
나를 발견하곤 밀양댁 언니는 반갑게 손을 흔들며 뒤뚱뒤뚱 달려온다.
요즘 밀양댁 언니는 살이 많이 쪘다.
"나는 진즉에 부산댁이 세탁소만 할 사람이 아니란 걸 알았다 아니가? 지금도 저 한복 태를 봐라 그냥 세탁소로 끝나게 생겼는가? 참 우리 남편은 친한 친구가 오늘 아침에 갑자기 별세해서 문상 간다고 같이 못 왔어예."
"밀양댁은 항상 부산댁이 반찬가게 하면 딱 어울린다고 하더니만, 하여튼 우리 중에 말 바꾸기는 밀양댁이 선수다 선수! 그건 그렇고 오늘같이 이런 경사스러운 날에 우리 갑장 김일구 사장이 같이 있었으면 얼마나 좋을까?"
여전히 솔직한 여수댁 언니다.
여수댁 언니 덕분에 나도 남편을 떠올렸다.
'여수댁 언니 말처럼 당신이 지금 이 자리에 같이 있었다면 당신이 얼마나 많이 나를 칭찬해 주었을까요? 지금 보고 있나요?'
훤칠한 동하와 영자도 곱게 차려입고 꽃다발을 주었다.
행복하다.
"진약사님과 칠원댁 아주머니는 서울 아들네 집에서 바로 오신다고 했어예. 조금 늦을껍니더. 원래 진약사 아저씨가 겁이 많아 속력을 못 내는데, 아드님도 똑같다고 들었어예."
진철이의 유머에 다들 큰 소리로 웃었다.
"진약사 오라버니는 혼자 좋은 약을 많이 먹어서 아직 팔팔하더라. 나도 진약사 오라버니 오면 좋은 영양제 좀 처방해달라고 해야것다. 요즘 국밥

집에서 일할라모 다리 관절이 자꾸 아파 서있기가 힘들거든. 우리 잘생긴 온서방이 이쁜 장모에게 좋은 약 좀 사 주모 안되것나?"
역시 거침없는 밀양댁 언니다.
"네 장모님 제가 사 드리겠습니더."
언제나 싹싹한 동하다.
밀양댁 언니 얼굴이 환해진다.
다들 건강하여 이런 시간을 함께 할 수 있다는 사실이 나는 너무 행복하다.
나는 칠성이에게 갤러리를 부탁하고 진약사님과 연보라빛 한복을 곱게 차려입은 칠원댁 아주머니와 아들이 도착하는 시각에 맞추어 우리는 다 같이 식당에 가서 전주비빔밥과 게장을 맛있게 먹었다.
그리고 카페에서 수다를 떨었다.
이 분들이 나의 유일한 친구다. 나는 사실 내성적인 성격도 문제지만, 임신을 숨기느라 일찍 고향을 떠나 친구가 없다.
전시회는 성황을 이루었다.
나는 루부르 박물관에서 입었던 한복을 차려입고 한 달간 전시회에 참석했다.
나는 루부르 박물관에서 보았던 작품 '봄, 여름, 가을, 겨울'을 떠올리며 그동안 작업을 했다.
나는 귀영이 얼굴 중 머리는 모두 꽃으로 장식했다. 시진이 오빠가 어린 시절에 몰래 준 추억의 감꽃목걸이의 감꽃부터 진달래꽃, 물망초, 나팔꽃, 백일홍, 백합, 개나리, 해바라기, 연꽃 등으로 장식했다.
진하게 생긴 귀영이 얼굴에 꽃으로 화관을 씌우니 빛이 난다.
모두 웃고 있는 얼굴이다.
늘 밝고 잘 웃던 귀영이는 사진에도 웃는 모습이 대부분이라 그리기가 쉬웠다.
알폰스 무하의 '사계'처럼 나는 귀영이 그림을 4개씩 나이별로 묶어 유년기, 청소년기, 청년기로 나누었다.

당연히 장년기와 노년기는 없다.
귀영이는 언제나 내 마음속에 항상 청년으로만 존재하기 때문이다.
나머지는 마티스의 '춤'처럼 강렬한 원색으로 귀영이 전체 모습을 추상화로 그려서 전시했다.
시진이 오빠도 전시회에 꽃다발을 들고 찾아 왔다.
오빠는 귀영이 그림을 보고 결국 눈물을 터뜨린다.
나는 시진이 오빠를 위로했다.
나는 지방 TV 뉴스에까지 나왔다.
작은 아버지가 다른 갤러리 에서도 작품 전시 의뢰가 들어 왔다고 좋아한다.
의외로 외국인 관람객도 많다.
나는 정중하게 모두 거절했다.
나는 그저 내가 가장 좋아하는 일을 죽기 전에 경험했다는 사실이 너무 행복할 뿐이다.
그리고 인생을 풍요롭게 사는 기분이 어떤 건지도 드디어 맛을 보았다.
나는 지금 이 순간이 너무 소중하다.
그리고 감사하다.
2층에는 할아버지 작품, 1층에는 나의 작품이 전시된 사실이 믿기지가 않는다.
'화가 온일덕'
돌고 돌아 드디어 나는 나의 이름을 찾았다.
나는 작품은 한 점도 팔지 않았다.
'귀영아 천국에서 엄마 보고 있니? 우리 조금 있다 꼭 만나자.'

2013년이다.
내 나이 일흔 네 살이다.
작은 아버지도 돌아가시고 '온 갤러리'는 이제 칠성이가 운영한다.
2층에는 이제 할아버지 그림과 작은 아버지 그림을 섞어 상설로 전시한다.
나는 항상 작은 아버지 산수화를 갤러리에 한 번도 전시하지 않아 속이 상했는데, 칠성이가 먼저 제안을 해와 나는 바로 수락했다.
작은 아버지의 '산수화'는 첫날부터 관람객들의 환성이 터져 나왔다.
전국에서 작은 아버지 작품을 보러 왔다.
미술 애호가들과 전문가들도 하나같이 호평을 하고 작품을 사고 싶어 했다.
하지만 우리는 작은 아버지 유언에 따라 할아버지와 작은 아버지 작품은 한 점도 팔지 않고 우리가 죽은 후 국립미술관에 기증하기로 했다.
예전보다 2층 갤러리를 찾는 사람들은 어마어마하게 많이 늘었고, 작은 아버지 작품을 취재하러온 기자들도 엄청났다.
전주에 있는 작은 아버지 집도 작은 아버지 유언을 쫓아 우리가 그대로 쓴다.
작은 아버지 집은 시진이 오빠 집만큼 정원이 아름답다.
칠성이와 나는 전주와 함안을 왔다 갔다 하며 살고 있다.
나는 2008년부터 해마다 한 번씩 귀영이 작품과 남편과 가족을 그린 작품 전시회를 연다.
주로 한복을 입은 모습이 많다.
고향집에서 오래된 어머니 한복사진도 찾아 어머니를 그린 작품도 전시

한다.
나는 이제 서울 갤러리에도 자주 초대받는 작가다.
많이 유명해졌다.
하지만 나도 작은 아버지처럼 온귀영 작품과 남편 작품은 하나도 팔지 않았다.
나머지 가족을 소재로 한 작품은 많이 팔려 나갔다.
돈도 꽤 많이 벌었다.
칠성이와 나는 돈이 없어 미대 진학을 하지 못하는 아이들에게 도움을 주는 장학재단 '온 장학회'도 조그맣게 만들었다.
뿌듯하다.
나는 이모부 집에 화재가 나서 잠시 일구씨 고모 댁에서 아이들과 함께 잘 방도 하나 없이 세탁소 가게바닥에서 추위에 벌벌 떨었을 때, 사촌리에서 소 외양간을 개조한 방에서 아이들과 소똥냄새를 맡으며 생활해야만 했을 때 간간이 결심했던 일이다.

칠성이가 평소답지 않게 흥분한 목소리로 이메일을 보여준다.
"누님 파리 안나갤러리에서 누님 작품 중 온귀영 작품을 전시하고 싶다고 이메일이 왔어요. 파리에서 누님를 어떻게 알고 보냈을까요? 또 꼭 집어 온귀영 작품만 전시하자고 해요."
"칠성아 정말이니? 파리에서 나를 어떻게 알고 그러지?"
"그러니까요, 일단 제가 먼저 확인을 해 볼께요. 누님 일단 제가 이메일로 답장을 먼저 보내 볼께요."
칠성이는 파리 퐁피두 센터 근처에 있는 안나 갤러리에서 이메일이 온 게 확실하다고 한다.
안나 갤러리 관장과 통화도 직접 했다고 한다.
파리는 우리 귀영이와 함께 처음이자 마지막으로 같이 여행을 했던 곳이라 기억에 많이 남는 장소다.

"칠성아 이메일 내용이 사실이면 나도 파리에 다시 한 번 가고 싶다. 귀영이와 같이 갔던 곳을 기회가 된다면 찬찬히 둘러보고 싶단다."
일주일 후 칠성이는 '안나 갤러리'와 '온귀영'작품전 계약을 했다고 들뜬 목소리로 전한다.
나는 13년 전, 귀영이와 같이 다니던 파리를 다시 갈 수 있다는 생각에 밤잠을 설친다.
옷장에서 한복을 먼저 챙기고 있는 나를 보고 칠성이가 웃는다.
"누님 또 뷰티풀 원더풀 소리 듣고 싶어 한복부터 챙겨요?"
"응 어떻게 알았니? 나는 내가 살아 생전에 파리를 또 가게 될 줄은 정말 몰랐단다. 이게 모두 우리 칠성이 덕분이다. 파리에서 우리 귀영이 작품으로 전시회를 한다는 것도 마치 꿈만 같단다. 칠성아 파리에 가면 우리 저번에 묵었던 그 호텔에서 묵자. 어쩌면 귀영이가 살아 있을지도 몰라.."
나는 눈물을 닦았다.
"당연하죠. 누님 마음이 그럴 것 같아 저번에 귀영이랑 썼던 룸도 그대로 예약했어요. 잘했죠?"
"그럼 너무 잘했다. 나는 웬지 그 방에서 우리 귀영이를 꼭 보게 될 것 같아. 아니면 거기에서는 귀영이 꿈이라도 꾸게 될 것 같아. 귀영이 이 녀석은 천국에 간 후로 야속하게 꿈에서도 자주 볼 수 없어 속이 상했는데.. 칠성아 정말 고맙다."
"제가 누님에게 고맙죠. 저도 파리 꼭 다시 가고 싶었는데, 이렇게 전시회를 하러 파리에 가다니.. 누님 아무나 파리 갤러리에 작품을 전시하는 거 아니에요."
"그렇겠지. 칠성아 나는 우리 귀영이 땜에 파리 그 어디, 혹시 창고에서 내 작품을 전시한다고 해도 나는 기꺼이 가고 싶다고 했을 거야."
칠성이가 나를 안아 주었다.
"누님 나도 귀영이 그 녀석이 보고 싶어요.."
드디어 파리에서 온 직원들이 작품을 50점 정도 가져가고, 우리도 비행기에 몸을 실었다.
9월이어서 나는 하늘하늘한 물빛 한복을 입고 갔다.
전시회 제목은 또 '온귀영'으로 했다.
우리는 '호텔 에펠 센'에 숙소를 잡았다.

704호,
귀영이와 같이 묵었던 방이다.
방은 그 때와 별로 달라진 것이 없다.
나는 귀영이가 생각나 한참 울었다.
칠성이가 저녁 먹으러 가자고 노크를 하는 바람에 나는 울음을 그쳤다.
나는 쪽진 머리에 비녀도 꽂고 물빛 한복도 입고 나갔다.
한복과 비녀는 어디를 가도 인기가 많다.
"뷰티풀"
"원더풀"
다 옛날 그대로인데, 귀영이만 곁에 없다.
하지만 나는 귀영이를 위해 힘을 냈다.
전시회가 끝나면 나는 13년전에 귀영이와 같이 갔던 장소를 칠성이와 같이 다시 돌아보기로 약속했다.
퐁피두 센터 옆 '안나 갤러리'는 규모가 작았지만 관람객 수는 엄청 많다.
나는 매일매일 열두시쯤 한복을 입고 나가 팜플렛에 사인을 했다.
프랑스 지방 신문사에서 촬영을 왔다.
칠성이가 영어로 설명을 했다.
뿌듯하다.
기자가 작품과 한복에 대해서 많이 질문한다.
시크하게 차려입은 블랙 정장 차림의 관람객은 다들 프랑스어로 환호하며 자기들끼리 조용조용 대화하며 작품을 감상한다.
'안나 갤러리' 관장이 인사를 하러 왔다.

금발이 무척 아름다운 프랑스 아가씨다.
우아하고 품위가 있다.
"저는 아네스예요."
"저는 온일덕입니다."
아네스는 영어도 능통했다.
칠성이가 통역을 해 주었다.
"당신은 온귀영 어머니시죠? 저는 온귀영을 잘 알고 있습니다."
"네? 당신이 우리 귀영이를 어떻게 아시나요?"
아네스는 관장실로 칠성이와 나를 데리고 갔다.
'갤러리 관장이 우리 귀영이를 어떻게 알지?'
심장이 두근거리고 다리도 후둘거린다.
아네스는 귀영이와 사랑해서 이 곳 파리에서 같이 동거도 하였다고 한다.
그러고 보니, 귀영이가 보낸 이 메일 속의 주인공이 다름 아닌 바로 이 아네스인가 보다...
나는 반가움에 아네스를 안았다.
아네스도 나를 안았다.
'그래서 나를 초대했구나..'
"그런데 온귀영 작품전은 어떻게 알았나요?"
칠성이가 물어 보았다.
"사실 제가 딸아이와 함께 한국에 갔다가 온귀영 고향에 들렀죠. 전주에서 어머니의 작품 전시회를 우연히 보고 이런 기회를 마련했어요."
"혹시 딸아이가 우리 귀영이..."
"아니에요. 뮤리엘은 십년 전에 제가 입양했어요. 뮤리엘은 지금 열여섯살이예요. 지금도 제 심장 속에는 온귀영이 아직 살아 있어요. 그래서 나는 온귀영이 떠난 후 한 번도 다른 남자를 만나지 않았어요. 돌아가신 제 아버지가 '주세페 아르침볼도'가 그린 봄, 여름, 가을, 겨울을 정말 좋아하셨죠. 그 날도 아버지가 그리워 그 작품을 보고 있다 온귀영을 운명처럼 만났죠. 저는 태어나 그렇게 잘 생기고 해맑고 그림에 해박한 남자는 처음 봤어요. 제가 먼저 용기를 내어 데이트 신청을 했어요. 우리는 너무 사랑해서 바로 동거를 시작했어요. 귀영이는 어머니가 선물하셨다며 그림에 있는 한복도 자주 입고 우리는 파리 곳곳을 돌아다니며 데이트 했죠. 우리는 정말 정말 행복했어요. 그러다 2000년에 온귀영은 교통사고로 그만..."
아네스는 눈물을 뚝뚝 흘렸다. 나는 아네스를 꼭 안아주고 진정시켰다.
"아네스, 진정해요. 아네스 그 때 혹시 병원에서 온귀영 아버지는 보지 못했나요?"
"음 한국에서 온 온귀영 아버지를 병원에서 뵈었는데, 너무 겁이 나고 정신이 없어 나서지를 못했어요. 흑흑"
"다음에 한국 오면 온귀영 아버지 만나게 해 줄께요. 아네스 그만 울어요. 앞으로 좋은 일만 생길거예요."
"네. 어머니 감사합니다. 참 이 갤러리는 돌아가신 제 아버지가 운영하던 곳이예요."
나는 우리 귀영이를 잊지 못하는 사람이 세상에 또 있다는 사실이 슬프면서도 기뻤다.
다음날, 우리는 아네스와 뮤리엘과 같이 식사도 하고 커피도 마시며 귀영이를 추억했다.
갤러리가 휴관일 때 칠성이와 아네스와 뮤리엘과 같이 나는 이전에 귀영이와 같이 여행한 곳을 다시 찾아 갔다.
파리는 미술관이 정말 많다.
뮤리엘도 금발로 아네스를 많이 닮았다.
그림에도 해박하다.
우리는 퐁피두 센터에도 같이 갔다.
퐁피두 센터에 있는 퐁피두 현대 미술관은 건물부터 놀라움을 선사했다.
퐁피두 현대미술관은 포스트모던한 건물로 파이프와 배관이 건물 밖으로 다 드러나 있었다.

특히 파란색 배관이 눈에 들어왔다.
피카소의 '기타리스트'와 브라크의 '과일접시와 카드들'그리고 후안 그리스의 '아침식사'가 인상적이다.
루부르 박물관도 그대로다.
나는 아네스에게 귀영이를 그린 작품 하나를 선물로 주고 왔다. 아네스는 너무너무 좋아했다.
'파리에 있는 모든 것들은 다 그대로인데, 우리 귀영이만 세상에서 사라졌구나..'
그날 밤 나는 꿈속에서 그토록 보고 싶었던 귀영이를 만났다.

2023년이다.

내 나이 이제 여든 네 살이다.
나는 아직 건강하여 계속 그림을 그리고 있고, 칠성이도 갤러리를 운영하고 있다.
그리고 아이들에게 1년에 한 번씩 꼭꼭 김장김치도 만들어 보내고 내가 만든 된장과 고추장도 보내준다.
아이들과 사위, 며느리가 맛있다고 호들갑을 떤다.
건강이 허락하는 한 나는 계속 해 줄 것이다.
시진이 오빠와 나는 매년 12월 15일이면 전주에서 만난다.
귀영이 기일이기 때문이다.
하늘공원에 가서 귀영이도 보고, 밥도 같이 먹고, 커피도 마신다.
아주 편하다.
아네스는 1년에 한번 씩 한국에 나와 우리 갤러리를 꼭 찾아준다.
그리고 시진이 오빠와도 만나 식사를 같이 한다.
나는 이번에는 아네스와 뮤리엘이 입을 한복을 미리 준비해서 선물로 건넸다.
아네스는 너무 좋아한다.
파리로 돌아간 아네스는 뮤리엘과 같이 한복을 입은 사진을 휴대폰으로 전송해왔다.
둘 다 이쁘다.

나는 아직도 외출할 때면 평생 염색 한번 하지 않은 백발머리를 땋아 쪽진 머리에 옥색 비녀를 꽂고 나간다.
그럴 때면 기분이 참 좋다.
아이들은 간편하게 퍼머를 하라고 성화지만 나는 이 쪽진 머리가 좋다.
나는 평생 이렇게 살다 죽을 것이다.

나는 이 나이까지 내가 좋아하는 그림을 오롯이 그릴 수 있는 건강을 허락해주신 하느님께 감사드린다.
그리고 천국에서 항상 나를 지켜주는 남편에게도 나는 감사한다.
남편과 나를 가난에서 벗어나 처음으로 부자를 꿈꾸게 해준 '부산세탁소'는 동하가 지금도 잘 운영하고 있다.

작가의 말

2022년 10월 23일 일요일이다.

정확하게 기억이 난다.

학교를 퇴직하고 남편과 떠난 프랑스 여행에서 일어난 일이다.

나는 프랑스 남부 지방인 '아를'을 여행하면서 평소 좋아하던 고흐(Vincent Van Gogh)가 끼니를 해결하고 커피도 자주 마시던 '카페 드 고흐'에서 커피를 마시는 행운을 갖게 되었다.

고흐의 '아를르 포룸 광장의 카페 테라스'란 작품의 배경이 된 카페 속에 들어온 나는 행복했다.

'푸른 밤, 카페 테라스에 커다란 가스등이 불을 밝히고 있어…'

갑자기 고흐가 동생 테오에게 썼던 편지의 한 구절이 떠오른 나는 고흐처럼 지구상에 존재하는 누군가에게 손 편지를 쓰고 싶은 강렬한 충동이 일었다.

그 순간 생각난 사람이 나의 아버지였다.

그리고 항상 아버지에 관한 글을 쓰고 싶다는 생각도 같이 떠올랐다.

'아버지 하늘나라에서 잘 계시죠? 저도 잘 있어요. 그리고 아버지가 사랑하는 어머니도 잘 계시고요. 불편한 몸으로 저희 사형제를 키우시느라 고생이 많으셨죠? 이제라도 감사하다는 말씀을 꼭 드리고 싶어요. 그리고 비록 글 솜씨가 없는 딸이지만, 아버지를 위한 글을 쓰고 싶어요. 허락해 주실 거죠?'

여행에서 집으로 돌아온 나는 그동안 긁적이던 모든 자료를 책상에 흩어 놓고 하루에 두 시간씩 나 스스로를 '글감옥'에 밀어 넣었다.

눈 건강이 좋지 않아 의사 선생님이 무리하지 말라는 조언을 들은 나는 그 규칙을 지키려고 무척 애를 썼다.

하루에 두 시간씩 규칙적으로 글을 쓰는 동안 나는 너무너무 행복했다.

이렇게 시작된 '부산세탁소'는 가을, 겨울, 봄, 여름이 지나고, 거의 1년이 지나 드디어 완성하게 되었다.

매일매일 원고를 확인해 주던 나의 딸과 아들에게도 고맙다는 말을 남기고 싶고, 여행을 좋아하는 나에게 늘 꿈같은 일상을 제공해 주어 '아를'에서 글을 쓸 용기와 첫 발을 내딛게 해 준 나의 남편과 '부산세탁소'를 끝까지 쓰게 해 준 나의 여주 '온일덕'에게도 감사하다고 전하고 싶다.

그리고 나의 책을 접한 분들이 한 번이라도 자신의 꿈을 떠올리고 다시 한번 도전을 하는 계기가 되었으면 하는 아주 작은 바람도 있다.

끝으로 평생 자식을 위해 여행 한번 가보지 못한 나의 아버지 '김일도'님의 영혼은 지금 이 순간도 전 세계 어디든지 가고 싶은 곳으로 훨훨 날아다니고 있을 거란 행복한 상상을 하며 나의 아버지에게 다시 한번 사랑한다고 꼭 전하고 싶다.

그리고 나의 아버지는 실제로 경남 함안에서 '부산세탁소'란 가게를 '김일구'처럼 불편한 몸으로 새벽부터 밤까지 가족의 생계를 위해 일만 하시다 61살에 뇌종양으로 허망하게 돌아가셨다.

삼십여년이 지난 지금도 나는 아버지를 생각하면 가슴이 먹먹하다. 나는 이 책을 나의 아버지 '김일도'님에게 꼭 헌정하고 싶다.

김정순

지은이 김정순

1963년 부산에서 2남 2녀 중 셋째로 태어나 늘 장난을 좋아하고 문학을 꿈꾸는 소녀였다.

하지만 남다른 과학자의 꿈에 빠져 '국어교육과' 대신 '화학교육과'로 진학을 하게 되어 36년간 과학교사로 근무했지만, 늘 마음 한 구석에 글을 쓰고 싶은 꿈을 간직한 채 살아왔다.

드디어 퇴직하여 '시간'이라는 고귀한 선물을 받게 된 나는 30대부터 긁적이던 다이어리와 이면지를 찾아 그토록 원하던 글을 쓰게 되어 '부산세탁소'라는 작품에 첫 발을 내딛는 행운을 갖게 되었다.

아침에 일어나 출근시간에 얽매이지 않고 자유롭게 글을 쓰는 요즘이 그동안 살아온 나의 인생에서 가장 행복한 나날이다.

'부산세탁소' 이후 나에게 어떤 글감이 또 찾아올지 나 또한 궁금하고 몹시 설렌다.

그 동안 '60에 만난 미소국', '61에 만난 이스라엘과 요르단'이란 여행기와 '모태솔로 정딸기'란 단편소설, '런던에서는 보랏빛 쟈켓을 입어야 해요'란 시집을 출간했다.

Instagram(on0124)

부산 세탁소

꿈을 찾은 온일덕

초판 발행일 | 2024년 2월 26일
개정판 발행일 | 2024년 4월 19일

지은이 | 김정순
펴낸이 | 마형민
기　획 | 김현주
편　집 | 조도윤
펴낸곳 | (주)페스트북
주　소 | 경기도 안양시 안양판교로 20
홈페이지 | festbook.co.kr

ⓒ 김정순 2024

저작권법에 의해 보호를 받는 저작물이므로 무단 전재와 무단 복제를 금합니다.
ISBN 979-11-6929-481-2 03810
값 15,000원

* (주)페스트북은 '작가중심주의'를 고수합니다. 누구나 인생의 새로운 챕터를 쓰도록 돕습니다. Creative@festbook.co.kr로 자신만의 목소리를 보내주세요.